读客三个圈经典文库

经典就读三个圈 导读解读样样全

卡夫卡孤独三部曲
失踪者

[奥]弗兰兹·卡夫卡 著
魏静颖 译

读客三个圈经典文库
经典就读三个圈　导读解读样样全

江苏凤凰文艺出版社

图书在版编目（CIP）数据

失踪者 /（奥）弗兰兹·卡夫卡著；魏静颖译. --
南京：江苏凤凰文艺出版社，2024.5
（卡夫卡孤独三部曲）
ISBN 978-7-5594-8044-6

Ⅰ.①失… Ⅱ.①弗…②魏… Ⅲ.①长篇小说－奥地利－现代 Ⅳ.①I521.45

中国国家版本馆 CIP 数据核字（2023）第 194154 号

失踪者

［奥］弗兰兹·卡夫卡　著　　魏静颖　译

责任编辑	丁小卉
特约编辑	洪子茹　　李晨茜
封面设计	汪　芳
责任印制	杨　丹
出版发行	江苏凤凰文艺出版社
	南京市中央路 165 号，邮编：210009
网　　址	http://www.jswenyi.com
印　　刷	河北中科印刷科技发展有限公司
开　　本	880 毫米 × 1230 毫米 1/32
印　　张	9
字　　数	195 千字
版　　次	2024 年 5 月第 1 版
印　　次	2024 年 5 月第 1 次印刷
标准书号	ISBN 978-7-5594-8044-6
定　　价	119.00 元（全 3 册）

江苏凤凰文艺版图书凡印刷、装订错误，可向出版社调换，联系电话：010-87681002。

目 录

锅炉工　　　　　　　　　　　001

舅舅　　　　　　　　　　　　032

纽约城外的乡村别墅　　　　　046

前往拉姆西斯的路途　　　　　084

在西方酒店里　　　　　　　　114

罗宾逊事件　　　　　　　　　142

想必是走偏了……　　　　　　184

起来！起来！　　　　　　　　242

残篇　　　　　　　　　　　　254

　　Ⅰ　布鲁内尔达的出游　　254

　　Ⅱ　俄克拉荷马的自然剧场　260

　　Ⅲ　他们行了两天两夜　　282

失踪者

锅炉工

十七岁的卡尔·罗斯曼被他那可怜的父母送去美国,因为一个女佣引诱了他,并怀了他的孩子。当他乘坐的船放缓速度驶入纽约港时,那座他已经观察很久的自由女神像突然映入眼帘,仿佛出现在了一道更为强烈的阳光下。她那持剑的手臂仿佛是刚刚才高高举起的,自由的空气环绕在她的周身。

"多么高大啊!"他自言自语道,虽然他压根儿没考虑下船,但是越来越多的搬运工走过他的身旁,渐渐地把他挤到了甲板的栏杆处。

一位他在航行期间结识的年轻男子走过他身边时说:"哎,您还不想下船吗?"

"我已经准备好下船了。"卡尔一边笑着回答,一边把行李箱高高地举起来,放在了肩膀上。他这么做有点狂妄,也因为他是个壮实的小伙子。但当他看着这位熟人正轻轻地挥动手杖和其他人一起离开时,他才发现自己竟然把雨伞落在了船舱里。他赶紧请求那位熟人帮忙照看一下自己的行李箱,虽然对方看起来不怎么乐意。他匆匆查看了周围的情形,以便在返回时能找到方向,然后就匆匆离开了。到了下面,他遗憾地发现那条能够大幅缩短他路程的通道被封住了,他还是第一次遇到这种情况,这很可能跟所有乘客都要下船有关。他不得不穿过一道接一道的楼梯、不断转弯的走廊、一间放着一张被遗弃桌子的空荡荡的房间,费力地寻找着,由于他只走过这条路一两次,而且还是跟很多人一起走的,所以他现在彻底迷路了。他不知所措,因为他一个人都没遇到,只能听到头顶上成千上万的脚步声和从远处传来的、已经熄火的机器发出的最后的工作声响,他闲逛着,撞到一扇小门,便不假思索地敲了起来。

"门是开着的。"里面传出了声音,卡尔如释重负地打开了门。"您为什么这么疯狂地敲门?"一个高大强壮的男人问道,他几乎没看卡尔一眼。一束昏暗的光线透过上层船舱的某个天窗投射进了这个破旧的舱房。船舱里紧密地排列着一张床、一个衣柜、一把椅子和这个男人,它们就像被封存起来了一样。"我迷路了,"卡尔说,"在旅途中我都没注意到,这可真是一艘大得可怕的船。""没错,您说得对。"那名男子带着一点骄傲说道,他没停手地摆弄着一个小手提箱的锁,用双手不断地把它压紧,以便听到锁舌卡住的声音。"但是您请进来吧!"那人继续说,"您不会要继续站在外面吧?"卡尔问:"我打扰到您了吗?"那人说:"哎呀,您怎么会打扰呢?"卡尔又问:"您是德国人吗?"卡尔试图确认这一点,因为他曾听说过,尤其是对新移民来说,刚到美国的时候会遇到危险,要特别注意爱尔兰人,他们可能会格外危险。"是的,是的。"那人说。卡尔还是犹豫不决。这时男人突然抓住了门把手,迅速地把门关上,把卡尔拉进了舱房。"我不喜欢别人从过道往里面看我,"男子边忙着摆弄他的小提箱边说,"每个从这里走过的人,都要往里面看看我,真让人受不了。"卡尔站在床柱旁,被挤得有些不舒服,他说:"可是过道上根本没人啊。"那人答道:"嗯,只是现在没人。"卡尔心想:"现在才是重点,跟这个人聊天可真费劲。"那个男人说:"您可以躺在床上,那样您会有更多空间。"卡尔尽可能地爬上床,一边爬一边因自己第一次徒劳的尝试而大笑,他当时想一跃而上来着。然而,当他躺到床上时,他突然叫道:"天哪,我居然把我的行李箱忘了!"那人问:"它在哪里?""在甲板上面,一个熟人正照看着。他叫什么来着?"他从他的秘密口袋中拿出一张名片,这个口袋是他母亲为了他这次的旅行而特地缝制在衣服里的,"布特鲍姆,弗兰兹·布特鲍姆。""您非常需要那个箱子吗?""当然。""那您为什么把它交给一个陌生人呢?"卡尔说:"我把雨伞落在下面了,于是跑下来拿伞,但我不想随身拖着那个箱子。然后我在这里迷路了。""您一个人吗?没有人陪您吗?""是的,一个人。"卡尔脑海中闪过这样一个念头:"也许我应该依靠一下这个男人,哪里还能找到更好的朋友呢?""现在您连行李箱也丢了。更别提雨伞了。"男人坐在椅子上,好像卡尔的事情现在引起了他的一些兴趣。"不过,我认为行李箱还没有丢。""您高兴就相信吧,"男人说,他用力地抓着自己那乌黑、短而浓密的头发,"在这艘船上,随着港口的变化,风俗也会改变。在汉堡,您的布特鲍姆也许会照看您的行李箱,而在这里,只怕连人带箱子都消失得无影无踪了。""那我现在就得上去看看。"卡尔说,他环顾周围,想找一条出去的路。"您就别动了。"那个男人说,用一只手推了推他的胸口,粗鲁地把他推回床上。"为什么呢?"卡尔恼怒地问。"因为这样没有意义,"男人说,"过一会儿我也要走了,到时候我们一起去。要是行李箱被偷了,那么现在去也于事无补;要是那个人还守着它,那他就是个大傻子,也还会继续守着它的,如果船上的人都走光了,反而更容易找到它。您的伞也是一样。""您对这艘船很了解吗?"卡尔疑虑重重地问,他觉得那个本应令人信服的想法——在空荡荡的船上最容易找到他的伞——似乎包含着一个隐藏的陷阱。"我可是船上的锅炉工。"男人说。"您是船上的锅炉工!"卡尔高兴地喊道,仿佛这件事超出了他所有的期望,他撑起胳膊肘,凑近了仔细地打量着这个男人,"在我和斯洛伐克人同住的房间前面,有一个舱口,透过它可以看到机舱。""是的,我就在那儿工作。"锅炉工说。"我一直对科技很感兴趣,"卡尔遵循着某种特定的思维说,"如果不是必须到美国来,我以后肯定会成为一名工程师。""为什么一定要来呢?""哎呀,算了!"卡尔一边说一边挥着手,似乎想用手把整个故事挥掉。他微笑着看着锅炉工,好像在请求锅炉工谅解那些自己还未曾招认的事情。"肯定有什么原因。"锅炉工说,但不太清楚他这话是要求听这个原因,还是拒绝让卡尔说出原因。"现在我也可以当锅炉工了,"卡尔说,"我父母现在已经不在乎我到底当什么了。""我的职位快要空缺了。"锅炉工说,他对这件事有充分的把握,他把双手放进裤兜里,把穿着带褶皱的、如皮革般的铁灰色裤子的双腿往床上一扔，随意地伸展着。卡尔不得不往墙边挪了挪。"您要离开这艘船？""是的，我们今天要离开。""怎么了？难道您不喜欢这份工作？""哎呀，主要是人际关系，事情不总是由喜欢或不喜欢决定的。不过，您说得对，我确实不喜欢这份工作。您可能并没有认真考虑过要当锅炉工，但正因为这样，您才最容易当上。但我建议您放弃这个想法。如果您在欧洲想上大学，为什么不在这里继续上呢？美国的大学比欧洲的要好得多。""也许有这个可能，"卡尔说，"但我几乎没有钱上学。我确实读到过某个人的事迹，他白天在一家商店工作，晚上学习，直到获得博士学位，我记得他还当上了市长，但这需要很大的毅力，对吧？我担心我没有这种毅力。再者，我以前也不是个特别好的学生，离开学校对我来说也并没有让我特别难过。而且，这里的学校可能更严格。我对英语几乎一窍不通。而且我觉得这里对外国人的态度本来就很不友好。""您也有这种经历吗？那太好了。那么您就是我的知己了。您瞧呀，我们现在不是待在一艘德国船上吗？它属于汉堡-美国航线，可是为什么我们这里不都是德国人呢？为什么首席机师是个罗马尼亚人？他叫舒巴尔。这还真是令人难以置信。而这个卑鄙的家伙，在一艘德国船上虐待我们德国人！请不要觉得——"他几乎喘不过气来，挥舞着迟疑不决的手势，"——我只是为了抱怨而抱怨。我知道您没有影响力，您自己也是个小可怜虫。但这太过分了！"他用拳头猛击了桌子几下，一边猛击一边不错眼地紧盯着拳头。"我在那么多船上干过——"他一口气说出了二十个船名，好像在说一个词一样，卡尔感到一阵晕眩，"——并且表现出色，获得过嘉奖，是船长们心目中称职的工作者,甚至在一艘商船上干过好几年——"他站起了身,仿佛这是他一生中的高光时刻,"——而在这个囚笼里、在这艘一切都被安排得井然有序、不需要任何才智的大船上,我却一事无成,总是舒巴尔的眼中钉,成了个懒散的家伙,只配被赶出去,靠别人施舍才能拿到工资。您明白吗?我不懂。""您不能受这样的委屈。"卡尔激动地说,他几乎忘了自己正置身于摇摇晃晃的船只之上,而这船正停靠在一片陌生大陆的海岸;在这位锅炉工的床上,他躺得如此舒适。"您去船长那儿了吗?找他维权了吗?""哎,您走吧,您还是走吧,我不想让您在我这儿了。您没听进我说的话,还给我出主意。我怎么可能去找船长呢!"疲倦的锅炉工又坐了下来,用双手捂着脸。

"但我无法给他更好的建议了。"卡尔自言自语道。他发现还是应该去拿自己的行李箱,而不是在这里提建议,因为这些建议只会让人觉得愚蠢。当他的父亲把行李箱永远地交到他手里时,曾开玩笑地问:"这个行李箱能跟你多久呢?"现在这个忠诚的行李箱或许真的已经丢了。唯一的安慰是,即使他的父亲要调查一番,也不太可能知道他现在的处境了。同船的人唯一能告诉父亲的,就是他已经抵达了纽约市。但卡尔还是为他行李箱里几乎还没用过的东西感到难过,比方说他早就该换件衬衫了。他的节省用在了错误的地方;现在,在他的职业生涯刚刚开始、他正需要穿着干净的衣服之时,他将不得不穿着脏衬衣露面。除此之外,丢失行李箱也并不算太糟糕,因为他身上穿的这身衣服甚至比行李箱里的那身还要好,行李箱里那身衣服实际上只是一套应急装,在离开前不久,母亲还不得不修补了一下它。现在他想起行李箱里还有一块意大利维罗纳的萨拉米香肠,这是母亲额外给他装的,不过他只吃了很小的一部分,因为在船上他一直没什么胃口,统舱里发的汤已经够他吃了。现在他却很想拿出那块香肠,送给这位锅炉工。因为对这样的人来说,收到一点小恩惠就很容易被拉拢,这一点他是从父亲那里学到的,父亲就靠递雪茄取悦了那些与他有业务来往的低级职员。如今,他可以给他人的只剩下了钱,而他暂时还不想动用这笔钱,即使他真的已经弄丢了箱子也不想动。他的思绪再次回到了行李箱上,他实在不明白为什么在旅途中他如此警惕地守护着行李箱,以致几乎耽误了他的睡眠,而现在却那么轻易地让这个行李箱被人拿走了。他回想起那五个夜晚,他一直怀疑那个矮小的斯洛伐克人(距离他左边两个床位的人)对他的行李箱有所企图。那个斯洛伐克人只是在等待卡尔终于被虚弱压垮、终于闭上眼睛的瞬间,趁机用一根长棍——他总是在白天玩耍或练习这根棍子——把行李箱拉过来。白天这个斯洛伐克人看起来很无辜,但只要夜晚降临,他就会时不时地从床上坐起,不怀好意地望着卡尔的行李箱。卡尔能非常清楚地看到这一切,因为总有一些移民会烦躁不安,违反船上的管理规定,在夜晚点起蜡烛,试图去解读那些难以理解的移民代办处的宣传手册。如果附近有这种灯光,那卡尔就可以稍微放松一下;但如果灯光离得稍远或者周围一片漆黑时,他就必须保持清醒。此般劳累让卡尔感到相当疲惫,现在这些付出可能都是多余的了。那个布特鲍姆,如果以后在某个地方遇到他的话,一定要让他好看。

这时,从远处突然传来一阵阵微弱又短促的敲击声,像是孩子的脚步声，打破了之前完全的静谧。声音逐渐靠近，越发清晰，原来是一群男人正从容地走了过来。他们显然在这狭窄过道里正排成一列行进，人们还能听到像是武器撞击时发出的叮叮当当的声音。卡尔原本已经要放下由行李箱和斯洛伐克人引发的烦恼，准备上床伸展酣睡一下，可这靠近的队伍让他一下子醒了过来，他猛地推了推锅炉工，想让锅炉工注意一下，因为队伍的排头似乎已经到了门口。锅炉工说："那是船上的乐队，他们刚才在上面演奏，现在要去收拾东西了。现在我们可以离开了。走吧！"他抓住卡尔的手，临走前，还把挂在床头墙上的一个镶框的圣母像拿下来塞进了衣兜里。他拿起了自己的行李，和卡尔一起匆匆地离开了舱房。

"现在我要去办公室把我的想法告诉那些先生。船上的乘客都走了，我们不需要再顾忌了。"锅炉工以各种方式反复地提及这件事，行走中还不时伸出脚横踢一下，好像想踩死在路上的老鼠，但只是将老鼠更快地踢进了洞里。他的动作总体上相当缓慢，腿尽管很长，却很笨重。

他们穿过了厨房的一个隔间，那里有一些穿着脏兮兮的围裙的女孩子——她们是故意把自己弄脏的——正在大盆子里清洗着餐具。锅炉工叫来一个叫莉娜的女孩，搂住她的腰，带着她一起走了几步，她一直甜蜜地依偎着他的手臂。他问："现在发工资了，你想去拿工资吗？"她回答说："我为什么要费心呢？你到时把钱带给我就行了。"说完，她挣脱了他的手臂，跑掉了。她又大声喊道："你从哪里捡来个这么好看的小伙子？"但她并不等着他回答。所有女孩子都停下了手中的活儿，纷纷放声大笑。

他们继续前行,来到了一扇门前,门上有一个小小的三角楣饰,由几个小小的镀金女塑像撑了起来。对于一艘船上的陈设来说,它看上去似乎过于奢华了。卡尔注意到,他从未到过这个区域,它可能在航行期间是为一等舱和二等舱的乘客预留的,而现在因为即将大扫除,船上的隔离门已经拆除了。他们遇到了几个背着扫帚的人,这些人纷纷问候了锅炉工。卡尔对船上如此繁忙的景象感到惊奇,他之前在船的统舱里倒是很少看到这些。长长的走廊过道上还拉着电线,一个小小的钟一直响个不停。

　　锅炉工恭敬地敲了敲门,当听到有人喊"进来!"时,他用手势示意卡尔不要害怕,直接走进去。卡尔进了屋子,但停在了门口。他透过房间的三扇窗户看着大海的波涛,看着那些欢快的波浪,他的心脏跳动得好像他连续五天来从未看过大海一样。巨大的船只互相交错穿过彼此的航道,只在它们的船身重量允许的范围内顺着波浪的起伏摇晃。如果眯起眼睛看,会觉得它们似乎是由于船身沉重才摇晃的。这些船在桅杆上挂着一面面狭长的旗帜,虽然旗帜被驶过的风吹了起来,但仍然还在抖动。礼炮声响了起来,也许是一艘战舰发出的,一艘战舰从不是很远的地方驶过,船上的炮管因为金属表面的反光而闪烁着,似乎被这安全、平滑而又不保持水平的航行所宠爱。至少从门口向外望去,只能看到远处的小船和小艇正成群结队地驶入大船之间的缝隙。但在这一切的后面,纽约耸立在那儿,用它摩天大楼的十万扇窗户看着卡尔。是的,在这间屋子里,你知道自己身在何处。

　　三位先生坐在一张圆桌前,一位是身穿蓝色船服的船务官,另外两位是港务局的官员,穿着黑色的美国制服。桌子上高高地堆满了各种文件，手握着羽毛笔的船务官先迅速浏览了一下，然后递给了另外两位官员，他们有时阅读，有时摘抄，有时将文件放进公文包，其中一人因不断轻微磨牙而发出微小的声响，他的同事会记录下他口述的什么东西。

窗户旁边的一张书桌旁，一位个子较矮小的绅士正背对着门坐在那里。他正翻查着面前的一部大部头的书，书架上的书就齐齐地摆在和他齐头高的位置。在他旁边立着一个打开的现金箱，乍一看里面是空的。

第二扇窗户毫无遮挡，提供了最佳的视野。在第三扇窗户附近，有两位正在轻声交谈的绅士，其中一位靠着窗户站着，身着船员制服，把玩着剑柄。另一位正面向窗户，偶尔移动时会露出胸前的一串勋章。他身着便服，手里拿着一根细长的小竹杖，因为他双手都紧紧插在腰上，那根竹杖也犹如一把剑一样翘起。

卡尔并没有太多时间去仔细观察这一切，因为很快就有一个侍者走上前来，他用一种仿佛锅炉工不属于这里的眼神，询问锅炉工想要做什么。锅炉工轻声细语地回答，和侍者的提问一样小声，说他想和首席会计谈谈。这位侍者一边摆手表示拒绝，一边悄悄地踮起脚尖，绕过圆桌向那位翻查大部头的先生走去。那位先生在听到侍者的话时显然愣住了，但最终还是朝着那位想和他谈话的人转过了身，严肃地挥挥手拒绝了和锅炉工谈话，并且为了保险起见，他也对侍者挥了挥手。之后，那位侍者又回到锅炉工身边，用一种仿佛在告诫他的语气说道："请您立刻离开这间屋子！"

听到这话后，锅炉工低头看了看卡尔，仿佛卡尔就是他的心，他默默地向它诉说着自己的痛苦。卡尔毫不犹豫地冲了上去，毫无顾忌地穿过了屋子，甚至轻轻地擦过了船务官的靠背椅，那个侍者弯着腰，准备张开手臂抓住他，就像在追赶一只不受欢迎的害虫，但卡尔却率先跑到了首席会计的桌前，并紧紧抓住了桌子，以防那个侍者试图把他拖走。

整个房间马上就热闹了起来。桌旁的船务官跳了起来，港务局的官员们安静又警惕地看着，窗边的两位先生站在一起，那个原先跟着卡尔的侍者觉得自己已经不适合再站在那里了，就选择了退后。站在门口的锅炉工紧张地等待着可能需要他提供帮助的时刻。首席会计则坐在扶手椅上，转动椅子往右转了一大圈。

卡尔从他的暗袋里掏出了他的护照，他毫无顾忌地把暗袋展示给了这些人，没有多做什么介绍，只是把护照摊开放在了桌子上。首席会计不以为意，随手把护照扔到了一边，卡尔随后又把护照收了回去，好像这道手续已经圆满地完成了。然后卡尔开口道："我觉得这位锅炉工受到了不公正的待遇。这里有个叫舒巴尔的人，总是盯着他不放。锅炉工曾在很多船上工作过，他可以告诉你们所有船的名字，他在那些船上的表现都令人满意，他既勤奋，又非常重视自己的工作，我真的不明白为什么他在这艘船上反而表现得不好，尤其是这里的工作也并没有像商船那样特别繁重。所以这只能是诽谤，这阻碍了他的职业发展，剥夺了他原本应该得到的认可。关于这个问题，我只谈了一些大概的情况，具体的申诉他会自己提出来。"卡尔对在场的所有先生说了这番话，因为他们实际上都在倾听着，看来他们当中可能还会有人站出来主持公道，但这个人不会是首席会计。此外，卡尔还狡猾地隐瞒了他才认识锅炉工不久的事。而且,如果不是受到那位拿着竹杖的先生的红脸干扰——因为他站的位置,他才第一次看到这张脸——他原本可以讲得更精彩。

还没人询问他,锅炉工就抢着说:"这些话每个字都是真的。"而实际上甚至还没有人看他一眼。如果不是戴着勋章的那位先生(卡尔此时才恍然大悟,他肯定是船长)已经下定决心要听锅炉工说话,那么锅炉工的匆忙举动将是一个大错误。船长伸出手,用严肃而又斩钉截铁的声音向锅炉工喊道:"过来!"现在一切都取决于锅炉工的表现了,他的事情是正义的,卡尔对此毫不怀疑。

幸运的是,在这个场合中,锅炉工显示出了他闯荡世界、见过世面的一面。他冷静地从小皮箱里拿出了一捆文件和一个笔记本,他拿着这些东西走到了船长面前,完全没有顾及在场的首席会计,在窗台上展示了他的证据。首席会计别无选择,只能自己上前去查看。"这是个出了名喜欢找碴儿的人。"他解释说,"他在出纳室里的时间比在机房里还多。他把舒巴尔这个温文尔雅的人,都逼到了绝望的地步。您听听吧!"他转向锅炉工说:"您的蛮横无理已经太过分了。有多少次因为您的没完没了且完全不合理的要求,我们把您从出纳室赶出去了?有多少次您从那里又跑到总出纳室那里去了?有多少次人家好心告诉您,舒巴尔是您的直接上级,您作为一个下属应该与他达成共识?!现在您竟然还到这儿来纠缠船长,您一点也不觉得可耻,居然还要骚扰他,甚至还恬不知耻地带着这个小家伙来当您的发声代表,说出您那些滑稽可笑的指控。我根本就是今天才第一次在船上见到这小子！"

卡尔强忍着自己的冲动，没有一步跳上前去。但船长来了，他说："还是让我们听听这个人怎么说吧。不过舒巴尔确实变得越来越专断了，我也有所察觉。当然这并不是说我支持你。"最后一句话是说给锅炉工听的。这只是很自然地表示他不能马上为他说话，但一切似乎会进展顺利。锅炉工开始解释，并一开始就克制自己，将舒巴尔称呼为"先生"。卡尔在首席会计离开的办公桌旁，十分开心，他弯着腰开心地不停向下按着一架称信件的天平秤。——舒巴尔先生对人不公！舒巴尔先生偏袒外国劳工！舒巴尔先生把锅炉工从机房赶出来，让他清洗厕所，这显然不是锅炉工的分内工作！——他甚至怀疑舒巴尔先生的能力，究竟是装出来的还是真的存在。在这一点上，卡尔猛盯着船长，摆出一副亲切的样子，就像他是船长的同事一样，其实他只是要确保船长不会因为他那笨拙的申诉措辞而产生对锅炉工不利的看法。毕竟，人们从他这许多申诉中并没有得到什么实质性的东西，船长即使还在继续向前方看着，也在用眼神告诉锅炉工他决心要把这次申诉听完，但其他的先生已经变得不耐烦了，锅炉工的声音在这个房间里马上也将要失去绝对的优势了，这让人们担忧不已。首先，穿便服的先生开始敲打起他的竹杖，虽然声音很轻。其他几位先生当然偶尔会看一眼那边，港务局的那两位先生却显然是忙人，他们再度翻阅起文件，虽然还有些心不在焉。船务官又朝桌子挪近了点，而首席会计，他觉得自己已经赢定了，讽刺地深深叹了口气。在大家的注意力都分散消失之时，似乎只有那个侍者没有被影响，他能部分体会那种在大人物之间挣扎的痛苦，于是严肃地向卡尔点了点头，好像想解释什么。

在这期间，窗前的港口上，生活仍在继续进行，一艘低矮的货船满载圆桶，从近旁驶过，房间里几乎陷入了一片黑暗，船上的圆桶摆放得很了不起，一点也没滚动；一艘艘小型摩托艇随着笔直站在船舵前、随着紧握方向盘的男人双手的颤动而轰隆作响、呼啸而去。如果有时间仔细观察的话，可以看到一些奇特的水上泡沫不时地从湍急不已的水里涌出来，然后又立刻被淹没，在人们露出惊讶的目光之前就消失了；远洋轮船的小艇在水手们努力的划动下前行着，船上载满了乘客，他们像是被塞进了船里一样，安静而期待地坐着，虽然有些人情不自禁地扭过头去看那些变化莫测的景致。这是一种永无止境的动荡，一种不安，从那些不安的元素传递到了无助的人们和他们的创造物上！

然而，这一切都告诫着你要争取时间，意义明确，准确地去描述；但锅炉工在做什么呢？他自然是满头大汗地说着话，他的手早已颤抖，无法再握住窗台上的文件；从四面八方涌来了关于舒巴尔的抱怨，他认为其中的任何一件事都足以彻底埋葬这个舒巴尔，但他能向船长显露的却只是令人悲哀的、裹挟着一切的混乱涡流。不久之前，那位拿着竹杖的先生便悄悄地朝天花板吹了个口哨；港务局的那两位先生已经把船务官拉到了他们的桌子旁，看样子不愿让他再离去；首席会计显然只是因为船长的冷静态度，才忍住没有发火；那个侍者正严阵以待，等着船长随时下达关于锅炉工的指令。

卡尔不能再袖手旁观了。于是他慢慢地走向那群人，并在走动时加速思考应该如何尽可能巧妙地插手此事。实际上，现在也是最紧要的时刻，若再等片刻，他们俩可能就会从办公室里被赶出去。船长也许是个好人，此刻看上去，他似乎有什么特殊的理由想展示他是个公正的上司，但他终究不是可以被拿来随意摆弄的工具——锅炉工却正是这样对待他的，但无疑锅炉工的做法是出于他无尽的愤怒。

卡尔对锅炉工说："您必须讲述得更简单、更明白些，您现在这样的讲述，船长根本无法断个究竟。难道他对各个机械师和跑腿们的姓名甚至洗礼名都得如数家珍吗？难道您一提及他们的名字，他就能马上知道那人是谁吗？请您把您的申诉先整理归类一下，优先说最重要的，然后再说其他的，或许这样一来，大多数抱怨甚至到最后都不必提了。您跟我讲的时候可讲得清清楚楚啊！"他在心里为自己的谎言辩解道：在美国，如果能随意偷行李箱，那么不时地撒个谎也无妨。

但愿这样做能有所帮助！现在是不是为时已晚了？虽然听到熟悉的声音，锅炉工立刻停止了讲话，但是他的眼睛已经完全被泪水、受伤的男性尊严、可怕的回忆，以及当下的极大困境所遮蔽了，他甚至无法看清楚卡尔。现在他怎么可能——卡尔默默地看着沉默的锅炉工——突然改变他的讲话方式呢？他认为他已经把要说的话都说出来了，但根本没有得到一丝认可，另外他又好像什么都没说。而且，他现在也不能让这些先生再倾听一次。就在这个时刻，他唯一的支持者卡尔出现了，还想好好地开导他，这却让他看出这一切的一切都已经失去了。

"要是我早前没有看着窗外，而是早点过来就好了！"卡尔想着，然后低下了头，面对锅炉工，他用双手在裤缝上拍了拍，表示所有希望都已经破灭了。

但锅炉工却误解了卡尔的意思，觉得卡尔在心里暗暗地指责他什么。他怀着好意，想要说服卡尔，于是开始和卡尔争吵。而这个时候，圆桌上的先生们早就对这无用的喧闹感到愤怒了，因为这分散了他们处理重要工作的精力。首席会计渐渐觉得船长的耐心令人费解，眼看即将消耗殆尽；那个侍者，已经完全回到了他的主人那里，用狂野的眼神瞪着锅炉工；最后，那个拿着竹杖的先生已经对锅炉工的话完全充耳不闻了，甚至厌恶地拿出了一本小记事本，目光在记事本和卡尔之间徘徊，他显然正被其他事物所困扰，就连船长也时不时友好地看向他。

"我知道，"卡尔说，他努力抵挡着锅炉工现在对他发起的语言攻击，尽管如此，仍保留着一丝对他友善的笑容，"你说得对，我从来没有怀疑过。"因为害怕被打，他非常想要握着锅炉工那双四处乱挥的手，当然他更愿意把锅炉工推到角落里，轻声跟他说几句安慰的话，也不必让其他人听到。但是锅炉工已经完全失控了。卡尔甚至开始产生了这样一个想法，并从中找到了某种安慰：在紧急情况下，锅炉工凭他绝望的力量甚至可以制伏在场所有的七位男士。不过，卡尔一眼望去，那书桌上配有一个安装了太多电钮的装置，只要有人伸出手按一下这些电钮，就能让整艘船连同充斥在走廊里充满敌意的人群陷入混乱。

这时，那个手持竹杖、一脸淡漠的先生靠近了卡尔，用并不太大，但明显能盖过锅炉工喊叫的声音问道："您叫什么名字呢？"就在此刻，敲门声响起了，仿佛门后有人正等着这位先生开口说话。侍者看向船长，船长点了点头。因此，侍者走到门旁打开了门。站在外面的是一个中等身材的人，他穿着一件旧的老式长袍，看上去其实不适合在机器旁工作，他正是舒巴尔。如果卡尔没有在所有流露出满足的目光中看出他是谁，甚至连船长都不免流露出这种满足，他也会从锅炉工的恐惧中看出来。锅炉工正紧握着双拳、绷紧着手臂，似乎此时握紧拳头对他来说是最重要的，他愿意为了这件事牺牲生命中的所有。现在他把全身的力量，甚至连支撑他站立的力量都聚集在了拳头上。

而此刻，"敌人"却轻松自在地穿着节日盛装，手里正拿着公事簿，也许正是锅炉工的工资单和工作证明；他毫无畏惧地逐一扫过他们的眼睛，他想要确定每个人的情绪。这七个人现在都已经是他的朋友了，因为即使船长以前可能对他有意见，或者只是假装颇有微词，在锅炉工给船长带来了这番痛苦之后，船长对舒巴尔大概连一点批判都没有了。对待一个像锅炉工这样的男人，再严厉也不够，如果说舒巴尔还有什么值得责怪的，那就是在这段时间里，他没能制伏锅炉工的蛮不讲理，使得他今天还敢在船长面前露面。

这时人们或许还可以这样设想，锅炉工和舒巴尔的对峙，在更高层面的法庭上必定会产生预期的效果，这种效果在人群面前也不会丧失。尽管舒巴尔能够很好地掩饰自己，但他必定无法一直坚持到最后。他恶劣行径的短暂闪现应该就足以让这些人看透他，卡尔会为此而努力。他大致已经了解了每一位先生的敏锐洞察力、弱点及变幻无常的情绪，从这个角度来看，迄今为止他在这里所度过的时间并没有浪费。如果将舒巴尔摆在他面前，他可能会用拳头狠狠敲打那让人讨厌的脑袋，但他连即使走几步的能力也没有。即使舒巴尔不是出于自愿,也必将会被船长叫来,卡尔为什么没能预见这个容易预见的结果呢?为什么他与锅炉工在来的路上没有讨论出一份详细的战斗计划,而是像现在这样,毫无准备地见到一扇门就走进来呢?锅炉工是否还能说话?还能在即将进行的交替审讯中说出"是"和"否"吗?他站在那里,双腿分开,膝盖摇晃不定,头微微抬起,空气从张开的嘴里穿过,仿佛体内已经没有肺可以处理空气了。

卡尔却感到十分有力量,而且头脑清醒,好像自己在家里从未有过如此强烈的精神力。要是他的父母能看到他在异国他乡为了正义的事业奋发向前——尽管目前还无法看到胜利的曙光,但他已经做好了一切准备去征服这个世界了!——他们会不会改变对他的看法?会不会让他坐在他们中间,夸奖他?会不会至少一次——只要一次就好——正视他那双忠实的眼睛?这些问题都如此不确定,而且现在也并不是提出这个问题的最佳时机。

"我之所以来,是因为我相信那个锅炉工会不诚实地指控我。一个厨房的女孩告诉我,她看到他正朝这里走来。船长先生和在场的各位,我愿意通过我的书面资料,如有必要,还可以请一些没有成见、没有受到影响的证人来驳斥一切指责,他们就站在门口呢。"舒巴尔如此说道。这的确是一个男人清楚的发言,从听众的神情变化来看,他们似乎是很久以来首次听到这样的人类语言。然而,他们并没有注意到即使是这样漂亮的话,在某种程度上也有漏洞。他这段话为什么首先就要谈到"不诚实的行为"呢?是不是应该从这一点开始指控他,而不是谈到他的民族偏见?一个厨房的女孩看见锅炉工往办公室走,舒巴尔就立马明白了？难道不是罪恶感让他的思维异常敏捷吗？而且他已经带来了证人并说他们没有成见、不受影响，这不是弄虚作假吗？纯粹的弄虚作假罢了！而这些先生居然允许这种行为，默认这是正确的并加以肯定？为什么被厨房的女孩所见到的那一刻，他没有立刻来到这里？他这不是为了让锅炉工充分耗尽那几位先生的精神，使他们疲劳不堪，甚至逐步失去准确的判断力吗？而舒巴尔最担心的正是他们的判断力。他恐怕已经站在门后很久了，难道不是一直等到那个时刻——那位先生提出了那个无关紧要的问题——当他觉得锅炉工已经黔驴技穷了，这才敲了门？

这一切都已经十分明确了，舒巴尔不情愿展示这一切，可是还得有人换个更有影响力的方式把它们展示给那些先生，他们需要被唤醒。所以卡尔，迅速行动吧，趁着证人还没有出现，没有把一切真相都淹没之前，充分利用这段时间吧！

但就在这时候，船长指示舒巴尔打住，于是他立刻遵从了这个指示，并迅速退到了一边——因为他的事情似乎要被拖延一会儿。身边的侍者立刻凑了过去，舒巴尔和他开始了一段低声的谈话。一边说一边时不时地瞟向锅炉工和卡尔，好像是在练习下一轮的演说一样。

在一阵寂静中，船长对那位拿着竹杖的先生说："雅各布先生，您先前不是想问这个年轻人一些问题吗？"

"的确如此。"这位绅士说，并感激地点点头示意，以感谢船长的关照。然后他再次问卡尔："您到底叫什么名字？"

卡尔认为，为了解决那件主要的事，应该快点应付这个执意追问的插曲，于是他没有像他的习惯那样，通过向对方展示护照来做自我介绍,而是很简短地回答道:"卡尔·罗斯曼。"

"那么——"那位被称作雅各布的绅士说,他几乎不敢置信地笑了起来,还向后退了几步。就连船长、首席会计、船务官,甚至侍者都因为听到了卡尔的名字而表现得非常惊讶。只有港务局的那两位先生和舒巴尔保持着镇定。

"那么,"雅各布先生重复道,然后走到卡尔面前,步子有些僵硬,"那么我就是你的雅各布舅舅,你就是我亲爱的外甥。我从一开始就有这个预感!"他向船长说道,接着他拥抱、亲吻了卡尔,卡尔无言地接受了这一切。

"请问您的名字是?"卡尔在被松开后问道,虽然很礼貌,但完全无动于衷,他竭力想瞧瞧这一新事件对锅炉工可能产生的后果。目前尚无迹象表明舒巴尔能从这件事中获益。

"年轻人,你要明白你有多幸运。"船长说,他认为卡尔的问题伤害了雅各布先生的尊严;后者此时站在窗旁,显然是为了不让其他人看到他激动的神色,还用手帕擦了擦脸。"这位是参议员爱德华·雅各布先生,他已经说明了他是你的舅舅。从现在起,您将拥有一段光辉的人生旅程,甚至会完全超出您迄今为止的期望。您要好好看清这一点,特别是在眼下这个时刻,一定要镇定下来!"

"的确,我有一个叫雅各布的舅舅在美国,"卡尔对船长说,"但据我所知,雅各布只是这位参议员先生的姓。"

"的确如此。"船长庄重地说。

"好吧,我的舅舅雅各布,他是我母亲的兄弟,他的名字叫雅各布,而他的姓氏当然应该和我母亲一样,她的娘家姓是本德尔梅耶。"

"各位先生！"参议员喊道。在听了卡尔的解释后，他从窗边的休息处精力充沛地走了回来。除了那两位港务局官员，所有人都笑了，有些人似乎深受感动，有些人的表情则让人捉摸不透。"我所说的可没那么滑稽吧。"卡尔心想。

"各位先生，"参议员重复道，"虽然不是出于我的本意，也不是出于你们的本意，你们都参与了一次小小的家庭闹剧，所以我不会回避，我要向你们一一解释，因为据我所知，这里只有船长——"他提到了船长，他们彼此鞠了个躬，"完全了解事情的真相。"

"现在，我真的要好好听每一句话。"卡尔说，同时他瞥了一眼锅炉工，留意到他的身体在逐渐恢复生气，因此暗自为此感到高兴。

"我在美国生活的这些年——也许逗留这个词对我这么一个全心投入想成为美国公民的人来说不那么恰当——我一直和我的欧洲亲戚们没有联系。至于原因，一来并不适合在这里提起，二来说起来也实在一言难尽。我甚至担心将来我可能不得不向我亲爱的外甥讲述这些事情的那一刻，而且在那时恐怕还不得不针对他的父母和他们的亲属发表一些看法。"

"他确实是我舅舅，这事毫无疑问，"卡尔一边自言自语地说，一边仔细听他接下来要说的话，"很可能他已经改了名字。"

"我亲爱的外甥被他的父母——我们就用这个词来准确表述这个事实吧——直接放逐了，就像一只烦人的猫一样被扔出了门外。我绝不打算美化我外甥所做的事，他因此受到了惩罚，但他的过错——这个错误只要直白地说出来，就足以让人原谅了。"

"这话倒值得听一听，"卡尔心想，"但我不想让他把一切都讲出来。再说他也不可能知道这件事。他能从哪儿知道呢？"

"他其实，"舅舅继续说着，用面前的竹杖支撑着身体，微微低着头，这样的姿态也减少了几分不必要的严肃，否则他的话会显得过于郑重其事，"被一个叫约翰娜·布鲁默的女佣所引诱，这个女人大约三十五岁。我用'引诱'这个词，并不是想要冒犯我的外甥，但确实很难找到另一个更合适的词。"

站在离舅舅不远处的卡尔转过身，期待从在场每个人的脸上窥见他们对这个故事的看法。没有人笑，大家都在耐心而认真地听着。毕竟，不是每个人都一有机会就会嘲笑参议员的外甥。反倒是锅炉工朝卡尔微笑了一下，虽然只是浅浅的微笑，这微笑一方面像是令人欢愉的新的生命迹象，另一方面也表示他已经原谅了卡尔，因为卡尔之前在船舱里时，对他保守了一个特别的秘密，而现在这件事已成为公开的事情。

"现在这个布鲁默，"舅舅继续说道，"给我外甥生了个孩子，一个健康的男孩，在洗礼中取名为雅各布，这无疑是因为想起了我这个人，我的外甥也许是在什么时候无意提到了我，从而给这个女佣留下了深刻的印象。这是值得庆幸的事。为了避免付养育费或是其他可能波及他们的丑闻——我必须强调一下，我不了解当地的法律及他父母的其他状况——为了避免付养育费和他们儿子的丑闻被曝光，他们把我可爱的外甥送来了美国，看得出来他们极不负责任，就如同你们看到的，连给他带的行李装备都这么简陋，要不是那女佣给我写了一封信告诉了我整件事情，还描述了我外甥的相貌，并且明智地告诉了我船名的话——虽然这封信在经过漫长的周折后，前天才到了我手里——这个男孩就得完全靠自己了，撇开一些正在美国发生的奇迹不说，他可能已经流落到纽约港的哪个小巷子里，不知所终了。如果我想用这封信来让你们消遣一下，我倒是可以从这封信中摘几段出来，"他从口袋里掏出两张巨大的、写得密密麻麻的信纸挥了挥，"就在这儿朗读的话，这封信肯定十分有消遣效果，因为它虽然带着点简单的心机，却始终是怀着对孩子父亲的爱所写成的。但是我不想再给你们提供更多的消遣了，只是要澄清这件事情，也不想在欢迎我外甥的时候，伤害他那可能还存有的感情，他要是愿意的话，可以在那个已经为他准备好的房间里安静地阅读这封信，以吸取些教训。"

卡尔对那个姑娘并没有什么感情。她坐在她的厨房里，在逐渐逝去的过去的喧嚣中，坐在橱柜边上，用她的胳膊肘撑在橱柜的台面上。每当他偶尔走进厨房，为他的父亲取一杯水或是执行母亲的某个要求时，她就那么看着他。有时，她会在橱柜旁边，把身体扭曲成一个复杂的姿势写信，并从卡尔的脸上寻找灵感。有时，她会用手捂住眼睛，那时候谁叫她，她都不会理会。有时，她会跪在厨房旁边的狭小房间里，向一把木制的十字架祈祷；当卡尔路过时，他只能躲躲闪闪地通过略微开着的门缝隙观察着她。有时，她会在厨房里跑来跑去，如果卡尔出现在她面前，她会像个女巫一样笑着跑回去。有时，当卡尔走进来时，她会锁上厨房的门,然后把门把手握在手里,直到他要求离开才放手。有时,她会拿来些他根本不需要的东西,然后一言不发地塞到他手里。然而有一次,她说"卡尔",然后领着他——也不管他还在对这突如其来的对话感到惊讶——她做着鬼脸、叹息着把他带进了她的小房间,然后锁上了门,环抱着他的脖子,几乎要令他窒息,她一边请求他帮她脱掉衣服,一边直接动手把他扒了个精光,随后把他安置在了她的床上,好像从此以后她不想再让任何人触碰他,然后抚摸着他,好像想照顾他直到世界末日。"卡尔,哦,我的卡尔!"她叫着,似乎她正看着他,又好像在确认他是自己拥有的财产,然而这些他却都没看见,只觉得躺在那似乎是专为他准备的温暖床铺里十分不舒服。然后,她也躺到了他身边,想听听他的一些秘密,但他却无法告诉她任何事,她于是半真半假地生起气来,摇晃他,听着他的心跳,又挺起胸也让他听她的心跳,但她却无法说服卡尔也这么做,于是她把赤裸的腹部贴在他的身体上,用手在他的腿间寻找,这举动恶心得卡尔连连摇晃着头和脖子,直接从枕头上摔了下来,然后她用腹部撞击了他几次——这让他感觉她好像成了他的一部分,也许正因为这个原因,他感到一种无法形容的可怕的无助。这使他最终一次次地满足了她希望再见面的要求,随后又哭着回到他自己的床上。这就是全部的事情,然而舅舅却能借题发挥,将这一切变成一则耸人听闻的故事。那个女佣显然也在想念他,并告知了舅舅他的到来。她的这个做法非常值得赞赏,有朝一日他可能还会回报她。

"那么现在,"参议员大声道,"请你坦率地告诉我,我是不是你的舅舅。"

"你就是我的舅舅，"卡尔说着，吻了吻他的手，然后舅舅亲了亲他的额头以示回应，"我很高兴见到你，但你若以为我的父母只会说你的坏话，那你就错了。而且，除了这件事，你刚才讲的故事中也有些错误，也就是说，我想，事情实际上并不是像你说的那样的。但是，话说回来，你人在这儿，也确实无法很好地评估整件事，另外我觉得，在这些细节上，这些并不真正关心这件事的先生若是得到了一些不太正确的信息，也并不会导致什么太大的问题。"

"说得好。"参议员说，他带着卡尔来到了明显关注着这事的船长面前，并问道，"你看我是不是有一个出色的外甥？"

"我很荣幸，"船长鞠了个躬说道，只有受过军事训练的人才能这样鞠躬，"很高兴能认识您的外甥，参议员先生。我船上能有这样的聚会，这对我来说是一种特殊的荣誉。但在二等舱的旅行确实非常艰难，毕竟，我们无法知道会有谁同行。不过，我们会尽一切可能让二等舱的人们舒适地度过旅程，比如，我们比美国的航线要做得更好。但是，让这样的旅行变得愉快，我们始终无法做到。"

"这次旅行对我来说并没有什么不好。"卡尔说。

"对他而言并没什么不好！"参议员开怀大笑地重复道。

"我只是担心我可能弄丢了我的箱子——"说到这里，他想起了所有发生过的事和即将要去做的事，他环顾四周，发现所有在场的人都还站在他们之前的位置上，出于敬意和惊奇而保持着沉默，只是用目光盯着他。只有港务局的那两位官员，如果能从他们严肃自满的面部表情看出什么的话，似乎他们是在为来得如此不合时宜而感到遗憾，此时放在他们面前的怀表，对他们来说，可能比房间里正在发生或可能发生的任何事情都要重要。

值得注意的是，首先表示关心的不是船长，而是那位锅炉工。"我由衷地祝贺您。"他说，并握了握卡尔的手，表达出认同和赞赏。然后，当他想以同样的话向参议员表示尊敬时，参议员退后一步，好像锅炉工逾越了什么界限；锅炉工于是立即放弃了。

然而，其他人现在都明白该做什么了，并迅速围绕着卡尔和参议员形成了略显混乱的一圈。于是，卡尔接受了舒巴尔的祝贺，甚至对其表示了感谢。在周围恢复平静之后，那两位港务局官员也走了过来，说了两个英语单词，这让人觉得有些可笑。

参议员完全沉浸在了愉快的氛围中，为了尽可能享受这份乐趣，他尽量回忆起了一些之前故事中较为琐碎的细节，好让自己和其他人重温这份回忆。当然，所有人对此不仅十分有耐心，而且还兴趣昂扬地参与着。他提起他已经把女佣提到的关于卡尔的最明显特征在本子上记录了下来，以防任何可能的紧急情况。就在锅炉工让人无法忍受地喋喋不休时，他也并没有什么其他目的，只是想转移下注意力，就拿出了小本子，试图把女佣观察到的特征与卡尔的外貌相互对比。"我就是这样找到了我外甥！"他用一种好像希望再被祝贺的语气结束了这段话。

"那么，关于锅炉工，他接下来会怎么样呢？"卡尔问，他并没有理会舅舅最后说的这件事。他认为在他的新地位下，他可以表达他的任何想法。

"锅炉工嘛,他会得到他应得的,"参议员说,"船长先生会决定什么是合适的做法。我想关于锅炉工的事,我们已经讨论得足够多,甚至过多了,我相信在场的每位先生都会同意我的看法。"

"但这并不是关键,这件事涉及了公正的问题。"卡尔说。他站在舅舅和船长之间,可能受到这个位置的影响,他认为决策权在他手中。

然而,锅炉工似乎已经不再对自己抱有希望了。他把双手半插在裤子的腰带里,由于他激动得一直摩擦着拽动皮带,使得那件花衬衣的边缘露了一截出来。他对此并不在乎;他已经表达了自己所有的苦楚,现在也不妨让大家看看他身上的这几片破布,然后就把他拖走吧。他想象着,这里地位最低的侍者和舒巴尔,他们两人应该会施以他这最后的恩惠。舒巴尔将会得到清白,不必再陷入绝望,就像首席会计所说的那样。船长可以雇用一船的罗马尼亚人,船上到处都说罗马尼亚语,或许那时一切真的会变得更好。将不再有锅炉工来总出纳处瞎聊,其他人只会在友好的会议中记起他最后一段废话,就像参议员明确解释的那样,这段话间接地促使了他和外甥的相认。顺便说一句,这位外甥之前曾多次试图帮他,因此在与外甥相认这件事上,外甥已经给了锅炉工远超过他应得的报答了;锅炉工现在根本没想过还要向他索取什么。此外,他虽然是参议员的外甥,但他也远不是船长,最后让他痛苦的那些话还是从船长的口中说出的。锅炉工尽力避免看向卡尔,但是不幸的是,在这个充满了敌对者的房间里,无处安放他的眼神。

"别曲解了实际情况，"参议员对卡尔说，"这或许是公正的问题，但同时也关涉一个纪律问题。这两者，特别是后者，都取决于船长先生的判断。"

"的确是这样。"锅炉工咕哝着。谁注意到并听懂了他这话，都会感到困惑地笑笑。

"此外，我们已经极大地干扰了船长的公务，船才刚抵达纽约，公务肯定积累成堆了，我们是时候离开这艘船了，以免因为我们无关紧要的插手，将两个机械师微不足道的争吵变成轩然大波。亲爱的外甥，我完全理解你的行为方式，但正因如此，我有权迅速把你带离此地。"

"我会立刻为您备好一艘小船。"船长说，让卡尔惊讶的是，他对舅舅的话没有提出丝毫异议，即便这番话有明显自谦的痕迹，首席会计急忙走向办公桌，将船长的命令传达给了水手长。

"事情已经迫在眉睫了，"卡尔自言自语道，"但如果我怕得罪人，我就什么事情也做不了。我现在不能离开我的舅舅，他才刚刚找到我。船长虽然很有礼貌，但也仅此而已。他的礼貌在涉及纪律时，就戛然而止了，我舅舅肯定说出了他的心声。我不想和舒巴尔说话，我甚至觉得跟他握手都是个错误。这里的其他人都是无足轻重的。"

他沉浸在这些想法中，缓缓走向了锅炉工，把他的右手从腰带中拉出来，握在手里玩弄着。

"你为什么什么都不说呢？"他问，"你为什么要忍受这一切？"

锅炉工只是皱着眉，仿佛在思考如何表达他想说的话。此外，他只是低头看着卡尔和他自己握住的手。

"在这艘船上，没有人像你一样受到这样不公正的待遇，这一点我很清楚。"卡尔的手指在锅炉工的手指之间慢慢移动，锅炉工的眼睛闪闪发亮，他看着周围的一切，好像他正在经历一种幸福，没有人能扫他的兴。

"但你必须站起来抵抗，保护自己，说出个是非对错来，否则这些人就不会了解真相了。你必须向我保证，你会听我的话按我说的去做，因为我怕我可能没办法再继续帮你了。"然后卡尔开始一边哭，一边亲吻着锅炉工的手，他握住了那只粗糙的、僵硬的、几乎毫无生气的手，把它贴在他的脸颊上，就像那是一件他不得不舍弃的宝藏。但参议员舅舅已经走到了他身后，把他拉开了，还带着一丝强迫。

"看来锅炉工已经把你迷住了。"他说着，越过卡尔的头顶，向船长投去了理解的一瞥。

"你觉得你在被遗弃的时候找到了这个锅炉工，现在对他充满了感激，这完全值得称赞。但请为了我，不要做得太过火，请学着理解你现在的地位。"

门外响起了一阵喧闹声，可以听到有人在呼喊，甚至有人好像被粗暴地推到了门上。一个水手走了进来，看上去有些野蛮，身上还系着一个女款的围裙。"外面有人！"他大喊道，并且用一只手肘向四周随意地挥来挥去，就像他还在拥挤的人群中一样。最后，他总算恢复了理智，准备向船长敬礼，这时他注意到了那条女款的围裙，于是扯下了它，扔到了地上，大声喊道：

"这真让人恶心,他们竟然给我系了一条女人的围裙。"然后,他将脚跟并拢在一起,向船长敬了个礼。有人想笑出声来,但船长严肃地说:"你们心情真好啊。谁在外面呢?"

"那是我的证人,"舒巴尔走上前说道,"我恳请您原谅他们不适当的行为,我为他们向您道歉。这些家伙刚刚完成这次航行的工作,他们有时像疯了一样。"

"立刻叫他们进来!"船长命令道,并马上转向参议员,礼貌但迅速地说,"尊敬的参议员先生,现在请您带着您的外甥跟着这位水手走,他会带你们去船上。参议员先生,能结识您实在是我的荣幸,这一点我自然不必多说。我只希望有机会能和您——参议员先生,再次讨论讨论我们和美国轮船的关系问题,我们的谈话到时也没准儿还会像今天一样,以令人愉快的方式被打断。"

"目前这个外甥就够我应付的了,"舅舅笑着说,"现在,请允许我对您的善意和友好表达最深切的感谢,您多保重。顺便说一句,在我下次回欧洲旅行时,我们也许能有更长的时间相处,这绝非不可能。"他说着,紧紧地搂住了卡尔。

"这真让我感到由衷的高兴。"船长说。两位先生互相握了握手,就此告别。卡尔也只能一声不响地迅速向船长伸出手握了握,因为船长已经被舒巴尔带领的十五人左右的团体围住了,他们虽然在舒巴尔的领导下,却闹哄哄的。水手请参议员先生允许他走在前面,以便帮助参议员和卡尔分开人群,让两人能轻松地穿过这些弯腰鞠躬的人。这群本质上善良的人似乎把舒巴尔和锅炉工之间的争论当成了一种玩笑,即使在船长面前也止不住地笑着。卡尔注意到其中还有厨房里的那个女孩莉娜，她向他逗趣地眨了眨眼，系上了那个水手扔下的围裙，原来那条围裙是她的。

他们跟着水手继续走，离开了办公室，转入了一个小走廊，几步之后就到了一个小门前，门后有一段楼梯，正向下通往事先准备好的小船。他们的向导水手立刻毫不迟疑地一跃而下，在艇上的水手们都站起来向他致敬。参议员正提醒卡尔要小心点下台阶时，他站在最高的台阶上，突然大哭了起来。参议员把右手放在卡尔的下巴上，把他紧紧地搂在怀里，用左手轻抚安慰着他。他们这样一级一级地踩着台阶，慢慢地走了下去，紧密地相拥着走上了小船，参议员在他对面为卡尔挑选了一个适当的座位。在参议员的示意下，水手们把小船划离了大船，他们立刻全力投入了工作。他们离大船还只有几米的距离，卡尔发现他们正对着船上总出纳处窗口的那一边。舒巴尔的证人们都挤在那房间的三个窗户旁，友善地向他们致意。甚至舅舅也向他们表示感谢，一名水手还表演了个特技，在不影响均匀划桨的情况下，还能借着手送去一个飞吻。而现在，似乎锅炉工这个人已经不再存在了。卡尔端详着舅舅，他们的膝盖几乎碰到了一起，他开始怀疑这个人是否真的能取代锅炉工。舅舅避开他的目光，看向了小船周围摇晃着的波浪。

舅舅

在舅舅家里，卡尔很快就适应了新的环境。即使在很小的事情上，舅舅也会对他非常友好，卡尔从不需要先从糟糕的经历中吸取教训，这种经历恰恰在许多人初到国外的生活中十分常见，会使他们感到十分辛酸。

卡尔的房间位于一栋建筑的第六层[1]，下面五层及地下三层[2]都是舅舅的公司。每天早晨，当卡尔一走出他的小卧室时，那透过两扇窗户和一扇阳台门射进来的光总是让他惊讶不已。如果他作为一个贫穷的小移民登上美国大陆，他又会在哪里栖身呢？是的，也许他们甚至不会让他进入美国，而是把他遣送回家，根本不会关心他没有家可以回的事实。因为在这里别指望别人会同情你，卡尔关于美国的看法是完全正确的；似乎只有那些幸运的人，才能在周围毫无忧虑的面孔中真正享受到他们的幸福。

---

[1] 中国楼房的第七层。中国楼房的一层属于欧洲楼房的零层，零层也属于地下层。——译者注（如无特殊说明，本书注释均为译者注）
[2] 按照中国楼房的计算方式，一层到六层及两层地下室都是舅舅的公司。

房间前面延伸出一个狭窄的阳台,宽度和整个房间相同。要是在卡尔的故乡,这里可能就是城市最高的观景点了,但在这里,只能看到一条街道,街两旁的房屋仿佛被整齐地削去了顶,街道笔直地、像是在逃跑般地延伸向远方,在那遥远的地方,巨大的教堂在浓浓的雾气中崛起。而在这条街上,无论是早晨、晚上还是夜里的梦境中,都有源源不断的车辆,从上面向下看去,就像是一片由扭曲的人形和各类车辆顶部组成的混沌拼图,从这片混沌中又升腾出另一种更加丰富、狂乱的混合噪声、尘土和气味。这一切都被强烈的光线所捕捉、渗入,同时这些光线又被分散到物体上,被它们带走又送回来,对于眯着的眼睛来说,这光似乎实体化了,就如同一块盖在街道上方的玻璃片,每时每刻都在被全力击碎。

舅舅对所有的事情都十分谨慎,他建议卡尔在这里先别认真地从事过多的事情,应当只是检视、观察,而不要让自己卷入其中。一个欧洲人到了美国的头几天堪比第二次诞生,虽然同从另一个世界进入人类世界相比,适应美国可能更快一些,他这么说,是想让卡尔不必产生多余的恐慌,但他必须记住,人最初的判断总是站不住脚的,不能因此而影响未来的判断,特别是还要借由这些判断来指引自己在这里的生活的话。他还提到,他见过一些刚到的人,他们并没有按照这些原则来行事,而是在阳台上一站就是好几天,像迷失的羔羊一般凝视着下面的街道。这绝对会让人产生困惑!这种孤独的闲散会让人以为繁忙纽约的工作日似乎并不忙碌,对于一个以娱乐为目的的旅行者来说,这未尝不是一个可以接受,甚至是值得推荐的活动。但对于那些打算长期留在这里的人，这种举动将会是毁灭性的，尽管这个词可能有些夸张。事实上，每当舅舅来访时（他每天只来一次，还总是在不同的时间），要是发现卡尔正站在阳台上，舅舅总会皱着眉头表示不满。卡尔很快就意识到这一点，因此尽量不让自己站在阳台上，不再过分沉溺于这种快乐的闲散。

这当然也不是他唯一的乐趣。在他的房间里，摆着一张顶级的美国式写字台，是他的父亲多年以来一直想要的那种，他的父亲曾试图在各种拍卖中以他所能承担的便宜价格购买一张，但因为微薄的财力而未能实现。当然，这张桌子和那些欧洲的拍卖行里出现的所谓的美式写字台根本不可同日而语。例如，在这张桌子的上部有上百个各种大小的隔层，连美国总统也能为他的每一个文件找到合适的地方。此外，桌子侧面还有一个调节器，人们只需转动一个手柄，就可以根据需要和喜好随意调整和重新组合成新的隔层。薄薄的侧壁可以缓缓下降，形成新组合成、被升上来的隔层的顶部或是底部；只需转动手柄一圈，桌子的上部就会呈现出完全不同的外观，而一切外观呈现都将依据你旋转手柄的节奏，或是缓慢或是快得出奇地发生。这桌子就是最新的发明了，这件发明却让卡尔想起了那些在故乡的圣诞市场上表演给好奇的孩子们的耶稣降生剧，卡尔经常裹着厚冬衣站在那里，看着一个老人不停地旋转手柄，卡尔于是不断地将他转动手柄的动作同耶稣降生剧中展示出来的效果相比较，如东方三位国王缓慢前进、星星的闪烁和神圣马厩中褴褛的生活。他那时总觉得站在他身后的母亲并没有仔细关注所有的剧情；直到他拉着她贴近自己的后背，并大声呼喊着向她指出那些隐秘的情景，或许是一只兔子，它正在草地上一会儿像小人儿般直立着，然后又准备奔跑，直到他的母亲捂住了他的嘴，又回到了她之前漫不经心的状态。当然，这张写字台的存在并不是为了让卡尔专门回忆起这类事情的，但在发明史上也存在着类似的模糊关联，就像在卡尔的回忆中那样。与卡尔不同，卡尔的舅舅对这张桌子毫不满意，他只想为卡尔买一张像样的桌子，而现在这种桌子全都配着这样的新装置，它们还有一个优点，即可以低成本地安装在一张老式桌子上。不过，舅舅仍然建议卡尔尽可能不要使用这个调节装置；为了加强这番劝告的效果，舅舅声称这个装置非常敏感，容易损坏，修复起来非常昂贵。不过，不难看出舅舅的这些话也只是借口，因为从另一方面说，调节器其实很容易被锁住从而无法转动，但舅舅却没有这样做。

在最初的几天里，卡尔和他的舅舅自然经常聊天。卡尔也提到，在家时，虽然他很少弹钢琴，但是很喜欢这个乐器，不过他也只能弹弹母亲教给他的初级曲目。卡尔很清楚，他说这番话就是想请舅舅送他一架钢琴，他对周围的观察已经让他足够清楚，舅舅并不需要节省。尽管如此，他的请求并没有马上得到满足，大约八天后，舅舅不情愿地承认，钢琴刚刚送到，如果卡尔愿意的话，他可以监督搬运工作。这项工作并不困难，但也并不比搬运钢琴轻松，因为房子里有一部专门的家具电梯，一辆家具车可以毫无障碍地停进电梯里，钢琴就是通过这部电梯被送到了卡尔的房间。卡尔本人当然也可以和钢琴及搬运工一起乘坐同一部电梯，但是旁边的客运电梯正好空着，于是他选择了乘坐这部电梯，通过一个操控杆，让自己始终和另一部电梯保持同样的高度，并通过玻璃墙欣赏着那架现在属于他的漂亮的钢琴。当钢琴放到他房间里后，他弹奏出音符时，他高兴得如痴如醉，以至于跳了起来，把自己弹开了一段距离，他双手叉腰，站在那儿欣赏着这架钢琴。房间的音响效果也非常出色，足以消除一开始他住在钢铁建筑中的那种不安全感。实际上，尽管屋外的建筑看起来千篇一律，但在房间里，你根本不会察觉到任何钢铁结构的痕迹，也没有一个小细节会破坏整个温馨的氛围。在一开始时，卡尔对自己的钢琴技能寄予了很大希望，他并不羞于在入睡前想象自己的钢琴演奏能立即影响美国的现况。但当他在那嘈杂的空气中，冲着打开的窗户弹奏着故乡的一首古老的士兵之歌时，听起来总是很怪异。这首歌是士兵们躺在军营的窗前，向外看着黑暗的广场时，对着窗户相互唱起的。然而，当他弹完看向街道时，街道上依然没有什么改变，这只是一个庞大循环中的一小部分，除非你了解整个循环中所有起作用的影响力，否则这个循环就不能被停止。舅舅容忍着卡尔弹钢琴，也没有说什么反对的话，尤其是卡尔不受到敦促的话，也很少拥有自己主动弹琴的快乐；舅舅甚至给卡尔带来了美国进行曲的乐谱，当然还有国歌的谱子。但是，有一天，舅舅不无戏谑地问卡尔是否也想学习拉小提琴或是吹法国号，显然这种问题不能说是出于对音乐的喜爱。

学习英语当然是卡尔的首要任务。一位年轻的商学院教授早上七点钟会来卡尔的房间，一进来就能看到他要么就是已经坐在了书桌前，手边摆着笔记本，要么就正在背诵着什么，并在房间里走来走去。卡尔明白，学好英语是当务之急，十分紧迫，而且他在这里也有最好的机会。他在学习上突飞猛进，这让他的舅舅十分喜悦。事实上，虽然起初他与舅舅的对话仅限于英文的问候和道别，但后来他们之间的对话中越来越多地开始掺杂英文，同时更亲密的话题也开始出现。卡尔在某个傍晚第一次为舅舅朗诵了一首美国诗歌，内容描绘了一场大火，这让舅舅十分满意，并露出了极其严肃的表情。当时他们俩站在卡尔房间的一扇窗户旁，舅舅看向窗外，所有的天光都已消失，舅舅在对诗歌的共鸣中，缓慢而有节奏地拍着手，卡尔则挺直了身子站在他旁边，凝视着前方，努力脱口而出地朗诵着这首寓意深刻的诗歌。

随着卡尔的英语逐渐变好，舅舅越来越喜欢把他介绍给自己的朋友，一旦有这样的场合，他总是安排那位英文教授暂时待在卡尔身旁。在一个上午，他介绍给卡尔的第一个朋友是一个身材修长、年轻、异常能屈能伸的人。舅舅格外殷勤，引导他来到了卡尔的房间。他显然是那些在父母眼中不太成器的富二代中的一员，他的生活方式，哪怕只是其中的任意一天，可能都会令一个普通人为之感到痛苦。而他似乎知道或能预感到这一点，并尽其所能地对抗这种情况，他的嘴唇和眼睛周围总是带着幸福的微笑，这种微笑似乎也针对着他自己、那些与他对立的人及整个世界。

在舅舅的全力支持下，这位被称作麦克先生的年轻人约好和卡尔一起在早上五点半去马术学校或是户外一起骑马。卡尔起初对这件事犹犹豫豫，因为他从未骑过马，想先稍微学习一下骑马，但舅舅和麦克一再鼓励他，把骑马描述成纯粹的娱乐和健康锻炼，而不是什么艺术技艺，最后他同意了。现在，他必须四点半就起床，这对他而言很难受，因为他白天不得不保持专注，这让他陷入了极度的嗜睡，但在他的浴室里，这种痛苦很快就消失了。淋浴的喷头覆盖了整个浴缸的长和宽——老家的哪个同学在自己家都不能拥有这样的好物，即使再有钱也做不到，更不用说这一切都是单独为他自己所有——卡尔躺在浴缸里，可以伸开双臂，随心所欲地让水流喷洒下来覆盖全身，一会儿是温水，一会儿是热水，然后再变成温水，最后又变成冰冷的水。他躺在那里，仿佛仍在享受睡觉的快乐，尤其喜欢闭上眼睛，去捕捉那最后几滴单独落下的水珠，然后感受水珠的破碎，最后它们又流过脸颊。

当卡尔乘坐着舅舅的高级轿车到达马术学校时，英语教授已经在那里等他了，而麦克则是一贯的稍微迟到。但麦克也大可放心地晚来，因为只有等他来了，真正的马术课才开始。难道不是每当麦克出现时，那些半睡半醒的马儿才会突然活蹦乱跳吗？那挥舞的马鞭不是在麦克出现的时候才在空中响得更大声吗？那二楼的回廊上不是才会突然闪现出一些人，如观众、马夫、马术学员或者别的什么人吗？而卡尔则充分利用麦克来之前的时间，进行一些基本的骑马预备练习。给他上课的是一个高个子的男人，几乎不用抬起手臂就能够到最高的马背，他会给卡尔进行大概不到一刻钟的马术指导。卡尔在这方面的学习成绩并不是很出色，但他却学会了很多抱怨的英语，可以在学习期间一刻不停地向英语教授抱怨，而教授一直靠在门框上，经常显得困倦不堪。但是，只要麦克来了，卡尔对骑马的抱怨就几乎立刻消失了。那个高个子男人被打发走，在这个半明半暗的大厅里，除了马蹄铿锵的声音，别的声音也都听不到了。看到的也不过是麦克高举着手臂向卡尔发出指令。经过半个小时如同美梦一般的娱乐活动之后，马术学习就停止了。麦克很赶时间，他向卡尔匆匆告别，有时，卡尔的马术表现特别令他满意的话，他会拍拍卡尔的脸颊，然后才消失得无影无踪，他甚至没时间和卡尔一起走出门外。随后卡尔就带着英语教授坐上了汽车，他们通常绕路去上英语课程，因为要是直接穿过从舅舅的住所通往马术学校的那条繁忙大街，会耽搁太多的时间。而且英语教授的陪同也很快就停止了，因为卡尔总是不忍心让疲惫的教授白白浪费时间跑去马术学校，尤其是和麦克进行的英语沟通非常简单，于是他就请求舅舅免除教授的这一责任。稍作考虑后，舅舅答应了这个请求。

尽管卡尔曾多次请求，但是过了很长时间，舅舅才决定让卡尔稍微了解一下他的生意。这是一种委托和运输的业务，在卡尔的印象中，在欧洲可能根本找不到这类业务。实际上，该业务是一种中间贸易，不是直接把商品从生产者那里送到消费者或是商人的手中，而是替大型的工厂联盟介绍所有的商品和原材料，并包括这些货物在他们之间的调解周旋。因此，这是一项购买、储存、运输和销售为一体，经营范围十分广泛的业务，从事这项业务的工作人员必须与客户保持非常精确、不间断的电话和电报联系。电报厅可真不小，规模远超过卡尔曾经去过的老家电报局——当时卡尔还是沾了在那儿工作的老同学的光才得以参观。而当人们走进电话大厅，会看到每间电话亭的门都在不停地开开关关，电话铃声令人晕头转向。舅舅打开了离他最近的一扇门，在闪烁的灯光下，能看到一个员工坐在那里，对开门噪声漠不关心，他的头上紧紧绑着一条钢带，把听筒紧紧压在了耳朵上。他的右臂搁在一张小桌子上，好像特别沉重，他的手指拿着铅笔，以一种非人类的速度迅猛、匀速地抖动着。他对着话筒说的话很少，有时甚至看到他似乎想要反驳对方，进行更详细的提问，但他听到了某些词语，这迫使他在执行自己的想法前只能低下头，开始书写记录。舅舅小声地向卡尔解释，他其实不需要说话，因为同时还有另外两名员工也在接收同样的报告，然后再进行比较，尽可能地排除错误。就在舅舅和卡尔走出门的一瞬间，一个实习生溜了进去，拿着那张有记录的纸走了出来。整个电话大厅的中间，有一条拥挤的路供人们来回奔波。没有人打招呼，因为打招呼的习惯已经废除了，每个人都跟着前面人的脚步，看向地面，尽可能快速地向前移动，或者是在手里拿着纸张时，随着步伐跳动，用目光捕捉着纸上的一两个文字或数字。

"您真的取得了很大的成就。"卡尔在一次参观这些业务进程时，在一个走廊里说。要想参观完公司的整个流程，需要花很多天的时间，即使他们只是想粗略看看每个部门的情况也得这么久。"这一切都是三十年前我自己布局的。当时我只在港口区有一个小生意，如果一天能卸个五箱货，那都够多了，我都会充满自豪地回家。今天，我已经拥有港口的第三大仓库，原来的那家小店现在已经是我第六十五组包装工人们的餐厅和工具室了。"

"这简直是奇迹！"卡尔说。

"在这里一切都发展得很快。"舅舅说着，中断了谈话。

有一天，卡尔正打算像往常一样独自用餐，舅舅在他吃饭前突然到了，要求他穿得稍微正式一点，一起去吃个饭，说还有两位生意伙伴也会和他们一起吃饭。当卡尔在旁边的房间里换衣服时，舅舅走到了书桌前，翻了翻他刚刚完成的英语作业，用手拍着桌子，大声说道："真是出色极了！"卡尔听到舅舅的表扬，无疑换衣服换得更开心了，而且对自己的英语确实也更有把握了。

　　在舅舅的餐厅里——卡尔对这餐厅记忆犹新，他刚到达的那天晚上就来过这里。两位高大又壮硕的先生起身迎接了他，在用餐过程中得知，其中一位是格林先生，另一位是波隆德先生。舅舅很少会随便谈起和任何熟人有关的事，总是让卡尔自己通过观察来发现那些必要的或者有趣的信息。在实际的用餐中，他们只讨论了一些私密的商业事务，这对卡尔来说是一次学习关于商业术语表达的好机会；当卡尔安静地吃饭时，周围一片寂静，好像卡尔还是一个需要好好吃饱的孩子。格林先生朝着卡尔倾身过来，用尽量清晰的英语询问卡尔对美国的第一印象。卡尔环顾四周，在死一般的寂静中，他侧过目光看着舅舅，回答得相当仔细，试图用一种稍带纽约口音的说话方式讨好他们。在说起一个词时，三位男士甚至同时大笑了起来，卡尔担心自己犯了个严重的错误。但事实并非如此。波隆德先生解释道，他说得非常地道。波隆德先生似乎特别喜欢卡尔，当舅舅和格林先生回到他们的商业谈话中后，他还让卡尔把椅子挪得离自己近一点，先是向卡尔问了问名字的由来、家乡的情况及到美国的旅程，最后他笑着，一边咳嗽一边急切地讲述着自己和女儿的生活，他们住在离纽约不远的一个小庄园里。但他只是晚上待在那儿过夜，因为他是个银行家，他的职业让他得整天待在纽约。卡尔也立刻收到了他热情的邀请，波隆德先生让他去参观乡间别墅；像卡尔这样一个新到美国的年轻人，肯定需要偶尔从纽约这个环境里解脱、放松一下。卡尔立刻请求舅舅允许他接受这个邀请，舅舅看似高兴地同意了这个要求,却没有像卡尔和波隆德先生期待的那样提及具体的日期,也没有说自己考虑考虑的话。

然而第二天,卡尔就被叫去了舅舅的一间办公室里(单在这栋楼里,舅舅就有十间不同的办公室),到了以后,他看到舅舅和波隆德先生正在扶手椅里躺着,相顾无言。

舅舅说:"波隆德先生来了,正如我们昨天所讨论的,他要带你去他的乡间别墅。"

卡尔回答:"我不知道今天就要去,要不然我会早点做好准备的。"

舅舅说:"如果你没有准备好,那么我们最好把这次拜访推迟一些。"

"年轻人需要准备什么呀!"波隆德先生大喊道,"一个年轻人应该随时都能准备好出行!"

舅舅回答道:"这不是他的错。"然后又转向客人说,"但是他确实要回到自己房里准备一下,而您却要在这儿等等了。"

波隆德先生说:"我的时间倒还充裕,我已经考虑到会有些拖延,所以我就提前结束了工作。"

舅舅说:"你看,你还没去拜访,已经给人家带来了诸多不便。"

卡尔说:"我很抱歉,但我马上就回来。"他转过身子就要离开。

"您不必着急",波隆德先生说,"您一点都不会给我添麻烦,相反,您的来访会让我十分高兴。"

"会耽误你明天的马术课吧,你已经取消了吗?"

"没有,"卡尔说,他一直期待着这次拜访,但现在开始感到有些沉重了,"因为我并不知道——"

"那么,你还是打算去吗?"舅舅接着问道。

波隆德先生,这位热心人,又过来帮忙了。

"我们在去的路上可以在马术学校停一下,把事情处理好。"

"那么听上去没问题,"舅舅说,"但麦克会等你的。"

"他不会等我的,"卡尔说,"虽然他肯定会过去的。"

"这样吗?"舅舅说,好像卡尔的回答压根儿不是什么理由。

波隆德先生这时又说了关键的话:"但是克拉拉,"她是波隆德先生的女儿,"也在等他,而且就在今晚,她是不是比麦克更重要呢?"

"当然,"舅舅说,"那你就去你的房间换衣服吧。"他一边说一边好像无意识地拍了几次扶手椅的扶手。卡尔已经走到了门口,舅舅又用一个问题叫住了他:"明天早晨的英语课,你还是会回来上的吧?"

"可是!"波隆德先生叫道,他惊讶得猛地转过身,尽管这对于他那庞大的身躯来说不太容易,"难道不能至少让他明天在外面待一天吗?我后天一早就把他送回来。"

"这绝对不行,"舅舅回答,"我不能让他如此荒废学业。等他以后步入了正规的职业生涯后,我会很高兴地允许他接受这种友好且让人感到荣幸的邀请,哪怕是更长的时间也行。"

"这是多么矛盾的说法。"卡尔想。

波隆德先生有些难过:"就只能玩一个晚上住一夜,这实在不太划算。"

"我也是这么想的。"舅舅说。

"得到什么就得接受什么喽,"波隆德先生说着又笑了,"那么就这样吧,我等着你!"他对卡尔喊道。他这么说了以后,舅舅也没再说什么,卡尔就匆匆离去了。

当卡尔快速地准备好了出行的一切又返回时,他在办公室里只见到了波隆德先生,舅舅已离开。波隆德先生非常高兴地与卡尔握了握手,仿佛只有这样强烈的举动才能证实卡尔最终还是会与他一起出行。卡尔也因为匆忙收拾而满头大汗,他握着波隆德先生的手,很高兴自己能一起出行。

"舅舅因为我要去郊游而生气了吗?"

"哪有,他并没有那么较真儿。他只是非常关心你的教育。"

"他亲口告诉了您,他之前的话并不是那么较真儿吗?"

"是的。"波隆德先生支支吾吾起来,这倒是证明了他并不会撒谎。

"真奇怪,既然您是他的朋友,他为什么这么不情愿我去拜访您呢?"

虽然波隆德先生没有承认,但他也找不到一个解释。所以当他们乘坐波隆德先生的汽车穿过温暖的黄昏时,他们还在长时间地思考这件事,尽管他们当时已经在谈论其他的话题了。

他们紧紧挨在一起坐着,波隆德先生一边说,一边握住了卡尔的手。卡尔想更多地了解一些关于克拉拉小姐的事情,好像他已经对这漫长的旅途感到不耐烦,想听着这些讲述才能让时间过得快点,早点抵达。卡尔还从未在夜间驱车穿过纽约的街道,他们穿过那些人行道和行车道,不断地变换着方向,像是要被嘈杂声所吞没，仿佛这不是由人类引起的，而像是一种陌生的元素，卡尔在努力倾听波隆德先生的话语时，注意力却只集中在波隆德先生的深色背心上，一条金色链条安静地横挂在他的背心上。在街道上，人群因为担心迟到，正大片地疾步移动着，匆忙地拥向剧院。他们的车从街道穿过，又闯过了市区与郊区的过渡区，进入了远郊，在那儿，汽车被骑警一再指示引上一条支道，因为大道已经被发动罢工游行的冶金工人所占据了，交叉路口只允许紧急的车辆通过。当这辆车从昏暗的、有低低回声的小巷子走出来，穿过一条像广场那么宽的马路时，路面两侧已经汇聚了看不到尽头的巍巍人群，人们迈着极小的步伐整齐移动着，他们的歌声比单人的声音更为统一。但在畅通无阻的道路上，偶尔可以看到一个正骑在马上静止不动的警察，或是扛着旗帜或横幅，以及举着文字标语横跨马路的人，或者是一位被同事和后勤人员围住的工人领导人，或者是一辆电车，因为没来得及逃走而静静地停在那里，车上没有人，黑洞洞的，司机和售票员正一起坐在站台上。一小群好奇的人正站在远处，他们离真正的抗议者还很远，尽管他们对真正发生的事情并不清楚，却没有离开。此时卡尔正高兴地靠在波隆德先生搂着他的手臂上。他坚信自己是一个受欢迎的客人，很快就会抵达一个乡间别墅，别墅里会十分明亮、四周被围墙环绕，还有狗守卫着。这种信念在他心中产生了极大的安慰。即使因为打瞌睡，他不再能完全正确地理解波隆德先生所有的话，甚至有时会错过一些片段，但他仍不时地振作精神，揉揉眼睛，再次确认波隆德先生是否注意到了他的困意，因为这是他穷极气力想避免的。

纽约城外的乡村别墅

"我们到了。"波隆德先生在卡尔迷迷糊糊打瞌睡时说道。汽车停在了一栋乡村别墅前,这栋别墅看起来像纽约富人的乡村别墅,对满足一个家庭的需求来说,它似乎过大过高了。这栋房子只有下半部分被照亮了,因而也无法衡量它到底有多高。房前的栗子树沙沙作响,有一条不长的小路,通往房子前的台阶。入口的栅栏已经打开了。卡尔在下车时恍惚地感到疲倦,他猜想这段行程可能耗费了相当长的时间。在栗树林投下的黑暗中,他听到一个女孩的声音在耳边响起:"您终于来了,雅各布先生。"

"我姓罗斯曼。"卡尔说,他伸手抓住了此刻向他伸出的一只女孩的手,在一片昏暗中他看到了女孩的轮廓。

"他只是雅各布的外甥,"波隆德先生解释道,"他的名字叫卡尔·罗斯曼。"

"但这丝毫不会改变我们欢迎他来访的喜悦。"那个姑娘说道,她对名字并不太在意。

尽管如此,卡尔在和波隆德先生与那姑娘一起朝着房子走去的时候还是问道:"你是克拉拉小姐吗?"

"是的,"她说,在屋子传来的微弱的灯光下,她把脸转向他,"不过我可不想在黑黢黢的环境里介绍自己。"

"她是在门口等着我们吗?"卡尔想,他一边向里走一边逐渐清醒过来。

"顺便说一句,我们今晚还有一位客人。"克拉拉说。

"不可能!"波隆德生气地喊道。

"是格林先生。"克拉拉说。

"他是什么时候来的?"卡尔问,似乎对此有所预感。

"就在刚才。就在你们之前到的,你们难道没听见他的汽车声?"

卡尔抬头看向波隆德,想了解他是如何看待这件事的,但他把手插在裤兜里,只是在走路时稍微加重了些脚步。

"即使住在纽约近郊,也难以避免受到干扰。我们一定得再搬得远一点,即使我回家需要开半夜的车也得搬。"

他们在台阶上停了下来。

"不过格林先生很久都没来过了。"克拉拉说,她显然完全同意父亲的意见,但还是想宽慰他,让他平静下来。

"他为什么今天晚上来?"波隆德说,这话愤愤不平地从他气鼓鼓的下唇边溜了出来,他的下唇松垮又肥厚,随着他说话时的举动不停地晃动。

"的确如此!"克拉拉说。

"也许他很快就会离开了。"卡尔说,他惊讶于自己居然同这两个昨天对他来说还完全陌生的人达成了一致。

"哦，不，"克拉拉说，"他有个大生意要和爸爸谈，所以他们的谈判可能会持续很长时间，因为他已经跟我开玩笑说，如果我想当一位礼貌周到的女主人，那我就得仔细听到早上。"

"所以他居然还要留下过夜！"波隆德大喊道，就像事情终于发展到了最糟糕的境地一样。"我现在真想，"他说，似乎他的新想法让他变得更友善了，"我真的很想把你，罗斯曼先生，再带回到汽车上，送回你舅舅家。今天晚上的事情从一开始就被阻挠了，谁知道你的舅舅下次何时才会再把你交给我们。如果我今天就把你送回去，他下次就不会再拒绝我们邀请你来做客了。"

说话间，他已经握住了卡尔的手，准备执行他的计划。但卡尔并未移动，克拉拉请求父亲让卡尔留下来，因为至少她和卡尔不会被格林先生打扰，最后波隆德也意识到他送走卡尔的决心并不坚定。此外——这也许是最重要的——他们突然听到格林先生站在楼梯上的平台朝着下面大喊道："你们到底在哪儿呢？"

"来了。"波隆德说着，转身朝台阶上面走去。卡尔和克拉拉跟在他后面，他们在灯光下相互打量着对方。

"她的红唇竟这般艳丽。"卡尔自言自语道，他想到了波隆德先生的嘴唇，它们在他女儿身上竟得到了改善，变得如此漂亮。

"晚餐过后，"她说，"如果您愿意，我们就直接去我的房间，这样至少能摆脱这位格林先生，尽管爸爸还得跟他打交道。但愿您会乐意为我弹钢琴，因为爸爸已经告诉过我，您弹得很好，可惜我完全不擅长演奏乐器，我也不碰我的钢琴，虽然我很爱音乐。"

卡尔对克拉拉的建议表示完全同意,尽管他也想把波隆德先生拉进他们的圈子。但当他们踏上楼梯的时候,格林那巨大的身材展现在他们面前——尽管卡尔已经习惯了波隆德的身高——他还是缓慢地意识到,今天晚上,没有任何希望从这个人身边把波隆德先生拉走。

格林先生急匆匆地将他们迎进了屋,好像有很多事情要做似的,他挽起波隆德先生的胳膊,把卡尔和克拉拉推到了餐厅里,餐桌上的鲜花正从新鲜的叶片中探出来,显得格外庄重,因而也让格林先生的打扰更显得遗憾。卡尔在等待其他人入座时,看着餐桌,不禁感到高兴,因为通往花园的大玻璃门正敞开着,一股浓郁的香气迎面扑来,让人觉得仿佛进入了花园的亭子。就在这时,格林先生喘息着走了过来,关上了那扇大玻璃门,他弯腰去插上了最下面的横闩,又伸展胳膊插上了最上面的横闩,一切动作都像年轻人一样敏捷而迅速,以至于赶过来的侍者都没什么事可做了。格林先生在餐桌上的头几句话,是表达了对卡尔得到了舅舅访问许可的惊讶。他一口接一口地把盛得满满的汤勺送入口中,然后向右边的克拉拉、左边的波隆德先生解释,他为什么会那么惊讶,他说起舅舅是如何守护着卡尔,舅舅对卡尔的爱是如此伟大,让人很难再称之为舅舅对外甥的爱。

"他不仅不必要地搅和进来,还要在我和舅舅之间插手。"卡尔心想着,那金色的汤他一口也喝不下去了。但他又不想让人知道他煎熬的心情,便又开始默默地把汤灌下去。这顿饭吃得很慢,就像一场磨难。只有格林先生和克拉拉还算活跃,偶尔有机会就会笑一笑。波隆德先生在格林先生开始谈论生意时，几次也被扯进了其中。尽管如此，他还是很快就从谈话中抽身，过了一会儿，格林先生只好又不得不用一些意想不到的事情去吸引他再次加入谈话。格林先生承认，他本没有打算进行这次意外的访问（此时卡尔正竖起耳朵倾听着，仿佛有什么危险即将发生，此时克拉拉不得不提醒他，烤肉就摆在他面前，他正在参加晚宴），因为要谈论的事情特别紧迫，但原本今天在城里至少就能商讨最重要的部分，而较次要的部分可以留到明天或以后进行；事实上，他的确是在今天下班之前去等了波隆德先生，但没遇到他，所以他被迫打电话回家，说他晚上不能回家过夜，并因此开车来到了城外。

"这么说我得道歉了，"卡尔大声说，还没等别人回答就继续说，"都是因为我，波隆德先生今天才提前结束了工作，我真的很抱歉。"

波隆德先生用餐巾盖住了大部分的脸，而克拉拉虽然看着卡尔微笑，但那并不是表示理解的微笑，而是一种想要以某种方式影响他的微笑。

"这没有什么需要道歉的，"格林先生边说边用刀剖开了一只鸽子，"相反，我非常高兴能在如此愉快的陪伴中度过这个晚上，而不用独自在家享用晚餐，我的年迈女管家负责招待我；她已经如此年迈了，从门走到餐桌都已经步履蹒跚，而且如果我想观察她走这条路，我得长时间地靠在我的椅子上看着。就在不久前，我设法让用人将食物送到餐厅的门口，但据我了解，从门到我桌子的这段路仍属于她的工作范围。"

"天哪!"克拉拉叫道,"这是多么忠诚的行为!"

"是的,这世上还存有忠诚。"格林先生说,一边将一口食物送进了嘴里,卡尔偶然瞥见他把一块食物递到嘴边,用舌头轻轻一卷就送到了口中。他感到有些恶心,于是站了起来。几乎同时,波隆德先生和克拉拉立刻抓住了他的双手。

"您必须得继续坐下来。"克拉拉说。当他再次坐下后,她悄悄对他说:"我们很快就能一起离开了。请再耐心等一下。"

与此同时,格林先生悠然地享用着自己的饭,仿佛波隆德先生和克拉拉理应安抚卡尔因他的行为而产生的反感。

因为格林先生需要细致地品尝每道菜,所以晚餐拖得很久,他总是时刻准备着迎接新的菜肴,而且毫不疲惫,但事实上,他似乎是想从年老的女管家的服务中好好恢复一番似的,于是他不时地称赞克拉拉在料理家务方面的才能,这显然让她受宠若惊;而卡尔试图阻止他的这种说法,这又好像他在抨击她似的。然而,格林先生还不满足于此,他还不时地在头也不抬地只盯着盘子的情况下,就对卡尔明显的食欲不振表示遗憾。尽管作为主人,波隆德应该鼓励卡尔进食,但事实上,他却为卡尔的食欲不振打了圆场。在整个晚宴上,卡尔都感到一种压力,他变得十分敏感,以致失去了自己平时更为理智的状态,从而把波隆德的这番话理解成了不友好的表示。因此,在这种不合时宜的状态中,他一会儿快速地吃了很多东西,一会儿又长时间地疲惫地放下刀叉,成为整个晚宴中最呆滞的人,以致上菜的侍者都经常不知所措。

"我明天就要告诉参议员先生,你是如何通过不吃东西让克拉拉小姐难过的。"格林先生说，他挥舞着餐具，表达着他这句话的幽默意图。

"你看看那个女孩，她多么悲伤。"他接着说，一边伸手托起了克拉拉的下巴。她任由他这样做，闭上了眼睛。

"你这个小东西。"他喊道，往后一靠，哈哈大笑起来，因为酒足饭饱后的肆意行为而笑得满脸通红。卡尔试图弄明白波隆德先生的举止，但徒劳无功。波隆德坐在盘子前，盯着盘子，似乎那才是真正重要的事情。他没有把卡尔的椅子拉得离自己更近一些。而且每当他开口说话，似乎就是对着所有人交谈，并没有什么特别针对卡尔的话。相反，他容忍着格林（这个卑劣的纽约单身汉）不怀好意地去触碰克拉拉，侮辱卡尔，把这位自己的客人当作孩子戏耍，而且谁知道他还会做出什么举动来。

宴会结束后——当格林察觉到大家的情绪时，他便第一个站了起来，甚至可以说带动了所有人站起来——卡尔独自朝一个通往露台的大窗户走去，窗户由窄窄的白色挡板分隔开来，实际上，当卡尔走近时，他才发现它们原来是真正的门。波隆德先生和他的女儿一开始就对格林十分厌恶，当时卡尔还觉得有些费解。但这厌恶还有多少残余呢？现在他们同格林站在一起，还朝格林点头致意。格林先生抽着雪茄——这还是波隆德送他的礼物，那雪茄很粗，卡尔的父亲在家里常说起这种雪茄，好像他抽过一样，尽管他可能从未亲眼见过这么粗的烟——大厅里烟雾缭绕，似乎也将格林的影响力带到了他从未亲自踏足的那些角落和缝隙。尽管卡尔站得很远，但他还是被这烟雾弄得鼻子产生了轻微的瘙痒，他心里觉得格林先生的行为真是可恶，于是从他站的地方迅速地瞟了格林先生一眼。现在,他甚至认为舅舅之所以不让他来拜访,可能是因为舅舅知道波隆德先生性格软弱,因此关于这次拜访,虽然他不能完全预见卡尔将受委屈,却认为这是可能发生的。而在场的那个美国女孩也不讨他喜欢,尽管他一直没有把她设想成一个美人,但自从格林开始和她互动以后,他甚至惊讶于她脸上透出的魅力,尤其是她那双灵动眼睛所发出的光芒。他从未见过这样的裙子,那么紧地包裹住了她的身体,那淡黄色、柔软又坚韧的布料上的细小褶皱显示出了裙子被紧绷的程度。然而,卡尔对她没有任何兴趣,他宁可放弃这个被引导去她的房间的机会,要是他能打开这扇门就好了——他的手已经放在了门把手上——他想再回到汽车上,或者,要是司机已经睡着了,他独自散步走回纽约也行。晴朗的夜空和满月毫无偏见地铺洒在每个人面前,身处户外的恐惧似乎对卡尔来说也毫无意义。他想象着——这是他在这个大厅里第一次感觉良好——早晨步行回到家的时候,他要如何给舅舅一个惊喜。虽然他还从未去过舅舅的卧室,也不知道它在哪里,但他会去打听到的。然后他会敲门,在舅舅正式说"进来"的时候跑进屋子给他一个惊喜,平时他只见过穿戴整齐的亲爱的舅舅,而那时他会看到舅舅正坐在床上,还穿着睡衣,惊讶地望着门。这事本身可能还不算什么,但要想想这会导致什么后果!也许他会第一次和舅舅一起吃早餐,舅舅躺在床上,他坐在椅子上,早餐放在他们之间的小桌子上,也许共进早餐会在之后变成常态,也许由于这样的早餐方式,他们会比现在更密切地碰面,而不是像现在一样每天只见一次。那么他们当然也会更加坦率地交流。说到底,如果说今天他对舅舅有些不顺从，或者更确切地说，有些固执己见，那只是因为缺乏这种开诚布公的交流机会。虽然他今天必须在这里过夜——看起来事实很可能必须如此，尽管人们任凭他待在窗户旁边，让他自娱自乐——也许这次不幸的拜访会成为改善他和舅舅关系的转折点，也许舅舅今晚在自己的卧室里也会有类似的想法。

他略感安慰，转过了身去。克拉拉站在他面前说："你真的一点也不喜欢我们家吗？你在这里感觉不到一点家的温暖吗？来吧，让我来做些最后的尝试。"她带他穿过了大厅，来到了门口。那两位先生坐在一张侧面的桌子旁，喝着在高杯子里略微带气泡的饮料，卡尔不知道那是什么，他很想尝尝。格林先生用一只手肘撑在桌子上，他的整张脸尽可能地凑近波隆德先生；要是不了解波隆德先生的话，人们很可能会以为他们正讨论的是某种犯罪行为，而不是什么生意。当波隆德先生用友好的目光送卡尔走到门口，尽管人们通常会不由自主地看向自己对面的人，但格林却对卡尔视而不见，这种表现似乎表明他坚持着某种信念，他们两个人：卡尔和格林，应该尽可能在这里施展神通，只要时间允许，他们之间必要的社会联系就会随着其中一方的胜利或者失败而被建立起来。卡尔心想："如果他那样认为的话，他就是个傻瓜。我真的不想跟他有任何瓜葛，他也应该让我安静地待着。"

几乎一走出房门，卡尔就突然意识到自己刚刚的行为可能有失礼貌，因为他一边被克拉拉拖着离开房间，一边却用眼睛一直盯着格林。因此他现在更愿意顺从地跟在克拉拉身边走出去。在穿过走廊的路上,他起初不敢相信自己的眼睛,每隔二十步就有一位身穿华美制服的仆人,手捧烛台,双手紧紧地握住挂着华丽烛台的粗大烛柄。

"新的供电线路目前只在餐厅使用,"克拉拉解释道,"我们最近才买下这所房子,正在把它全部翻新,在老房子本来就人性的建筑风格上,对允许的部分都进行改建。"

"原来美国也有老房子。"卡尔说。

"当然有。"克拉拉笑了笑,并拉着他继续朝前走,"你对美国的看法真是神奇。"

"您可别嘲笑我。"他有点恼怒地说。毕竟他见过欧洲和美国,而她只了解美国。

他们从旁边经过时,克拉拉随手推开了一扇门,但并没有停下脚步,她说道:"这里是您的卧室。"

卡尔当然想立刻看看这个房间,但克拉拉不耐烦甚至几乎大叫起来,说那得等等,得先跟她走。在走廊上,他们互相拉扯了一阵子,最后卡尔觉得自己没必要完全听从克拉拉的安排,就挣脱了她的手走进了房间。窗前出人意料地显现出一片黑暗,原来是被一棵树的树梢遮住了,那整个树梢都在大幅度地摇摆,卡尔还能听到鸟儿的鸣叫声。不过,由于房间没有被月光照亮,所以几乎什么也看不见。卡尔为没有随身带着舅舅送给他的手电筒而感到遗憾。在这个房子里,拥有手电筒是必不可少的,要是有几支手电筒的话,就可以让这些仆人去休息了。他坐在窗台上,望着窗外,听着那些声音。一只被惊扰的鸟似乎正在这些老树的树叶中穿梭。一辆美国纽约郊区火车的汽笛声在乡间响起。除此之外一片宁静。

但这宁静没有持续多久,因为克拉拉急匆匆地走了进来。她显然很生气地叫道:"你这是在干什么?"然后她恼怒地拍了一下自己的裙子。卡尔决定等她变得更有礼貌时再回答。但是克拉拉大步流星地朝他走来,喊道:"你到底要不要跟我走?"不知道她是有意的,还是在情绪激动下无意地推了他胸口一下,弄得他差点从窗边掉下去。最后一刻,他从窗台上滑了下来,双脚触到了房间的地板。

"我差点从窗口掉下去。"他指责地说。

"要是真的掉下去就好了。你怎么这么没礼貌!再这样,我就把你推下去。"

事实上,她真的抱住了他,用她那长期锻炼的身体把他几乎推到了窗口。卡尔一时被吓呆了,直至被拖到了窗前,他才醒过神来,并借着腰部的扭动挣脱出来,然后一把抱住了她。

"啊,你弄疼我啦!"她说。

但现在卡尔觉得他不能再放手了。他虽然让她自由地迈步,但还是紧紧地抱着她不放。而且要抱住穿着紧身裙的她还是相当容易的。

"您放开我吧,"她低语道,把发热的脸紧贴在他身上,因为她离得太近,他不得不努力后撤才能看到她,"放开我吧,我会给您一些好东西。"卡尔心想:"是什么使她叹息呢?我的举动又不会让她受伤,我并没有紧紧抓住她。"于是他还是没有放开她。但就在那一瞬间,在他们还无声无息站在一起的时候,他突然又感觉到她身上那渐增的力量,她挣脱了他的束缚,巧妙地利用上身力量抓住了他，用一种带有异国的格斗技巧抵挡住了他的双腿，将他推到了墙边。在那里有一张沙发床，她把卡尔放倒在沙发床上，并没有太靠近他，说道："现在你动动看。"

"猫呀，真是疯猫！"卡尔在愤怒与羞愧的混乱中喊道，他的心情狂乱极了，"你是疯了，你这只疯猫！"

"注意你的言辞。"她说，并将其中一只手划过了他的脖子，狠狠地勒住了他，使得卡尔的身体整个脱了力，除了喘气什么也做不了。她的另一只手碰了碰他的脸，似乎想要抚摸一下，但又把手缩了回来，在空气中离他的脸颊越来越远，好像随时打算给他一记耳光。

"如果我想用一记狠狠的耳光惩罚你粗鲁对待一位女士的行为，该怎么办？"她问道，"也许这会对你今后的人生之路有所裨益，虽然这一举动带来的肯定并不是那么美好的回忆。你真让人心疼，因为你是个相当好看的小伙子，要是你学过柔术，或许你能打败我。尽管如此，我还是非常渴望赏给你一记耳光，就像现在这样。我可能会后悔。但是如果我真的这么做了，你要知道，那几乎是出于我无法控制的冲动。我当然不能满足于只给你一个耳光，而是会左右开弓，打得你双颊红肿。或许你真的是一个有骨气的男子汉，我差不多也相信这点，因此你将不能忍受这样的侮辱，很可能会自行了断辞别于世。但是为什么你要如此残忍地对待我呢？难道我真的丝毫不能吸引你吗？跟我来我的房间不值得吗？您可得小心！刚刚我差点无意中就打了你一耳光。所以，如果你今天能够摆脱这个窘境，下次请表现得好点。我可不是你的舅舅，可以任你撒野。另外，我还想告诉你，如果我不打你耳光就放了你，你千万不要觉得这跟真正挨了打，伤害了你的尊严是一样的。如果你这么想的话，我宁愿真的打你耳光。等我把这一切告诉麦克，不知道他会做何反应。"

提起麦克时，她放开了卡尔。此时在卡尔心里浮现出麦克的形象，像是一位解救者。卡尔还能感觉到克拉拉的手搭在他脖子上，因此又稍微扭动了一下，然后就安静地躺着了。

她叫他起来，他没有回应，也没有动弹。她在某处点燃了一支蜡烛，房间里有了些光亮，天花板上出现了蓝色的之字形图案，而卡尔仍然把头靠在沙发垫上，就像克拉拉之前把他按在沙发上的姿势那样，一丝一毫都没有动。克拉拉在房间里走来走去，她的裙子在她的双腿周围沙沙作响，很可能她在窗口已经站了很长时间。

"消气了吧？"他听见她问道。

卡尔觉得在这个房间里——这个波隆德先生为他安排过夜的房间里，他是无法得到安宁的。这个女孩在房间里走来走去，还不时地停下来说说话，他已经对她产生了无以言表的厌倦。他唯一的愿望就是迅速入睡，然后离开这里。他甚至不想再上床睡觉，只想待在这个沙发上。他只等她离开，好跟在她身后去把门锁上，然后再回到沙发上躺下。他很想伸展下四肢，打个哈欠，但是在克拉拉面前，他却不想这样做。于是他就躺着，凝视着天花板，感觉自己的脸越来越僵硬，一只苍蝇在他眼前飞舞，但他也无法分辨出那到底是什么。

克拉拉又走到他跟前，在他的视线范围内弯下了身子，如果他不能完全克制自己的话，他就得看着她。

"我现在要走了,"她说,"也许之后你会想过来找我。从这扇门算起,沿着走廊,我的房间门是这边的第四扇。所以你需要经过三扇其他的门,然后再到达的那一扇门就对了。我不会再回到大厅去,而是直接回到我的房间。但你也把我弄得够累的。我不会特意等你,但是如果你想来的话,你就来吧。记住,你答应过要为我弹钢琴的。不过或许我把你弄得筋疲力尽,让你无法动弹了,那你就待在这里好好睡觉。我暂时不会把我们的打闹告诉我父亲;我这么说是免得你担心。"说完,尽管她宣称自己很累,但还是迅速三蹦两跳地离开了房间。

卡尔立刻坐直了身子,他已经无法忍受自己继续躺在那儿了。为了活动一下,他走到了门口,向走廊里看去。那儿可真是一片漆黑!他关上门,把门锁好,又站回到桌子旁的烛光下,心里终于松了一口气。他决定不再待在这间房子里,而是下楼去找波隆德先生,坦诚地告诉他克拉拉是怎么对待他的——他一点也不在乎承认自己的失败——并想以此作为一个充分的理由,请求波隆德先生允许他回家去,无论是搭车还是步行他都想走。如果波隆德先生有异议,不让他立刻动身,卡尔至少会请他让一个仆人带自己去附近的一家酒店。一般来说,虽然卡尔盘算的这种做法不是对待友好的东道主的方式,但克拉拉对待客人的方式也同样罕见。她甚至把答应暂时不告诉波隆德先生打架的事当成一种友好的表示,这可真叫人透不过气来。难道卡尔是被邀请来参加摔跤比赛的吗?难道他觉得被一个女孩摔倒很丢脸吗?而这女孩很可能一生的大部分时间都在学习如何摔跤。说不定她还是从麦克那里学来的这些技巧。她大可去告诉麦克所有的事;

虽然卡尔从未有机会明确得知这一点，但他知道麦克肯定是明事理的。卡尔也知道，如果麦克教他，他会取得比克拉拉更大的进步；那么有一天他会再回到这里，这很可能是不请自来的，当然他首先会详细调查地形，对此克拉拉先前曾占据了很大的优势，然后他就会抓住克拉拉，在那张小沙发上揍她一顿，就是她今天把他扔上去的那一张。

现在的问题只在于如何找到回大厅的路，他很可能在刚到时的那阵迷糊中，把帽子放在了什么不合适的地方。他当然要带着这根蜡烛，因为即使有灯光，要找到方向也不容易。比如，他甚至不知道这间房间是否与大厅在同一层。来的路上，克拉拉一直拉着他，使得他根本无法张望探看四周的环境。格林先生和手捧烛台的仆人也让他分心；总之，他现在确实不知道他们是走了一层楼梯、两层楼梯，还是根本没走楼梯。根据外面的景色判断，这个房间位于较高位置，因此他假设他们是爬上了一些楼梯的，但连走上门口都要爬楼梯的话，那么房子的这一侧说不定也是被架高了？但如果走廊上能有一束光从某个门缝里透出来就好了，或从远处传来一丝即便微弱的声音也好呀！

舅舅送给他的怀表显示现在已经十一点了，他拿起蜡烛走出了房间。为了防止找不到出路，他把门敞开着，以便他至少能找回自己的房间，然后，在最后万不得已的情况下，还能找到克拉拉的房间。为了确保安全，以免门自己关上，他用一把椅子挡住了门。在走廊上，他发现了一个问题，就是朝着卡尔——他当然躲开了克拉拉的门口，向左边走去——有一股风吹过来，虽然很轻，但仍然很容易把蜡烛吹熄，这样一来，卡尔不得不用手挡住火焰，同时还要时常停下来，以便被吹小的火焰恢复。他向前走的速度很慢，路途似乎也因此而变得特别漫长。卡尔已经路过了一大片墙壁，墙壁上没有门，不知道里面是什么。然后又是一扇接一扇的门，他试着打开其中的几扇，但是它们都被锁上了，房间显然是空的。这无疑是对空间的巨大浪费，卡尔想到了舅舅曾经答应带他去看的纽约东部居民区，那里据说一个小房间里能住好几家人，而一个家庭的所有处所就是房间的一个角落，孩子们围绕在父母身边。而这里有这么多的房间空着，只是为了在被敲响时发出空洞的声音。波隆德先生似乎被一些假朋友误导了，溺爱着他的女儿，因此堕落了。舅舅对他的评价肯定是正确的，只是舅舅坚持原则，不肯影响卡尔对人的评判，这才造成了他的这次拜访和他现在走廊上的徘徊。卡尔决定明天就马上把这些告诉舅舅，因为按照舅舅的原则，舅舅也会愉快、平静地听听外甥对他的评价。此外，这个原则也许是卡尔唯一不喜欢舅舅的地方，而就连这种不喜欢也不是绝对的。

突然，走廊一侧的墙到了尽头，取而代之的是冰冷的大理石栏杆。卡尔把蜡烛放在旁边，小心地俯身往下看。一片黑暗的空洞扑面而来。如果这是这个房子的主厅——在蜡烛的光线下，可以看到一片拱顶式的天花板——那为什么他们不是从这个厅进到屋里来的呢？这个如此宽敞、深邃的空间到底有什么用呢？站在这里，就像是站在教堂的走廊里一样。卡尔甚至有点后悔，他不能在这个房子里待到明天，他很后悔没有在白天的日光中让波隆德先生带他到处游览一下，然后了解屋里的一切。

走廊的扶手栏杆其实并不长，不久卡尔就又走进了密闭的走廊。在走廊突然拐弯的地方，卡尔猛地撞上了墙，还好他一直紧张地紧握着蜡烛，这才幸运地没让它掉落熄灭。由于走廊延伸得无穷无尽，也没有窗户能看到外界，房子的上上下下也都没有动静，卡尔想他可能一直在相同的圆形通道里兜圈子，所以希望能再次找到他房间的那扇开着的门，但扶手栏杆和门都没有出现。直至此刻，卡尔一直忍住了冲动没有大声叫喊，因为他不想在这夜半时分还在陌生的房子里制造噪声，但现在他明白，在这座没有灯光的房子里叫喊并无不可，当他正要朝着走廊两侧大声喊"喂"时，他注意到从他来的方向闪起一个小小的、越来越近的光亮。现在他才能估量出这条直走廊的长度；这所房子原来是个城堡，而不是什么别墅。卡尔对于这救命之光的出现高兴得不得了，以至于他忘记了所有的谨慎，冲向那个光亮；但仅仅跑了几步，他的蜡烛就熄灭了。他并没有在意，因为他也不再需要它，迎面走来了一个年老的仆人，手里拿着灯笼，也许会告诉他正确的路。

"您是谁？"仆人问道，并用灯笼凑近了卡尔的脸，同时也照亮了他自己的脸。那巨大的白色络腮胡子让他的脸显得有些僵硬，那胡子一直垂到胸前，还带着银丝般的卷儿。卡尔心想，他一定是个忠诚的仆人，否则主人怎么会允许他留这样的胡子。卡尔目不转睛地盯着那胡须，尽管自己同时也被观察，却并未受到干扰。此外，他立即回答道，他是波隆德先生的客人，想从房间去餐厅，但找不到路。仆人说："原来如此，我们还没有装电灯。"卡尔回答："我知道。"仆人问："您要不要用我的灯笼把您的蜡烛点上？"卡尔说："那就麻烦您了。"然后他就点亮了蜡烛。仆人说："走廊上的气流真让人头疼，蜡烛很容易熄灭，所以我要用灯笼。"卡尔说："是的，灯笼要方便得多。"仆人说："您的衣服上已经滴上了很多蜡。"然后用蜡烛照亮了卡尔的衣服。卡尔叫道："我还真没注意到！"这让他很难过，因为舅舅曾说这件黑西装比其他衣服更适合他。他现在想来，与克拉拉的那场争斗对西装肯定也没什么好处。仆人很热心地在匆忙间帮他清理了这件衣服；卡尔不断地在他面前转动身体，指给他看这里还有那里的污点，仆人都顺从地帮他清除了。在他们继续往前走时，卡尔问道："为什么这里会有这么强的气流？"

"因为这里还有很多需要修建的地方。"那位仆人说道，"虽然已经开始改建了，但进展很缓慢。现在建筑工人还在罢工，这事您也许也知道。这给施工带来了不少麻烦。例如，现在打通了一些大缺口，却没有人去封上，以致整栋房子都有很强的气流。要不是我在耳朵里塞满了棉花，我恐怕都无法待在这里。"

"那我需要说话大声一点吗？"卡尔问。

"不，您的声音很清晰。"仆人说，"但回到这栋建筑的问题上；特别是在这个小礼拜堂[1]附近，这种气流真是令人无法忍受，以后一定要将这里与其他房屋隔离开来。"

"所以沿着这个走廊，我们经过的这个栏杆会通往一个小礼

---

[1] 此处用的"Kapelle"一词，通常被用来指代小教堂或者小礼拜堂。通常位于较小的社区中，或者是大教堂的一部分。"Kapelle"也可被用来指代一些特定的祷告空间，如学校、医院或者私人领地中的祷告地点。鉴于文中并未提到过其他大的教堂，这个礼拜堂应该更像是私人的祷告地点。

拜堂？"

"是的。"

"我猜到了。"卡尔说。

"这个小礼拜堂很值得一看。"仆人说，"如果没有这个小礼拜堂，或许麦克先生也不会买这栋房子了。"

"麦克先生？"卡尔问道，"我以为这房子是属于波隆德先生的。"

"当然。"仆人说道，"但是麦克先生在这次购房中起了决定性因素。您不认识麦克先生吗？"

"我认识。"卡尔说，"但他和波隆德先生之间是什么关系？"

"他是小姐的未婚夫。"仆人说。

"这我就真的不知道了。"卡尔说，并停下了脚步。

"这件事让您这么惊讶吗？"仆人问。

"我只是想把事情弄清楚，"卡尔回答，"因为要是不了解这些关系的话，我很容易犯错。"

"我只是觉得奇怪，为什么没有人跟您说起过这些。"那仆人说。

"是呀，真是奇怪。"卡尔羞愧地说。

"可能大家都认为您已经知道了，"那仆人说，"毕竟这不是什么新消息。不过现在，我们应该到了。"他推开了一扇门，门后露出一道楼梯，直通向灯火通明的餐厅后门。

卡尔走进餐厅之前，他听到波隆德先生和格林先生还在像两个小时前那样聊天，声音都没有改变，那仆人说道："如果您愿意，我可以在这里等您，然后再带您回您的房间。毕竟在这儿的第一个晚上也很难找到方向。"

"我是不会回我的房间去的。"卡尔说，却不知道为什么他这么说时，竟感到了悲伤。

"情况不会那么糟糕的。"那名仆人说，他微微笑了笑，显得略带优越感，还轻轻拍了拍卡尔的胳膊。他可能将卡尔的话理解为：卡尔打算在餐厅待上整晚，和那些绅士谈天喝酒。卡尔现在可不想做出什么声明。再说他心里想，这位仆人比这里其他的仆人更讨人喜欢，也许之后还能向他请教去纽约的路，于是他说："如果您愿意在这里等我，那您的确对我非常友善，我会非常感激您。无论如何，我过会儿会出来，告诉您我接下来要做什么。我想，我还需要您的帮助。""好的。"那仆人说道，他把灯笼放在地板上，并在一堆矮矮的底座上坐了下来。这底座之所以空着，很可能也和房子的改建有关。在卡尔拿着蜡烛走向餐厅的时候，那仆人还说："您也可以把蜡烛留给我。"

"我可真是心不在焉。"卡尔说，并把蜡烛递给了仆人，那个仆人只是点了点头，不知道他是故意这样做，还是因为他正在用手抚摸胡子。

卡尔打开了门，虽然并非他的过错，但门还是哐当作响，因为门是由一块巨大的玻璃板制成的，如果有人只抓着门把手而迅速地打开了门，那么整片玻璃几乎就要被弯曲。卡尔惊慌失措地松开了门，因为他刚才特意想要悄无声息地走进去。他没有再回头，就注意到身后的那个仆人显然已经从底座上离开了，并小心翼翼地把门关上了，没有发出丝毫声音。

"请原谅我打扰了你们。"他对着那两位先生说,他们都吃惊地盯着他。与此同时,卡尔的目光迅速地扫过大厅,看是否能马上找到他的帽子。但到处都看不到那顶帽子,餐桌已经彻底收拾干净,也许帽子被不小心带进了厨房。

"您把克拉拉留在哪儿了?"波隆德先生问,不过他似乎并不反感这次被打扰,因为他立刻换了个坐姿,转过来用身体对着卡尔。格林先生则一副不关心的样子,拿出一个又大又厚的文件袋,它在文件袋里简直算是个怪物,他在那许多夹层里寻找着一个特定的东西,但在寻找的过程中,他还顺便阅读了找到的其他文件。

"我有一个请求,可是您别误会。"卡尔快速走向了波隆德先生,为了更接近他,他把手放在扶手椅的扶手上。"究竟是什么请求?"波隆德先生眼神坦诚、毫无保留地看着卡尔,"我当然会答应。"他伸出手臂,搂住了卡尔,并把他拉到自己的双腿间。卡尔虽然同意这种做法,却感觉这样的做法好像太过彰显波隆德先生成年人的身份了。这样一来,他要说出请求自然变得更加困难。

"您觉得我们这儿怎么样?"波隆德问道,"您不觉得一个人离开城市来到乡下以后,某种程度上就被解放了吗?总而言之——"他瞥了格林先生一眼,那目光绝对不会被误解,虽然卡尔稍稍遮掩住了一点,"总而言之,我每个晚上都有这种感觉。"

卡尔心想:"他说得好像对这所大房子、无穷无尽的走廊、小礼拜堂、空荡荡的房间及无处不在的黑暗一无所知。"

"那么，您的请求是？"波隆德问，并友好地摇了摇正沉默站着的卡尔。

"我请求，"卡尔说，不管他有多努力地压低了声音，可还是无法避免让旁边坐着的格林听到了他所有的话，而卡尔实在不想让格林先生听见这个请求，因为它有可能被视为对波隆德的侮辱，卡尔简直宁愿沉默，"我请求，请您现在就让我回家吧，就在这深夜里让我回家吧。"

既然最糟糕的事情已经说出来了，那么其他想说的事情就更加迅速地涌上了心头，他老老实实地把一些本来以前从未想过的事情都一股脑儿地说了出来。"我无论如何都想回家，我愿意再回来，因为波隆德先生，您在哪儿，我就很愿意去哪儿。只是今天我不能留在这里。您知道，舅舅不情愿地允许了我这次的拜访。他肯定有他的理由，正如他做的所有事情，而我却私自凭自己的判断强硬地要到了这个许可。我简直是滥用了他对我的爱。他反对这次访问的顾虑是什么现在已经无关紧要了，我只是清楚地知道，这个顾虑中没有任何事情会伤害到您的感情，波隆德先生，您是我舅舅的好朋友，是他最好的朋友。在我舅舅的朋友中，没有人能和您相比。这也是我这次没有听他话的唯一借口，但这借口还不够充分。您可能对我和舅舅之间的关系还了解得不够充分，因此我只想谈谈最简明易懂的一点。只要我的英文课还没结束、不能对实际的生意有充足的了解，我的生活还是得完全依赖舅舅的慷慨解囊，尽管作为他的骨肉至亲，我可以享受这份慷慨。但您千万别以为我现在就能体面地——上帝请千万着重保佑我这一点——挣到自己的口粮。很遗憾，在这一点上我受到的教育太不实用了。我曾作为一个中等的学生,在欧洲的文理中学[1]上了四年学,对挣钱来说,那简直是毫无帮助,甚至还不如不上这个高中,因为我们学校的教学大纲非常落后。如果我告诉您我学到了什么,您会大笑的。要是我继续学习,完成文理中学的课程,上个大学,那一切还可能会在某种程度上达到平衡,最后获得一个像样的大学文凭,倒是可以下定决心靠学历开始赚钱。然而,我很遗憾地中断了这个连贯的学业;有时我觉得我什么都不知道,到头来,我所知道的一切对于一个美国人来说,都还远远不够。现在我的祖国正陆续设立一些改良的文理中学,在那儿可以学习一些现代语言,也许还有一些商科的课程;但在我小学毕业时,还没有这些学校。我的父亲是想让我学英语,但那时我还无法预料到我将遭遇的这种厄运,会如此需要英语,再者说,我还必须学好中学课程,那份学习压力也让我无暇再去做其他事情。——我提及这些,是想告诉您我有多依赖我的舅舅,因此我是多么感谢他。您肯定能够理解,在这种情况下,我不能冒险去做任何违背他意愿的事。所以,为了弥补我对他犯下的错误,我现在必须马上回家。"

在卡尔长篇大论的过程中,波隆德先生一直认真地听着,有好多次,当卡尔提到舅舅时,他会不太明显地把卡尔紧紧抱在怀里,有几次还严肃而充满期待地看向格林,而格林则一直忙着在翻他的公文包。而随着这番话,卡尔越来越明确地意识到了他与舅舅的关系,因而变得越发不安,他不由自主地想从波隆德的怀

---

[1] 文理中学是欧洲的重点中学,包括了初中和高中的课程,毕业后通过考试即可以上综合性大学。卡尔此时大概是高中文化水平。

抱里挣脱出来。这里的一切都让他感到窒息;通往舅舅的门需要穿过玻璃门、楼梯、林荫道、乡间小路、通向市郊的交通拥挤的大道,这条路对他来说就像是一种紧密咬合的整体,空荡荡的,又平整又光滑,像是一条专门为他准备的路,它以坚定的声音迫切地呼唤着他。波隆德先生的和蔼可亲以及格林先生的可恶都变得模糊不清了,卡尔只想在这间烟雾弥漫的房间里得到一份道别的许可,除此以外,别无他求。虽然他觉得自己与波隆德的羁绊已经结束,与格林先生的关系还趋于随时对抗,但是一种难以名状的恐惧围绕在他的周围,在这股恐惧影响下,他的双眼变得模糊起来。

他退后了一步,现在他站的地方与波隆德先生、格林先生是同样的距离。

"您不想跟他说些什么吗?"波隆德先生问格林先生,似乎是恳求般地抓住了格林先生的手。

"我不知道该对他说什么,"格林先生说,终于从他的文件袋里拿出了一封信,并把它放在了面前的桌子上,"他想回到他舅舅身边的举动确实值得称赞,按照普通人的想法,他的做法会让他舅舅特别高兴。但因为他不听话,也可能让他舅舅格外生气,当然这也是可能的。这样的话,他留在这里反而会更好。难就难在要说出确切的答案;我们虽然都是他舅舅的朋友,但要区分他舅舅和我的及和波隆德先生的友谊孰高孰低,可能也很困难,我们无法洞悉他舅舅的内心,尤其是我们这里与纽约之间还隔着许多公里。"

"请问,格林先生,"卡尔说,同时自我克制着自己向格林先生靠近,"从您的话中我能听得出来,您也认为我立即回去是最好的。"

"我并没有这样说。"格林先生说,他又沉浸在了对那封信的欣赏之中,用两根手指在信的边缘来回摩挲。他似乎是在暗示,刚才是波隆德先生问过了他,他也做出了回答。但他与卡尔实际上并无关系。

与此同时,波隆德先生走到了卡尔身边,轻轻地把他从格林先生身边拉到一个大窗户旁。"亲爱的罗斯曼先生,"他弯下腰对着卡尔的耳朵说,他用手绢擦了擦脸,然后又捂着鼻子擦了擦鼻涕,"您可不能觉得我是不顾您的意愿,强行把您留在这里的。压根儿就不是这么一回事。虽然我不能给您提供汽车,因为它停在一个离这里很远的公共车库里,我还没有来得及在这儿设置自己的车库。而我的司机并不住在这儿,而是住在车库附近,我确实不知道他具体在哪儿。而且他现在也没有义务回来,他只会在早晨准时来接我们。但这些都不是阻止您立即回家的障碍,如果您坚持要回去,我现在就可以陪您去最近的火车站,当然那地方也离得够远了,从那儿坐车应该不会比您明天早上——因为我们毕竟要在七点就启程——和我一起搭乘那辆汽车更早到达家里多少。"

"尽管如此,波隆德先生,我还是更愿意坐郊区火车回去,"卡尔说,"我都没想到还有郊区火车。您刚刚自己也说,我坐城郊火车比早上坐那辆汽车能更早到家。"

"可是时间上相差真的不大。"

"尽管如此,波隆德先生,尽管如此,"卡尔说,"我会记得您的友好,并时常怀念您,当然,假设您还愿意再邀请我,也许下次我能更好地跟您说明,为什么对我来说,今天能提前一分钟见到舅舅都是如此重要。"就好像他已经得到了离开的许可,他又说道:"但是您绝对不需要陪我。这完全没有必要。外面有个仆人,他会很愿意领着我去车站。现在我只需要找到我的帽子。"在说最后几句话的时候,他已经站起来横穿过了房间,还在仓促中尝试着寻找,看看是不是能找到帽子。

"能允许我借给您一顶帽子吗?"格林先生说着,从口袋里拿出了一顶帽子,"也许它正好适合您。"

卡尔惊讶地停了下来,说:"我怎么能拿您的帽子呢?我完全可以不戴帽子就走。我什么都不需要。"

"这不是我的帽子。请您拿着吧!"

"那么,谢谢了。"卡尔说着,为了不耽误时间,就接过了帽子。他戴上它,并因为它刚好合适而先笑了一下,然后又拿在手里端详了一番,但他也看不出来这顶帽子有什么特别之处,这只是一顶全新的帽子。"它戴起来太合适了!"他说。

"是的,它真合适!"格林先生叫道,拍了一下桌子。

卡尔已经向门口走去,打算去找那个仆人,这时候格林先生站了起来,伸了伸腿,打了个饱嗝,拍了拍胸部,以一种介于建议和命令之间的语气说:"在您离去之前,请您务必去跟克拉拉小姐道个别。"

"这是您必须做的。"波隆德先生也说道,他也同样站了起来。从他的语气中可以听出,他的这句话并非发自内心,他虚弱地用手轻轻拍了拍裤子的缝线,不停地扣上又解开他的短上衣,这种短上衣在当时是时尚的，但对波隆德这样的胖人来说并不适合。并且，当他站在格林先生旁边时，人们会明显觉得波隆德先生胖得并不健康；他的背部稍稍弯曲，肚子看起来松弛无力，像是一个沉重的负担，而且脸色显得苍白而痛苦。相反，格林先生，虽然可能比波隆德先生还要胖一些，但是因为他胖得均匀，身体各部分反而能够互相支撑。他并拢了双脚，像士兵一样站立着，抬头挺胸，头还在轻轻摇晃；看起来像个高大的体操选手，正站在前方示范标准动作。

"所以，首先请您去克拉拉小姐那里，"格林先生接着说，"这肯定会让您快乐的，并完全符合我的时间安排。实际上，在您离开这里之前，我确实有一些有趣的事情要告诉您，这可能对您的归程至关重要。只可惜我收到了更高的命令，午夜之前不能向您透露任何信息。您可以想象，这也让我感到十分痛苦，因为它扰乱了我的休息时间，但我还是执行了我的任务。现在已经是十一点十五分了，所以我还有时间和波隆德先生讨论完我们的事务，您要是在场，只会打扰我们，所以在这期间，请您去和克拉拉小姐共度一段美好的时光。到了十二点整，请再回到这里，到时您将了解到所需的信息。"

卡尔难道能拒绝这个要求吗？这个要求确实使卡尔在面对波隆德先生时，只能表现出最起码的礼貌和感激之情。再说提出这要求的是一个原本不相关又粗暴的人，涉及其中的波隆德先生则在言语和眼神上都表现得十分克制。而这个要他到午夜也许才能知道的有趣的事情究竟是什么呢？这件事没能使他回去的时间加快三刻钟，反而推后了这么久，因而对此他其实也不感兴趣。他到底能不能去见克拉拉，反而成了他的最大的疑惑，因为她是他的敌人。要是他身上还带着那把被舅舅当作信件镇纸送给他的铁凿子那该多好！克拉拉的房间或许真的是个危险的地方。但此刻他也不可能说出任何诋毁克拉拉的话，因为她是波隆德的女儿，而且他刚刚还听说她还是麦克的未婚妻。其实她只需要对他表现出稍微不同的态度，他就会因为她的这些关系而公然赞扬她。他还在考虑这些所有的问题，他此时此刻才意识到，别人并没有要求他做出什么决定，因为格林先生打开了门，对跳下那个底座的仆人说："带这位年轻人去克拉拉小姐那儿。"

"这就是执行命令的方式。"卡尔在心里想，那个仆人因为年岁已高，几乎是跑着将他拽上了一条去往克拉拉房间的近道，他还在因为奔跑而发出喘息。当路过卡尔的房间时，那扇门还一直开着，卡尔想进去待一会儿，或许能让自己平静下来。但是仆人并没同意卡尔的请求。

"不，"他说，"您必须去见克拉拉小姐。您刚才也听到了。"

"我只在里面待一小会儿。"卡尔说，他想趁机躺在沙发上放松调整一下，让时间快些走到午夜。

"您可别妨碍我执行任务了。"那位仆人说。

"他似乎认为让我去克拉拉小姐那儿是一种惩罚。"卡尔想着，然后走了几步，但出于反抗又停了下来。

"过来继续走吧，年轻人，"那位仆人说道，"既然您已经到这儿了。我知道您本想今晚就离开，但事情并不总是如您所愿，我一开始就告诉您了，这几乎是不可能的。"

"是的，我要离开，也一定会离开，"卡尔说，"现在我只想跟克拉拉小姐告个别。"

"是吗？"那位仆人问道，从他的表情上，卡尔看得出他根本不相信，"那么您为什么还犹豫不决？就赶快去告别吧。"

"谁在过道上？"克拉拉的声音响起了，她从一个临近的门口探出了身子，手里拿着一个有红色罩子的大桌灯。仆人快步地走到她跟前汇报了情况。卡尔慢悠悠地跟了过去。

"你来得太晚了。"克拉拉说。

在回答她之前，卡尔小声地对仆人说，但因为他已经了解到那个仆人的性格，所以声音虽小，语气却很严厉："你就在这个门口等我！"

"我本来正想去睡觉，"克拉拉说道，把灯放在了桌上；与此同时，仆人像在餐厅那样，小心地从外面关上了门，"现在已经过了十一点半了。"

"已经过了十一点半了？"卡尔疑惑地重复道，好像为这个时间感到惊讶。"那我必须立刻告别了，因为我得在十二点整到餐厅里去。"

"您有什么急事吗？"克拉拉说。她心不在焉地整理了下她松散的睡衣的褶皱。她满脸通红，嘴角始终挂着微笑。卡尔觉得好像再也不会跟克拉拉发生争执了。"您能不能留下来再弹一会儿钢琴？爸爸昨天答应我了，今天您自己也答应我了。"

"但现在是不是太晚了？"卡尔问道。他很乐意满足她的愿望，因为她和之前感觉大不相同，好像她几乎已经进入了波隆德先生的圈子，甚至进一步进入了麦克的圈子。

"是的，确实太晚了，"她说，看起来已经没什么对音乐的兴致了，"这时候，每一个音符都会在整间房子里回响，我敢肯定，如果您弹琴的话，甚至在楼上阁楼里睡觉的仆人们都会被吵醒的。"

"那么我就放弃演奏吧，我希望能有机会再来；顺便说一下，如果您觉得方便的话，也可以去拜访一下我的舅舅，顺便也去看看我的房间。我有一架华丽的钢琴，是舅舅送给我的。如果您愿意的话，我会把我会的曲子都弹给您听，可惜我会的曲子不多，而且都不配在这样的钢琴上演奏，只有大师才能驾驭这样的大型乐器。不过，如果您在拜访我之前告诉我一声，您也能享受到这种快乐，因为舅舅不久后将为我请一位著名的钢琴老师，您能想象我有多期待吗？而那位老师的演奏毫无疑问会远远胜过我，您在上课时间来拜访我肯定很值得。老实说，我很高兴现在已经太晚了，不能给您弹奏了，因为我现在还什么都不会，您会惊讶于我会弹的曲子有多么少。现在，请您允许我告辞，毕竟现在已经是睡觉时间了。"因为克拉拉善意地看着他，似乎并没因为他们的那场争斗心生怨恨，卡尔便一边握着她的手，一边微笑地补充说，"在我的家乡，人们常说：'祝你好梦，做个美梦。'"

"等一下，"她说着，并没有握住他的手，"也许您还是应该弹一下琴的。"说完她就从侧面的一扇小门消失了，小门旁边就是钢琴。

"发生了什么？"卡尔想，"尽管她真的很可爱，可我也不能等太久了。"这时有人敲了敲过道的门，那个仆人似乎不敢把门开得太大,于是从一个小缝隙里低声说道:"对不起,刚刚他们召唤我过去,我不能再等了。"

"您只管去做事吧。"卡尔说,他现在敢独自去找餐厅的路了,"您把灯笼放在门口就行。顺便问一下,现在几点了?"

"快到十一点三刻了。"仆人说。

"时间过得多慢哪!"卡尔说。仆人正想关上门,这时卡尔才想起还没给他小费,于是从裤兜里掏出一枚硬币——现在他一直准备着硬币,按着美国人的习惯在裤袋里随意放着,纸币则是放在背心的口袋里——递给了仆人,说道:"谢谢您为我提供的优质服务。"

克拉拉已经又走了进来,双手按在她牢固的发型上,卡尔突然意识到他刚才不应该让仆人走,现在谁来带他去市郊火车站呢?不过,波隆德先生应该还能找到一个仆人带他去,或许这个仆人被叫去餐厅就是为了待会儿来服务卡尔的。

"请您还是弹点曲子吧。在这里很少能听到音乐,所以有机会听到的话,我一点也不想错过。"

"那可得赶紧了。"卡尔毫不犹豫地说,并马上坐在了钢琴前面。

"您需要乐谱吗?"克拉拉问。

"谢谢,我甚至都还不能完全识谱。"卡尔回答道,并开始弹了起来。那是一首小曲子,卡尔很清楚,如果要弹得让外国人也听得懂的话,这首曲子应该以特别慢的速度来弹,但他却以非常快的速度弹完了。弹完之后,房间里被突然打扰的寂静仿佛又回到了原位。大家都愣在那里一动不动。

"很好听。"克拉拉说。然而对于刚才的演奏,没有任何客套话能让卡尔感到高兴。

"现在几点了?"他问。

"十一点三刻。"

"那么我还有一点时间。"他说,并在心里想着:"不是这首就是那首。我不需要弹奏我会的全部十首歌曲,但我可以尽量弹好一首。"于是他开始弹奏他钟爱的士兵之歌。他弹得非常慢,以至于听众烦躁的期待都不禁延伸向了下一个音符,卡尔却依然按兵不动,只是简单地让乐器发出声音。事实上,他在演奏每首歌曲时,都必须先用眼睛找到正确的琴键,而且他还能感受到自己内心正产生的一种痛苦,它试图超越这首歌曲的结尾,去寻找另一个结局,却无法找到。卡尔弹完这首歌后,眼含泪光地看着克拉拉说:"我什么都弹不好。"

这时隔壁房间里突然传来一阵热烈的掌声。"还有人在听呢!"卡尔惊讶地叫道。

"是麦克。"克拉拉轻声地说。接着就听见麦克喊道:"卡尔·罗斯曼,卡尔·罗斯曼!"

卡尔一跃而起,跳过了钢琴凳,打开了门。只见麦克半躺半坐在一个有华盖的大床上,被子正松松地盖在他的腿上。床是用乌木做成的,结构简单而笨拙,只有那蓝色丝绸做的华盖带有些许童话般的华丽。床头柜上燃着一支蜡烛,但被罩和麦克的睡衣都颜色洁白,倾泻而下的烛光在它们上面反射出近乎刺眼的光芒;华盖垂下的边缘也闪烁着,那紧绷得不那么完美的丝绸的边缘也泛着光。然而在麦克身后,床和一切都笼罩在了完全的黑暗中。克拉拉靠在床柱上,眼睛只盯着麦克。

"你好哇,"麦克说,伸手与卡尔握了握手,"你弹得真不错,以前我只见识过你的骑术。"

"我的这两种技能都不太上得了台面,"卡尔说,"要是我知道您也在听的话,我肯定不会弹了。但是您的这位女性朋友——"他打断了自己的话,犹豫要不要说"未婚妻",因为显然麦克和克拉拉已经同居了。

"我就知道你会这么说,"麦克说,"所以克拉拉不得不把你从纽约引诱过来,否则我根本听不到你的演奏。你的水平虽然只属于初学者,而且即使在这些你已经熟练的简单曲子里,你也还是犯了些错误,但话又说回来,我还是非常高兴的,我不会嘲笑任何一个人的技艺。不过呢,你要不要坐下来,在我们这儿再待一会儿?克拉拉,给他找把椅子吧。"

"谢谢,"卡尔支支吾吾地说,"我不能再待下去了,尽管我很想待在这里。我之前都不知道这栋房子里还有这么舒适的房间。"

"我要把所有房间都改装成这种风格。"麦克说。

就在此刻,十二点的钟声响起了,钟声一下接着一下,排列得紧密无间,一下还未结束,另一下就接踵而至。卡尔在脸颊上感受到了这些钟声带来的强烈波动。这个村子竟然有这么大的钟!

"时间已经十分紧迫了。"卡尔说,他只是向麦克和克拉拉伸出了手,还顾不上握住他们的手,就向走廊跑去了。他没有在那里找到那盏灯笼,于是后悔自己早早地就给了那个仆人小费。

他想沿着墙壁摸回到他那间敞开着房门的房间,但还没走到一半,他就看见格林先生高举着蜡烛,急急忙忙又摇摇晃晃地走了过来,他的手里还拿着一封信。

"罗斯曼,您到底在干什么呢,怎么不下来?"他喊道,"您为什么让我等着呢?您究竟在克拉拉小姐那儿干什么呢?"

"怎么这么多问题!"卡尔想,"现在他还把我摁到了墙上。"因为事实上格林先生站得离卡尔很近,但他的背已经贴到了身后的墙上。格林先生庞大的躯体在这条走廊里显得十分可笑,卡尔好笑地想,他是不是已经把好心的波隆德先生吃掉了。

"您实在不是个守信用的人。您承诺十二点下来,却悄悄地在克拉拉小姐的门口溜达。而我承诺在午夜给您带来的有趣的事,现在已经带到这儿了。"

于是他把信递给了卡尔。信封上写着:"致卡尔·罗斯曼,于午夜亲自递交,无论他在哪里。"

"到底还是赶上了,"当卡尔打开信时,格林先生说,"毕竟,我为了您从纽约开车到这儿来,这一点已经值得赞许了,所以您实在不应该让我在走廊上还要跟在您后面到处找您。"

"是舅舅的信!"卡尔看了一眼信说道。"我正期盼着它呢。"他对格林先生说。

"您期不期盼都和我毫不相干。您现在赶紧读吧。"格林先生说着,给卡尔递上了蜡烛。

卡尔在微弱的光线下阅读着:

亲爱的外甥!在我们短暂的共同生活中,你一定已

经意识到了，我是一个非常有原则的人。这一点不仅让我周围的人十分厌烦，我自己也对此感到十分不安和伤心，但我把我现在所拥有的一切都归功于我的原则，没有人能要求我完全否定我自己，即便是你，我亲爱的外甥，如果有一天，我想要容忍大家对我的全面批评，那么你一定是排在第一位的人。那我会用我现在这双写着这封信的手，把你从地面上抓起来，并高高地举起。但目前并没有迹象表明这种情况会发生，所以在今天的事件后，我必须把你从我身边送走，我恳请你不要再来找我，也不要通过信件或是中间人与我联系。你今晚离开的决定违背了我的意愿，那么就请你一生都要坚持这一决定；只有这样，才是一个男子汉的做法。我选择了我最好的朋友格林先生来传递这条消息，他肯定能为安慰你找到足够多的好听话，但在此刻，我实在对写这种话无能为力。他是个有影响力的人，看在我的面子上，他会给你的人生起步提供建议和实际帮助。虽然我写到信的结尾又觉得我们的分离不可思议，但为了理解我们的分离，我必须一遍又一遍地告诉自己：你们这一家人，卡尔，从没给我带来过什么好事。如果格林先生忘记把你的手提箱和雨伞交给你，请你提醒他一下。祝你未来一切顺利。

你忠实的舅舅雅各布

"您看完了吗？"格林先生问。

"看完了,"卡尔说,"您把我的手提箱和雨伞也带来了吗?"卡尔问。

"在这儿呢。"格林先生说,随后把卡尔的旧旅行箱放在了他旁边的地板上,他之前一直用左手提着它,藏在背后。

"那把雨伞呢?"卡尔继续问道。

"都在这里,"格林先生说着,掏出了雨伞,他把它放在裤子的口袋里,"这些东西是汉堡到美国轮船航线上的一个机械长——一个叫舒巴尔的人拿来的,他声称在船上找到了这些东西。有机会的话,您可以感谢他。"

"至少我又找回了我的旧东西。"卡尔说着,把雨伞放在手提箱上。

"您以后应该更加留意它,参议员先生让我这样告诉您,"格林先生说,并出于个人好奇问道,"这个奇怪的箱子到底是做什么用的?"

"这是一个行李箱,在我的家乡,士兵入伍时会带着它,"卡尔回答说,"这是我父亲以前的军用行李箱。它还是挺实用的,"他微笑着补充道,"前提是,它不会被随便遗忘在什么地方。"

"不过,我们最后再谈一谈吧,"格林先生说,"您在美国大概率也没有第二个舅舅了。我这里给您准备了一张去旧金山的三等车票。我替您选择了这次旅程,有两个原因:首先,东部的就业机会对您来说是更好的;其次,您在这里可能会涉足的所有工作,都免不了与您的舅舅有关,我们必须避免这样的相遇。在旧金山,您可以不受干扰地工作;从最基层开始,再试着逐步提升自己的地位。"

卡尔从这些话里听不出任何恶意。格林先生已经传达完了这个隐瞒了整晚的糟糕消息,从这时起,格林先生好像变成了一个不那么危险的人,与任何其他人相比,卡尔跟他说话可能都会更加坦诚。这样一个好人,在自己没有任何过错的情况下,被选来传递一个如此神秘、如此痛苦的决定,在消息传达之前,总会让人觉得可疑。"我会立即离开这栋房子的,"卡尔说,并期待得到一个见多识广的人的肯定,"因为我是作为舅舅的外甥才被接纳的,而作为一个外人,我没什么理由要来这里。麻烦您给我指一下出去的路,然后再给我指一条去最近的旅馆的路。"

"那您可得赶紧了,"格林先生说,"这件事给我添了不少麻烦。"

看到格林先生立刻迈开了大步,卡尔停了下来,这种急迫实在是可疑,于是他抓住了格林先生的外套下摆,突然意识到了事情的真相:"还有一点您得跟我解释一下,在转交给我的信封上写着,无论我在哪儿,都必须刚好在午夜收到信。那么,当我今天晚上十一点一刻想要离开这里时,为什么您要用这封信把我留下来呢?您这样的做法超过了您的委托职责。"

格林先生挥了挥手,开始作答,这个夸张的手势充分展现出卡尔的这条评论是多么无用,随后他说:"难道信封上会写着,我要为您操劳奔命至死吗?信的内容难道能让人得出这样的结论吗?如果我没有阻止您离开,那我可能得在午夜时分的乡间路上把信转交给您。"

"不,"卡尔坚定地说,"情况并非如此。信封上写着:

'请于午夜后转交。'如果您太累了，您可能根本无法追上我，或者我可能（尽管波隆德先生否认了这一点）已经在午夜时分到达了舅舅家，或许最后您不得不尽义务把我带回到舅舅那里，因为我已经迫切地要求回去，您却丝毫不提汽车的事。信封上的字不是很明确地表示了，午夜将是给我的最后期限吗？而正是因为您的错误，才使我错过了这个期限。"

卡尔用锐利的眼神盯着格林先生，他很清晰地意识到格林先生心中的纠结，正在被揭穿的羞愧与自己目的达成的喜悦之间挣扎。最后，他振作了起来，用一种好像打断卡尔（尽管卡尔早已停止讲话）发言的口吻，说："别再说下去了！"然后打开了面前的一扇小门，把拿着箱子和雨伞的卡尔推了出去。

卡尔惊讶地站在门外。在他面前，一道没有扶手的楼梯紧挨着房子，直通向下方。他只需一直朝下走，然后稍稍向右转，就能走向通往乡间道路的林荫道了。在皎洁的月光下根本不会迷路。他听到花园里的各种狗都被放了出来，在树木的阴影里四处奔跑，狗吠声也在院子里此起彼伏。在此刻的寂静中，可以清楚地听到它们高高跳起后掉落在草地上时发出的声响。

卡尔并没有受到这些狗的骚扰，他顺利地走出了花园。他无法确定纽约具体在哪个方向。在乘车来这儿的过程中，他并没有注意到那些现在可能会对他有用的细节。最后，他告诉自己，他并不一定要去纽约，那儿没有人等着他，甚至还有一个肯定不希望见到他的人。因此，他任意选择了一个方向，开始了他的旅程。

前往拉姆西斯的路途

卡尔走了一小段路以后,来到了一个小旅馆,这里原本是纽约货运交通路上的最后一个小站,所以通常很少有人过夜。卡尔要了最便宜的床位,因为他认为必须立刻开始节省开支。旅馆老板满足了他的要求,随后挥了挥手向他示意了楼梯的位置,让他上楼,好像他就是这里的员工。一位蓬头垢面的老妇人为此被打扰了睡觉,因而恼火地接待了他,她几乎不听他说完话,就不停地提醒他走路脚步要轻一点,然后领他进入了一个房间,冲他嘘了一声,随后关上了门。

卡尔一开始不太确定是窗帘被全部放了下来,还是房间里根本没有窗户,因为屋子里漆黑一片,最后,他发现了一个有窗帘的小窗口。于是他拉开窗帘,让一些光线进入了房间。房间里有两张床,但都已经有人睡了。卡尔看到两个正睡得很沉的年轻人,他们看起来不怎么可靠,因为他们毫无道理地正穿着衣服睡觉,有一个人甚至还穿着靴子。

在卡尔拉开窗帘的时候,其中一个睡着的人稍稍将手臂和腿抬高了一点，这滑稽的一幕让卡尔笑出了声，尽管他如今的境遇并没有好到哪儿去。

他很快意识到他没法睡觉了，因为他不能让刚刚找回来的行李箱和随身携带的钱再惨遭毒手。更别提这房间里并没有其他可供睡觉的地方，无论是躺椅还是沙发。但他也不想离开了，因为他不敢冒着被客房女佣和房东发现的风险马上离开这栋房子。最后，他认为在这里的安全程度也许不比在乡村路上差。并且，令人惊讶的是，在整个房间里竟看不到任何一个行李箱，尽管房间里半明半暗，但也可以肯定什么行李箱也没有。但也许这两个年轻人是这里的服务员，因为要服务客人们，他们需要早起，所以才穿着衣服睡觉。那么与他们一起睡觉虽然并不特别光彩，却相对安全。只是在尚有疑虑的情况下，他无论如何也不能躺下来睡觉。

床下有一支蜡烛和火柴，卡尔蹑手蹑脚地把它们拿了起来。他无所顾忌地点燃了蜡烛，因为根据店主的指示，这个房间平等地属于他和另外两个人，再说他们比他还多享受了半个夜晚的觉，甚至还具有占有了两张床这样明显的优势。此外，他自然会在走动和收拾物品时小心谨慎，尽量不去吵醒他们。

首先，他想检查一下自己的行李箱，清点一下自己的东西，因为他已经记不清楚里面究竟还有些什么了，而且其中最有价值的东西肯定已经遗失了。因为凡是舒巴尔经手过的东西，很少有希望能完好无损地再拿回来。不过，舒巴尔倒是可以寄希望从舅舅那里拿到一笔丰厚的小费，再说，要是某些物品真的丢失了，他还可以将责任推给原先看管行李的布特鲍姆先生。

当卡尔打开行李箱的那一瞬，他感到非常震惊。在航行过程中，他花了多少时间来一遍又一遍地整理行李箱，现在一切都被乱七八糟地塞在箱子里，以至于打开锁时，箱子盖就自己弹了起来。然而，很快卡尔就高兴地发现，箱子里的一切混乱只是因为有人把他在船上穿着的那套西装也塞进其中了，因为行李箱中原本没有放置它的位置。什么都没有遗失。外套的秘密口袋里不仅有护照，还有从家里带来的钱，卡尔如果把这钱和自己身上的钱加在一起，就足以应付眼下的生活了。那些他刚抵达美国时穿着的内衣也在箱子里，已经洗干净并熨烫过了。他也立即将手表和钱放进了这个安全可靠的暗袋里。唯一令人遗憾的是，那根维罗纳的萨拉米香肠还在箱子里，这使得所有东西都染上了香肠的味道。如果想不出办法消除这种气味的话，卡尔将不得不在之后几个月都带着这气味到处走。

他翻找着一些放在箱子底层的东西：一本袖珍《圣经》、一些信纸和父母的照片。这时，他的帽子突然从头上滑落，掉进了箱子里。在它那熟悉的环境中，他立刻认出了这顶帽子，这就是他的帽子，是母亲给他准备的旅途中戴的帽子。但是出于谨慎，他在船上时并没有戴这顶帽子。因为他知道，在美国人们普遍戴便帽而不是这种礼帽，所以他并不想在抵达美国之前就让自己的帽子被磨损。格林先生却拿这顶帽子取笑卡尔。难道这也是舅舅授意的吗？在一个不经意的愤怒的动作中，他抓住箱子的盖子，砰的一声关上了它。

这下可没救了，两个沉睡的人被他的动作吵醒了。一个人首先伸了个懒腰，打了个哈欠，紧接着另一个人也做了同样的动作。这时整个箱子里的东西几乎都摊在了桌子上；如果他们是小偷的话，只需走过来随意挑选拿走。卡尔不仅为了避免这种情况，也为了马上澄清其他的状况，于是手持着蜡烛来到了那两张床前，向他们解释了他为什么会在这里。他们似乎压根儿没想到会听到这样的解释，因为他们都太困了，甚至无法开口说话，只是面无表情地看着他。他们还很年轻，但繁重的工作或是生活的艰辛已使他们的脸颊过度消瘦，骨头都凸了出来，不修边幅的胡子挡住了他们的下巴，很久没有修剪的头发凌乱地披在头上，他们此时还没有完全从睡梦中清醒，正不停地用指关节揉搓着深陷的眼睛。

卡尔想充分利用一下他们此刻虚弱的状态，于是说道："我叫卡尔·罗斯曼，是个德国人。既然我们挤在一个房间里，请你们也告诉我你们的姓名和国籍。我再声明一下，我并没有要一张床铺的意思，因为我来得太晚了，况且也根本不打算睡觉。而且，你们别介意我这身华丽的衣服，我其实穷得一无所有，也没有什么指望了。"

两人中个子矮一些的那个——穿着靴子睡觉的那位，挥动着手臂、腿脚，以及用脸上的微表情表示他对这些话一点兴趣也没有，现在根本不是讨论这种话题的时候，然后他躺下去马上就睡了；另一个肤色较黑的男人也躺回了床上，但在入睡前却懒洋洋地伸出手说："那家伙叫罗宾逊，是爱尔兰人；我叫德拉马歇，是法国人，现在请安静吧。"他说完这话，就一口气把卡尔手里的蜡烛吹灭了，然后倒在枕头上睡了。

"危机应该是暂时解除了。"卡尔对自己说，然后回到了桌子旁边。要是他们的困倦不是借口的话，那一切都会顺利的。唯一令人不悦的是，其中一个是爱尔兰人。卡尔已经不太记得他在家里的哪本书上曾读到过，在美国要警惕爱尔兰人。在他舅舅家的那段时间里，他本来可以有很好的机会去了解一下爱尔兰人的危险性，但因为他觉得自己已经永远地安顿下来了，所以完全错过了这个机会。现在他至少要再次点燃蜡烛，借着烛光仔细地看看这个爱尔兰人，这时他发现，这个爱尔兰人甚至比法国人看上去更可亲。他的脸颊上甚至还残留着一丝圆润的痕迹，睡觉时笑得非常友善，只要卡尔站得稍微远一点，踮起脚尖，就能确认这一点。

尽管如此，卡尔还是决定不睡觉了，他坐在房间里唯一的一把椅子上，暂时把收拾行李的事放在了一边，因为他还有一晚上的时间可以收拾。他随手翻了翻《圣经》，不过并没有要读的意思。然后，他拿起了父母的照片，在那张照片上，小个子的父亲站得笔直，母亲则缩在父亲前面的扶手椅里。父亲一只手扶着扶手椅的靠背，另一只手紧握着拳头，放在了一本打开的画册上，画册就放在他身侧一张单薄的装饰桌上。旁边还有一张照片，是卡尔和他父母的照片。照片上的父母正用锐利的眼神看着他，而他则应照相师的要求，正注视着照相机。不过他离开家时，没有把这张照片带在身边。

于是他越发仔细地看着手中的这张照片，尝试从不同的角度捕捉父亲的目光。可不管他怎么改变蜡烛的位置，父亲的样子都无法活灵活现地在照片上显现；父亲那撮水平又浓密的胡须看起来也一点都不像现实中的样子，这张照片并没照好。母亲在照片上的样子倒是要好一些，她撇着嘴巴，仿佛因受到了什么委屈而在强颜欢笑。卡尔觉得，无论谁看到这张照片，都会注意到这一点。但下一秒他又觉得，这种印象太明显了，甚至有些不合常理。人们怎么能从一张照片中就这么确信照片中的人隐藏在心底的感受呢？他又盯着照片看了一会儿，等他把目光再移回到照片上时，他才注意到了母亲的那只手，那手垂在扶手椅的前边，近得几乎可以去亲吻它。他想，也许给父母写封信是件好事，事实上，他们俩都要求过他给他们写信（后来父亲在汉堡又十分严肃地要求了一次）。当然，那是在一个可怕的傍晚，母亲站在窗前，宣布了他要去美国这件事，当时他已立下了誓言，永远不给他们写信。但是，在这个新环境里，一个无知的少年立下的誓言又算什么呢？他当时还想到美国两个月后，自己就会成为美国民兵组织的将军呢。然而，事实上他现在和两个衣衫褴褛的人正一起挤在纽约附近的一个小旅馆的阁楼里。除此之外，他不得不承认，他真的还挺适应这里的。他微笑起来，看着父母的面孔，仿佛能从他们的脸上看出他们是否还期待着听到儿子的消息。

他这样看着照片，很快就觉得自己的确非常疲倦了，几乎无法硬睁着眼睛挺过这个晚上。照片从他的手中滑落，然后他把脸贴在了照片上，那份凉爽让他的脸颊十分舒服，他渐渐陷入了一种愉悦，随后睡着了。

他一大早就被胳肢窝下的瘙痒弄醒了，竟然是那个法国人在肆意妄为地打扰他。不过，爱尔兰人也正站在卡尔的桌子前，他们两个现在打量着卡尔的兴趣与卡尔昨夜对他们的关注相比，可谓丝毫不逊色。卡尔并不奇怪他们起床时竟没有将自己吵醒；想必他们不是出于恶意才尽量保持安静的，那一定是因为他睡得很沉罢了，而且他们穿衣、洗漱，显然都不怎么费事。

现在，他们彼此带着些矜持，正式地打了个招呼，卡尔得知他们两个是机器制造业的技工，但已经在纽约失业很长时间了，因此很是破落。罗宾逊解开了他的大衣证明了这一点，他在大衣里甚至连衬衫都没有穿，这当然也能从松垮地固定在大衣里面的领子上看出来。他们打算去距离纽约两天路程的巴特福德小镇，听说那里有一些岗位空缺。他们并不反对卡尔一起去，并承诺卡尔，首先他们会轮流帮他拎箱子，其次要是他们自己能找得到工作，他们也会帮他找一份学徒的工作，如果那儿有工作机会的话，这都将是轻而易举的事。卡尔还没完全同意，他们就立即友好地建议他脱掉这身漂亮的衣服，因为这会影响他找工作。这座房子里恰好就有可以解决衣服问题的机会，因为那位年迈的客房女佣就还做着服装生意。他们帮卡尔脱掉衣服，卡尔对衣服的去向还没有完全决定，他们就拿走了它。卡尔被独自撇下了，他还有些睡眼惺忪，正慢慢地穿着他旅行时的旧衣服，他责怪自己卖掉了那套衣服，它也许不利于他应聘学徒工，但要是想找一个更高级的职位，应该能派上用场，他打开了房门，想喊两人回来，结果却恰好和他们撞了个满怀，两人把卖衣服得来的半个美元的钢镚儿丢在了桌子上，一副眉开眼笑的样子。那副表情真让人难以相信他们在卖衣服时没有中饱私囊，狠狠地赚了一笔好处。

此外他也根本没时间说起自己对这件事的看法，因为客房女佣已经走了进来，她还跟昨天晚上一样昏昏欲睡，急着要把这三个人都赶到走廊上去，说要收拾好房间，准备接待新的客人。不过,这显然是她的借口,她只是出于恶意才这么做。卡尔正巧想整理一下自己的行李箱,于是只能眼睁睁地看着那个女人双手抓起他的东西,用力丢进了行李箱里,就像要制伏什么动物一样。两位技工虽然围着她忙来忙去,却只是扯扯她的裙子,拍拍她的背,但如果他们这样做是想帮卡尔的话,那就完全弄错了。那个女人把行李箱盖合上了,随后把箱子的提手塞给了卡尔,甩开了两位技工,然后威胁着把他们三人从房间赶了出去,还声称如果他们不离开这里的话,就别指望能喝上咖啡了。显然这个女人完全忘记了卡尔不是从一开始就和那两位技工是一伙的,因为她现在把他们当成了一伙人。不过,那两个技工的确把卡尔的衣服卖给了她,这也显示了他们在某种程度上是一伙的。

他们不得不在走廊上来来回回地走动,尤其是那个法国人,他挽着卡尔的手臂,不停地抱怨着,还威胁说,如果酒店老板胆敢出现,就要把他打倒在地,他狂怒地摩拳擦掌,似乎在为此做准备。终于,一个无辜的小男孩走了过来,当他递给法国人咖啡壶时,不得不伸长了胳膊。可惜只有一个咖啡壶,而且没有办法让小男孩明白还需要拿些杯子来。所以每个人都只能喝一口咖啡,其他两个人只能站在他面前等着。卡尔没兴趣喝咖啡,但又不想得罪别人,所以当轮到他的时候,他就站在那里,把咖啡壶贴在嘴唇边做做样子。

爱尔兰人喝完咖啡,把咖啡壶扔在了石头砖上,权当告别。他们在神不知鬼不觉的情况下离开了房子,踏进了清晨那浓密的黄色雾霭中。一路上他们贴着路边静静地并排行走着,卡尔还得拎着行李箱,可能只有他开口请求,其他人才会替他拎一会儿;

时而会有汽车从雾中开出来，他们三个人便会转过头去看这些巨大得吓人的车辆，它们的构造是那么引人注目，还总是出现得十分短暂、一闪而过，以至于人们甚至来不及看清车上是否有乘客。他们又走了一阵子，路上开始出现汽车车队，正把食物运到纽约，那些车五辆一排，占满了整个路面，车队浩浩荡荡，几乎没有间隔，以至于没人有机会过马路。这条公路有时十分开阔，像一个广场，广场的中央有一个塔楼似的高台，一名警察在上面来回走动，他可以俯瞰一切情况，用一根棍子井然有序地管理着主干道上的交通，以及支路上的车辆如何自由地汇入主干道。直到下一个广场和下一名警察，这其中并没有人指挥交通，但一切都是静默的，那些专注的马车夫与司机自愿地维持着必要的秩序。卡尔对整个场景的静默感到尤为惊讶。如果没有那些肆无忌惮的、等待被屠宰的动物所发出的尖叫，人们可能只会听到马蹄的哒哒声和防滑轮胎的沙沙声。但车辆行驶的速度还是不尽相同。当在广场上，由于交通过于拥堵，必须进行大范围的调整时，整个车队就会滞留，只能一步一步地前行；而这里又时常出现在一段时间内所有车辆都闪电般飞驰而过的情景，直到它们好像被单一的刹车装置控制住，才会再次放慢速度平静下来。与此同时，道路上也没有任何灰尘扬起，一切都在最清澈的空气中流动。路上也没有行人，这里不像卡尔的家乡，虽然没有独自赶往城市市场的女商贩，却时不时地出现大型的低矮车辆，上面站着二十多个背着背篓的妇女，她们可能正是市场上的女商贩，正伸长脖子去看交通的情况，期待着能快点赶路。同时，还可以看到在类似的汽车上，一些男人双手插在裤兜里在车上走来走去。这些车上还打着不同的广告,卡尔还在其中一辆车上看到"雅各布货运公司诚招码头工人"的字样。他轻声发出了一声惊呼。这辆车正缓慢地行驶着,一个站在车身踏板上、佝偻着身子的小个子男人正精神抖擞地邀请他们三位徒步的行人一起上车。卡尔立刻躲到了两个技工的背后,仿佛生怕舅舅会在这辆车上,还会看见他一样。他很高兴这两个人拒绝了邀请,尽管他们那带着某种傲慢的拒绝的表情多少让他心里有点不是滋味。他们大可不必认为去为舅舅效力是辱没了他们。尽管他并没有明确地说出口,但他也立刻暗示了他们这一点。德拉马歇随后却让他不要干涉他不了解的事情,这种招聘方式是可耻的骗局,雅各布公司在全美利坚合众国都臭名昭著。卡尔没有回答,但从那时起,他更加靠近了爱尔兰人一点,还请他帮忙扛一下行李箱,爱尔兰人在卡尔的多次请求后终于答应了帮助他。只是他一直抱怨行李箱太重,而他真正的企图是把行李箱里的维罗纳香肠拿出来,以减轻重量。这香肠似乎在旅馆里就已经引起了他的好奇。卡尔不得不把香肠拿了出来,法国人拿出了他那把像匕首般的刀切开了香肠,几乎把整块香肠都狼吞虎咽地吃掉。罗宾逊只能时不时地得到一片,而卡尔什么也没得到,好像他的那份已经提前被吃掉了一样。他只能提起行李箱继续走,否则他就得把行李箱放在公路旁。他觉得为了一小块肉去求人未免太过寒碜,心里十分生气。

浓雾已经完全散去了,远处巍峨的群山正闪烁着光芒,山脊像起伏的波浪,延伸到了更远处的阳光晕染的晨雾里。道路的一边是耕种得堪忧的地,围绕着一座座大型工厂,这些被烟雾熏得黑漆漆的工厂坐落在空旷的田野里。在这些胡乱建造的出租公寓楼里，一扇扇窗户在各式各样的摇曳和灯光中颤动着，在所有又小又不牢固的阳台上，遍布着妇女和孩子们忙碌的身影，而他们周围，那些遮挡着他们又暴露着他们、悬挂着、平铺着的各种床单、布料以及衣物在晨风中飞扬，被吹得鼓了起来。要是把目光从这些房子上移开，就能看到在天空中高高盘旋的云雀，还有那下面的、飞在离行人头顶并不太远的燕子。

许多景象都让卡尔想起了他的家乡，他不知道自己离开纽约去往美国内陆的举动究竟对不对。纽约就在海边，他随时都能返回家乡。于是他停了下来，对他的两个同伴说，他还是想待在纽约。当德拉马歇想要催他继续赶路时，他不但不听，还说他有权决定自己的去留。于是爱尔兰人不得不出面调解，并解释道，与纽约相比，巴特福德美得多。两人不得不再次恳求他，他这才继续前行。即使那样，他本来也不想走，但他告诉自己，对他来说，去一个不那么容易能够返回故乡的地方也许更好。在那里他肯定能更好地工作，更加有所建树，因为不会被什么无用的想法所干扰。

这下变成他拉着另外两人往前走了，他们对他的热情主动感到非常高兴，主动轮流帮他扛行李箱，卡尔不禁纳闷自己到底做了什么让他们这么开心。他们来到了一个上坡的、地势高的地方，每当他们在此驻足回头望时，就能看到纽约及其港口的全景越来越开阔地展现在他们眼前。那座连接纽约与波士顿的桥悬挂在哈德孙河之上，显得脆弱而纤细，要是眯着一点眼睛去看的话，它似乎在微微颤动。桥上似乎无车来往，桥下也是一条平静、毫无生气的河流。这两座巨大城市里的一切似乎都是空荡荡的，都是被闲置的摆设。那些大大小小的房子几乎让人看不出什么区别。在街道里那些不可见的深处，生活也许还在继续着，但在它们上方，除了轻烟薄雾再无他物，那些烟雾飘浮在那里一动不动，似乎又可以被轻而易举地驱散。这座世界上最大的港口也终于陷入了平静，只是时不时地让人相信，仿佛是受到了以前在近处观看的影响，似乎能看到一艘船稍稍地向前推进了一段距离。但人们也不能长时间地用目光追随它，它很快就会逃离目光的追寻，再也找不到了。

然而，德拉马歇和罗宾逊看见的显然要多得多，他们指着这里、指着那里，伸出手——指着他们说得出名字的广场和花园。他们无法理解，卡尔在纽约待了两个多月，除了一条街以外，几乎没有去过这座城市任何别的地方。于是他们答应他，要是他们在巴特福德赚到了足够的钱，就会带他回纽约，带他看看那里一切值得看的地方，尤其是那些可以令人开心至极的娱乐场所。紧接着，罗宾逊嘴里叼着一大口食物开始唱起了歌，而德拉马歇则拍手给他伴奏。卡尔意识到这是一首来自他故乡的轻歌剧的旋律，只不过在这里听到的是英文版本，却比他在故乡听过的任何一次都要更加动听。于是，他们三人在户外共同参与了这场小型露天表演，只是下面那座城市，那座据说在这首歌的陪伴下尽享欢乐的城市，却似乎对此一无所知。

有一次，卡尔问起雅各布货运公司在哪里，他立刻看到德拉马歇和罗宾逊不约而同地伸手指向了也许是相同的地方，也许是相隔了几英里的不同地方。然后他们继续走了一会儿，卡尔又问他们最早什么时候能赚到足够的钱回纽约。德拉马歇说，或许一个月之后就可以实现,因为巴特福德很缺工人,所以工资很高。当然,大家都得把钱放到一个共同账户里,这样就能平衡他们之间的收入差异。卡尔不喜欢共同账户的想法,尽管他作为学徒自然会比熟练工挣得少。此外,罗宾逊还提到,如果在巴特福德找不到工作,他们自然需要继续迁徙,要么到其他地方当农民,要么去加州淘金。根据罗宾逊的详细叙述,淘金似乎是他最喜欢的计划。

"如果你现在想去淘金,那你当初为什么要做机械技工呢?"卡尔问道,他并不喜欢听他说这种漫长而又充满了不确定性的旅行。

"我为什么成了机械技工?"罗宾逊说,"那不就是为了让我母亲的儿子不至于在这里挨饿嘛。但淘金挣得更多。"

"从前是这样。"德拉马歇说。

"现在也还是这样。"罗宾逊说,并讲起了许多已经变富有了的熟人,他们还在那儿淘金,当然不必再自己动手,但因为旧时的交情,他们会帮助老伙计致富。

"我们会在巴特福德找到工作的。"德拉马歇说,这正是卡尔的心声,但他的这句话也并不是那么信心满满。

白天,他们只在一个旅馆里歇了一次。坐在户外的一张卡尔觉得像是铁制的桌子上,一起吃了几乎没熟的肉。这肉甚至无法用刀叉切开,只能用手撕开吃。面包是圆筒形的,每个面包上都插着一把长刀子。这顿饭搭配的是一种黑色的液体,喝到喉咙里会有烧灼感。然而,德拉马歇和罗宾逊都喜欢喝这种液体,他们为了即将实现的各种愿望而频频举杯,互相碰杯,还会举着杯子在高处保持一小段时间。在邻桌，穿着溅满了石灰斑点衬衣的工人们也喝着相同的液体。汽车络绎不绝地从旁边开过，把尘土卷起来，撒了满桌。一份大张的报纸被传阅着，大家激烈讨论着建筑工人的罢工，麦克的名字也被多次提及。卡尔打听了一下麦克的情况，得知他是卡尔所认识的那位麦克的父亲，是纽约最大的建筑承包商。这次罢工让他损失了上百万美元，甚至可能会影响他的商业地位。但这些并不了解事实原委还心存恶意的人的闲言碎语，卡尔一个字都不相信。

此外，还有一件事也败坏了卡尔吃饭的兴致，因为餐费该如何支付，也成了一个很大的问题。按照常理，每个人都该支付自己的那份，但德拉马歇和罗宾逊都不经意地提到，他们用最后的钱支付了昨晚的住宿费。而且在他们身上也看不到手表、戒指或其他可以变现的东西。卡尔也不能直接指责他们卖自己的衣服时赚了钱，那样无疑是在侮辱他们，而且会导致和他们永远决裂。然而，令人惊讶的是，德拉马歇和罗宾逊似乎都对餐费没有任何担忧，他们反而十分愉快，还试图和女服务员频繁搭话。女服务员则骄傲地在餐桌之间来回走动。她的头发从脸颊两侧蓬松地散了下来，偶尔散落在前额和脸颊上，她不时地用双手把头发拢到后面去。最后，当人们或许期待着她说出第一句友善的话时，她走到桌边，双手放在桌上，问道："谁付钱？"德拉马歇和罗宾逊的手抬起得比任何时候都快，他们用手指着卡尔。卡尔对此并不感到惊讶，因为他早就预料到了这点，而且他也并不觉得自己付一些小钱，让这些朋友得到些好处有什么大不了的。因为他也期望从他们那里得到些好处。但要是在付账前他们能够说好这些事情，本来会更体面。现在令人尴尬的只是他得先从自己的秘密口袋里把钱拿出来。按照他最初的打算，这笔钱应该留着以备不时之需，而他应该暂时和朋友们处在平等的地位上。他想要通过这笔钱，尤其是在同伴面前隐瞒起这笔钱，以在他们面前获得一些优势的算盘落空了。这两个人从小在美国长大，还有足够的赚钱所需的知识和经验，而且他们习惯了目前的生活，也并不习惯更好的生活。对卡尔来说，他目前对钱的打算并不会因为付了这次的饭钱而受到干扰，因为他毕竟还能承受这二十五美分的损失，所以大可把一个二十五美分的硬币放在桌子上，并声称这是他所有的财产，而且他愿意为了去往巴特福德的旅途贡献它。对徒步之旅来说，这数额也完全足够了。但现在他不确定的是自己是否有足够的零钱，而且，这些零钱也和折叠的钞票一起，都放在那个秘密口袋的深处，而要想从那个口袋里找东西，最容易的方法就是把所有的东西都倒在桌子上。此外，让同伴们知道这个秘密口袋也实在大可不必。现在值得庆幸的是，伙伴们对服务员的兴趣似乎远大于了解卡尔如何凑齐付款的钱。德拉马歇借口问服务员要账单，把她引到自己和罗宾逊中间，她只能把一只手或是另一只手整个地按在一个人或是另一个人的脸上，才能推开他们，以抵挡他们的猥亵行为。与此同时，卡尔铆足了劲儿，努力地用一只手在桌子底下摸索着凑钱，在秘密口袋里一个一个地搜寻硬币，再放到另一只手里。最后，虽然他对美国货币尚不太了解，但他认为，至少从硬币数量上看，他已凑够了钱，于是他把钱放在了桌子上。硬币的响声立刻打断了他们的玩笑。但是令卡尔生气也让所有人惊讶的是，桌子上差不多有一美元整。虽然谁也没问卡尔为什么他之前没说过自己有这笔钱，因为这笔钱足够让他们舒舒服服地坐着火车去巴特福德了，但卡尔还是感到非常难为情。在付清了餐费后，卡尔把剩下的钱慢慢收了起来，但德拉马歇还是从他的手中拿走了一枚硬币，说是要给服务员小费，他拥抱着她，紧紧搂着她，好从另一边把钱递给她。

卡尔非常感激他们在接下来的旅途中并没有再提起钱的事，他甚至有一段时间在考虑是否要向他们坦白他的全部财产有多少，但最后还是没有这么做，因为他也找不到合适的机会。到了傍晚，他们来到了一个更具乡村气息的、肥沃的地区。环顾四周，是一望无际的田野，鲜绿色柔和地铺满了平缓的山丘，富饶的农庄坐落在道路旁，他们接连好几个小时都走在花园的镀金栅栏间，有好几次还穿过了同一条慢慢流淌的河，还多次听到了火车在他们头顶上方高高架起的铁路上驶过时的隆隆声。

太阳刚刚要从远方森林的平整边缘落下，这时，他们来到了一个小山坡上的小树丛中间，躺倒在了草地上，想缓解一下跋涉的劳累。德拉马歇和罗宾逊躺在那儿，尽量伸展着四肢。卡尔则坐得笔直，看着那在他下方几米处穿行而过的道路，上面的汽车正来来往往，还互相追赶着，穿梭不停，一整天情况都是如此，似乎它们是在远方被准确地指定了数量派出来，又被人在另一个远方以预期的数量等待着抵达。这一整天从早晨算起，卡尔没有看到任何一辆汽车停下，也没有看到任何一位乘客下车。

罗宾逊提议在这里过夜，因为他们都已经累得不想动了，这样他们明天就能更早起程，而且在天完全黑下来之前，他们也很难找到一处便宜且地理位置更好的旅馆夜宿了。德拉马歇同意了,只有卡尔认为有义务提醒他们,他有足够的钱让三人都能在旅馆住宿。德拉马歇说,他们还会需要这笔钱的,他应该把它保存好。德拉马歇一点也没掩饰他对卡尔的钱的算计。现在罗宾逊看到他的第一个建议既然被接受了,就又接着解释道,为了明天有力气赶路,现在他们应该在睡觉之前吃饱饭,所以应该有人去附近的饭店给大家买东西吃,那饭店就在附近的乡村公路旁边,熠熠生辉的招牌上印着"西方酒店"的字样。卡尔年纪最小,他见到既然没人自告奋勇,于是毫不犹豫地表示愿意接下这个任务,当他接到购买培根、面包和啤酒的要求后,就朝那家酒店走去了。

这附近肯定有个大城市,因为卡尔一走进酒店的第一个大厅,就看到里面闹哄哄地挤满了人。贴着一面长墙和两面侧墙有一个餐台,许多穿着白色围裙的服务员正来回穿梭,忙个不停,但还是不能使这些不耐烦的客人满意。从这儿或者那儿的座位上总是不断地传来叫骂声和拳头猛砸桌子的声响。没有人理会卡尔;大厅里甚至连个服务员也没有,客人们坐在那些狭小的桌子旁——那桌子甚至容不下三个人用餐,他们还得自己去餐台取他们想要的食物。每张桌子上都放着一个大瓶子,里面放着油、醋之类的东西,所有从餐台上取来的食物,在吃之前都得淋上这个大瓶子里的东西。要是卡尔想走到餐台跟前,那到了那里他的困难可能才真正开始,尤其是当他还有一个这么大订单的时候。他必须设法穿过许多桌子,这显然会给那些吃饭的客人带来极大的不便,但他们似乎对此毫不在意,甚至当卡尔被一个客人撞到一个小桌子上,几乎将它撞翻,他们也无动于衷。他当然道了歉，但对方显然没有听懂，而同样地，他也完全没听懂别人对他大声喊的话。

在自助餐台，他费了好大劲才找到一个可以容身的小空位，但站在那里，旁边的人都把胳膊支在桌子上，几乎挡住了他的视线。这里的人似乎很习惯撑起手肘，把拳头摁在太阳穴上，而卡尔不禁想起了一件事：曾经教他拉丁语的克鲁姆帕博士最讨厌这种姿势，他总是偷偷地靠近，趁人不备突然抽出一把尺子开玩笑般地使劲一击，把这些手肘从桌子上扫掉。

卡尔被紧紧地挤在自助餐台旁，因为他刚一排上队，身后就又支起了一张桌子，坐在那张桌子上的客人只要在说话时稍稍地向后仰一点，他的大帽子就会刮到卡尔的后背。此时此刻，从服务员那里拿到食物的希望是如此渺茫，即使在那两位笨重的客人已经满意地离开以后，也没什么指望。卡尔曾几次从桌子上方伸手去抓服务员的围裙，但总是被他们一脸痛苦地挣脱。没有服务员愿意停下来服务他，他们只是跑来跑去。要是在卡尔附近就有些合适的食物和饮料，他会拿起来，询问下价格，付了钱然后就高兴地离开。但在他面前只有一些长着黑色鳞片的鱼，鳞片的边缘还闪着金光，看起来像鲱鱼一样。这些鱼可能非常昂贵，而且可能也不够吃。在他还能够到的地方，还有一些装满了朗姆酒的小桶，但他不想给同伴们带朗姆酒，他们一有机会就想喝烈酒，可卡尔不想在这方面纵容他们。

所以卡尔别无选择，只能去另外找个位置，再努力重新开始。但现在已经非常晚了。大厅另一边挂着一个钟，如果穿过烟雾仔细看的话，还能勉强看得到指针，现在已经过了九点。但无论在自助餐台的哪个地方，都比先前那个稍远的地方还要拥挤。再说，时间越晚，大厅里的人就越多。总有新客人穿过正门欢呼雀跃地走进来，还大声打着招呼。在有些地方，客人还自作主张地清空了自助餐台，直接坐在那台子上互相敬酒，那些是最好的位置，甚至可以俯瞰整个大厅。

卡尔虽然还在继续往前挤，但他已经不再期望能拿到食物。他责怪自己不了解当地的情况，却主动提出来买吃的。他的同伴们会责怪他，甚至会认为他只是为了省钱而没有带回任何东西。现在他被挤到了一个地方，周围的桌子上都摆着热腾腾的美味的肉，还有令人垂涎的金黄色土豆；他实在无法理解这些人是怎么弄到食物的。

就在这时，他看到在离自己几步远的地方站着一位年纪较大的女人，她显然是酒店的工作人员，正一边和一位客人开心地交谈，一边用一根发簪不断地搅弄着自己的头发。卡尔立即决定把他的点餐要求告诉这位女士，因为她是大厅里唯一的女性，而且还能置身于那片噪声和忙乱之外，这让卡尔十分意外。而且，由于她是卡尔唯一能接触到的酒店员工，所以卡尔只能找她。当然前提是她不会一听到卡尔说话就跑掉。但事实完全出乎意料，卡尔还没跟她说话，只是稍稍地观察了她一下，她就突然回头看向卡尔，就像人们在谈话过程中会突然朝旁边看那样，她突然中断了谈话，友好地用一口清晰的、如同语法书般的英语问他是否在找什么。

卡尔说："确实是这样，我在这儿什么都拿不到。"

"那么请您跟我来吧，小家伙。"她一边说着，一边跟她的熟人告了别，对方摘下了帽子致意，这一礼貌举动在这个酒店里显得格格不入。她拉着卡尔的手，走向了自助餐台，推开一位客人，先打开了台子上的一个折叠门板，又带着卡尔穿过了柜台后面的走廊，小心翼翼地避开了那些不知疲倦、正跑来跑去的服务员，然后又打开一扇两边拉开、嵌在墙上的隐形门[1]，踏进了宽敞、凉爽的储藏室。"看来不了解这个机制确实不行。"卡尔自言自语道。

"那么，您想要什么？"她问道，并弯下了腰想服务他。她很胖，身体会来回晃动，但她脸上的轮廓对比起身子来看，却是十分柔和。面对被整齐摆放在那里的各种食物，卡尔忍不住扫视它们，想干脆快速地订下一份美味的晚餐，尤其是他还觉得这位有权势的女人会给他打个折，算便宜一点。但最后他因为想不出什么合适的餐点，所以还是只点了培根、面包和啤酒。

"不再要点其他东西吗？"那女人问道。

"不了，谢谢，"卡尔说，"但是要三人份的。"

在女人的询问下，卡尔简单地提起了另外两个同伴的故事，他很高兴别人问起了这些事情。

"可是这些就像是给囚犯吃的饭！"女人说，她显然期待着卡尔提出更多的要求。但卡尔此时有些担心，她会把食物送给他，而不愿意收钱，所以他一言不发。"我们很快就会准备好这些东西的。"女人说着，十分敏捷地走到了一张桌子前，以她的身形来说，这种敏捷程度可算十分惊人了。她用一把又长又薄的

---

1 此处Tapetentüre指的是门框完全嵌入墙里、门框隐形不可拆卸的门。

锯齿刀切下了一大块带着许多瘦肉的培根,还从货架上拿下一个大列巴面包,又从地板上拿起三瓶啤酒,把它们全都放进了一个轻便的草编篮子里,递给了卡尔。在此期间,她又向卡尔解释道,她之所以把他带到这里,是因为外面桌子上的食物尽管消耗很快,但总会因为在烟雾和许多气味中很快就不新鲜了。但对外面的人来说,这一切也都足够了。卡尔现在一言不发了,因为他不知道自己何德何能,会获得如此特殊的待遇。他想到了他的伙伴,尽管他们也对美国了如指掌,却不太可能深入这个储藏室,大概外面餐桌上有点腐烂的食物就能让他们满足了。在这里听不到大厅里的声音,隔墙一定很厚,使得这个储藏室能保持足够的凉爽。卡尔已经把草编篮子拿在手里有一会儿了,但他没有想过要付钱,只是一动不动地站在那儿。当女人还要在篮子里再放上一个跟外面桌子上那些类似的调味瓶时,他战战兢兢地感谢了她。

"您还要走很远的路吗?"女人问道。

"要走到巴特福德。"卡尔回答。

"那还有很远呢。"女人说。

"还有一整天的路程。"卡尔说。

"就不再往前走了吗?"女人问。

"哦,不走了。"卡尔说。

女人开始整理桌子上的几样东西,一名服务员走进来,四处张望着,似乎在找什么,然后女人给他指了一个大碗,那里面放着一堆撒着欧芹的沙丁鱼。于是那个服务员随手捧起这个大碗走回了大厅。

"为什么您要在户外过夜呢?"女人问道,"我们这里有足够的空间。在我们酒店过夜吧。"这对卡尔来说是个非常大的诱惑,尤其是考虑到他前一夜没能睡好,度过了一个非常糟糕的夜晚。

"但我的行李箱还在外面。"他迟疑地说,也带着一丝虚荣心。

"把它拿过来就好了,"女人说,"这不是问题。"

"可是我还有同伴呢!"卡尔说道,并立刻意识到这确实是个问题。

"他们当然也可以在这里过夜。您就快点过来吧!别让人费那么多口舌。"女人说。

"顺便说一下,我的同伴们都是好人。"卡尔说,"但他们不太干净。"

"您没看到大厅里的那些污垢吗?"女人问道,皱着一张脸,"到我们这里来的人确实都是些最不三不四的。我会让人准备三张床。当然,只能是在阁楼里了,因为酒店已经住满了,我自己也搬到了阁楼上,但无论如何总比睡在户外强。"

"我不能带我的同伴们一起来过夜。"卡尔说。他想象着这两个人在这家高级酒店的走廊里会弄出多大的动静;罗宾逊会弄脏一切,德拉马歇则肯定会骚扰这位女士。

"我不知道为什么不行,"女人说,"但如果您这么想,那就让您的同伴们留在外面,您自己过来吧。"

"不行,不行,"卡尔说,"他们是我的同伴,我必须和他们在一起。"

"您可真固执，"女人说，不再看向他了，"人家对您好，想帮助您，而您却一个劲儿地推开人家。"

这一切卡尔也看得出来，但他找不到任何解决办法，于是只能又说："谢谢您的好意。"

然后他又想起来自己还没付钱，就询问了应付的金额。

"等您把篮子拿来还给我时再付钱吧，"女人说，"最迟明天早上您得还给我。"

"好的。"卡尔说。她打开了一扇直接通往外面的门，当他弯下身子走出屋子时，她还说道："晚安，但您这样做实在没什么道理。"卡尔走出几步之后，她还喊道："明天再见！"

一走到外面，卡尔就听到了大厅里传来了那丝毫未减弱的喧闹声，而且现在还混杂着管弦乐队的吹奏声。他很高兴自己不用穿过大厅就能走出来。现在整个酒店的五层楼都亮着灯，整条街道也都被照得十分明亮。外面的马路上，汽车仍然奔驰不停，它们断断续续地出现，但汽车从远处驶来的速度比白天更快，用车灯的白色光束探测着街道的地面，车灯在照过酒店时，又因与酒店的光线交错变得苍白了些，但随即又变亮，匆匆飞驰着驶向更远的黑暗中。

卡尔回来时，发现他的同伴们因为他离开得太久，已经睡熟了。他发现篮子里有油纸，正打算把带回来的食物摆在油纸上，等摆放好了再叫醒同伴们，却发现他锁着的行李箱竟然被完全打开了，有一半的东西散落在草地上。

"起来！"他叫道，"你们睡着的时候有贼来过了。"

"有东西丢了吗？"德拉马歇问。

罗宾逊还没完全清醒，就已经伸手去拿啤酒了。

"我不知道，"卡尔喊道，"但行李箱是开着的。你们把行李箱放在这里然后就睡大觉，真是太不小心了。"

德拉马歇和罗宾逊都笑了起来，前者说："这说明你下次不应该再离开那么长时间。酒店就在十步开外，你一来一回却花了三个小时。我们都饿了，以为你的行李箱里可能有吃的东西，所以就费了一番工夫把它打开了。不过里面什么都没有，你可以放心地再把东西包起来。"

"是吗？"卡尔说。他盯着那个渐渐空了的篮子，同时听着罗宾逊喝酒时发出的奇怪声响。他先把液体灌入喉咙，然后又发出一种咕噜咕噜的哨子般的声响让液体翻上来，最后才一大口咽下去。

"你们吃完了吗？"当两人暂时喘口气的间隙卡尔问。

"您难道不是已经在酒店里吃过了吗？"德拉马歇问道，他以为卡尔想要分他的那一份。

"如果你们还想吃的话，那就动作快点吧。"卡尔说，并走向了他的行李箱。

"他看起来有些心情不佳。"德拉马歇对罗宾逊说。

"我没有心情不佳，"卡尔说，"但你们趁我不在的时候把我的行李箱撬开，把我的东西扔出来，这种做法难道是对的吗？我知道跟伙伴在一起有时要互相体谅，我也有这个准备，但这种做法实在太过分了。今晚我要在酒店过夜，不去巴特福德了。你们赶紧把东西吃完，我得把篮子还回去。"

"看看吧，罗宾逊。这就是他说的话。"德拉马歇说，"这理由真不错。他就是个典型的德国人。很早以前你就警告过我，但我还是愚蠢地带着他一起上路了。我们信任他，不把他当外人，拖着他走了整整一天，为此至少损失了半天的时间，现在，因为在酒店有人勾引他，他就要告辞，就这么告辞了。就因为他是个狡诈的德国人，他还并不直接表达，反而找借口说是行李箱的原因。又因为他有着德国人的粗鲁，所以如果他不侮辱伤害我们说我们是小偷，他是没法离开我们的，而我们不过是拿他的行李箱开了个玩笑罢了。"

卡尔正收拾着自己的行李，头也不回地说："你们只管继续说下去，也好让我在离开的时候更轻松一点。我很明白什么是友谊。在欧洲我也有朋友，但没人会说我跟朋友相处时虚假或是行为卑鄙。我们现在自然是没什么联系了，但要是我再回到欧洲，他们也都会再欢迎我，像朋友一样对待我。而你们，德拉马歇和罗宾逊，我怎么可能背叛你们呢？你们对我的好我也从不否认，毕竟你们曾非常友好地带上了我，还让我有了能在巴特福德当学徒的希望。

"但我说的是另外的事，你们一无所有，当然这并不会让你们在我眼里变得卑微，但问题在于你们忌妒我所拥有的那一点东西，试图让我屈服，这点我是受不了的。而且你们在撬开我的行李箱后，没有任何道歉，反而侮辱我，并继续侮辱我的民族——你们既然这样做，就断绝了一切再让我留在你们身边的可能性。不过，话说回来，罗宾逊，这些话其实并不是针对你说的。我唯一看不惯你性格的一点就在于，你实在太依赖德拉马歇了。"

"现在我们看出来了，"德拉马歇说着，并走到卡尔面前，轻轻地推了他一下,好像是在提醒是他要注意,"我们都看明白你到底是怎样的人了。你整整一天跟在我后面,紧紧地抓着我的衣角,模仿我做的每一个举动,除此之外你像是只小老鼠一样安静。但现在,你在酒店里找到了什么靠山,就开始大言不惭了。你可真是个有心机的家伙,我还不知道我们是否能咽下这口气去接受这一切。我们打算要求你支付你这一整天从我们这儿学到的知识的学费。对吧,罗宾逊,他觉得我们觊觎他的财产。但只要在巴特福德工作一天——更别提加州了,我们挣到的钱就能比你给我们看的钱,以及你可能藏在衣服里的钱多十倍!所以,你说话最好小心一点!"

卡尔从行李箱旁边站了起来,看见显得有些困倦,但被啤酒略微刺激醒的罗宾逊走了过来。"要是我在这儿多待一会儿,"卡尔说道,"我可能就会遇到意料之外的事。你们似乎想揍我一顿。"

"一切忍耐总有个限度。"罗宾逊说。

"您最好别再开口了,罗宾逊,"卡尔说,目光却一刻也没有离开德拉马歇,"您内心无疑同意我是对的,但表面上却不得不配合德拉马歇!"

"您是想收买他吗?"德拉马歇问。

"我完全没有这个意思。"卡尔说,"我很庆幸我即将离开,也丝毫不想再和你们中的任何一个人有所牵扯。我只想再说一点,关于你们指责我拥有财产,还在你们面前藏起来不让你们知道,即使这是真的,我也才刚刚认识你们几个小时,在你们面前这么做有什么过分的吗?而你们现在的做法难道不就证明了这种做法是正确的吗？"

"冷静一点！"德拉马歇对罗宾逊说，尽管罗宾逊并没有动。然后他问卡尔："既然你这么会厚颜无耻地声称正直，那就趁我们还聚在一起，坦诚地告诉我们，你究竟为什么想到酒店去住？"德拉马歇步步紧逼，凑得很近了。卡尔为了躲避他不得不跨过了行李箱。但德拉马歇并未因此停下脚步，他把行李箱推到一边，又向前迈了一步，还把脚踩在了一件掉在草地上的白衬衫上，然后重复了一遍他的问题。

仿佛是回应他一般，一个手里举着一个强光手电筒的男人从马路上爬了上来。这是一个从酒店里来的服务员。他一看到卡尔，就说道："我找您找了差不多有半个小时了。把路两边的所有斜坡都找遍了。厨师长女士让我告诉您，她急着要用那个借给您的草篮子。"

"篮子在这儿。"卡尔激动得声音都有些颤抖了。德拉马歇和罗宾逊此刻谦逊地退到了一旁，他们在有些地位的陌生人面前总是表现出这副样子。服务员拿过了篮子，并说道："那么，厨师长女士让我问您是否已经考虑过了，想不想到酒店去过夜。如果这两位先生愿意的话，也可以作为客人一起去。床铺已经准备好了。今天晚上虽然够暖和，但是在这山坡上睡觉却还是有些危险的，这里经常有蛇出没。""既然厨师长女士这么热情，那我还是接受她的邀请吧。"卡尔说道，并等待他的同伴们表态。然而，罗宾逊站在那里茫然无措，德拉马歇则把双手插进裤兜里，张望着星空。他们显然都认为卡尔会直接带着他们一起去。

"既然这样，"服务员说，"我接收到的命令是带您到酒店去,并帮您搬运行李。"

"那么,请稍等一会儿。"卡尔说,并弯腰把还散落在地上的几件东西放进行李箱里。

突然,他站了起来。照片不见了,它原本放在箱子的顶部,但现在到处都找不到它了。所有东西都还在,只是照片不见了。"我找不到那张照片了。"他请求德拉马歇帮忙。

"哪张照片?"德拉马歇问道。

"我父母的照片。"卡尔说。

"我们没看到照片。"德拉马歇说。

"行李箱里并没有照片,罗斯曼先生。"罗宾逊也出言证实了这一点。

"但这是不可能的。"卡尔说,他求助的目光立刻吸引了服务员走近了些,"它原来就在最上面,现在却不见了。要是你们没有拿我的行李箱开玩笑,又怎么会发生这种事呢?"

"我们不会弄错的,"德拉马歇说,"那个箱子里就没有照片。"

"对我来说,那张照片比行李箱里任何东西都重要,"卡尔对服务员说道,服务员在草地上走来走去,寻找着,"因为那是无法替代的,我弄不到第二张了。"当服务员放弃了徒劳的搜寻后,他还在说:"那是我拥有的唯一一张父母的照片。"看到这种情况,服务员毫不遮掩地大声说:"也许我们还可以检查一下这两位先生的口袋。"

"对,"卡尔立刻说道,"我必须找到那张照片。但在检查口袋之前,我还想说一点,谁要是自愿归还我照片,我就把整个装满东西的行李箱给他。"在片刻的沉默之后，卡尔对服务员说："看来我的同伴们都同意搜口袋这个建议。但就算现在，不管是在谁的口袋里找到照片，我都答应给那个人整个行李箱。我也只能做到这样了。"

服务员立刻动手开始检查德拉马歇，他认为这位比卡尔负责的罗宾逊看起来更难应对。他提醒卡尔他们要同时检查这两个人，否则一个人可能会趁没人注意的时候把照片藏起来。卡尔一上手翻找就在罗宾逊的口袋里发现了一条属于他的领带，但他没有拿出来，反而告诉服务员："无论您在德拉马歇那儿找到了什么，都请给他留着，除了照片我什么都不要，我只要那张照片。"在检查胸前的口袋时，卡尔的手碰到了罗宾逊热乎乎的、油腻腻的胸口，他意识到自己的做法可能对同伴也很不公平。于是他立马尽可能地加快了速度。而这一切都是徒劳的，因为无论是在罗宾逊还是德拉马歇那里，他们都没找到照片。

"看来是没什么用了。"服务员说。

"他们可能已经把照片撕成小块扔掉了。"卡尔说，"我还觉得你们是我的朋友呢，但实际上你们只是想在暗地里伤害我。我倒不是说罗宾逊，他可能根本想不到那张照片对我来说有多么重要，我是指德拉马歇。"卡尔只看着前面的服务员，他的灯笼照亮了一小块圆形的区域，而其他的一切，包括德拉马歇和罗宾逊，都处在一片黑暗中。

既然事情发展成了这样，自然也没人提起要把这两个人也带到酒店里去了。服务员把行李箱扛在肩上，卡尔拿起了草编篮子，就一起出发了。卡尔刚走到马路上，突然停下脚步，望向黑暗中喊道："请听我说，如果你们当中有人还拿着那张照片，而且愿意给我送到酒店来的话——行李箱仍旧是他的，并且我保证不会告发他。"从山坡上并没有传来任何确切的回答，只能听到一个不完整的声音，似乎是罗宾逊发出的喊声，但显然德拉马歇立刻堵住了他的嘴。卡尔又等了好一会儿，想看看他们在上面是不是改变了主意。他又大喊了两次："我还在这里呢！"但没有得到回应，只有一次，一块石头顺着斜坡滚了下来，也许是凑巧滚了下来，也许是没有扔准。

在西方酒店里

到了酒店，卡尔被带到了一个类似办公室的地方。在那里，厨师长女士正拿着一本记事本，向一位年轻的女打字员念着一封信。她字正腔圆地口授着，那被精确控制的、充满了弹性的敲击键盘的声响不时地追逐着墙上挂钟的嘀嗒声，钟上的指针已经指向了将近十一点半。厨师长女士说："好了，就这样吧！"她合上了那本记事本，打字员站起身，把木头盖子盖到了机器上，但在做这些机械动作时，她的目光始终没有从卡尔身上移开。她看样子像是个中学生，衣裙都仔细地熨烫过，肩膀上还熨出了波浪状的纹路，她的发髻扎得高高的，而在注意到这些细节后，再去看她严肃的脸庞，未免也使人感到几分惊讶。她先向厨师长女士鞠了个躬，然后又对卡尔鞠了个躬，便转身离去了。而卡尔不禁向厨师长女士投去一个疑问的眼神。

厨师长女士说："您到底还是来我们这儿了，这可太好了。您的同伴呢？"

卡尔说："我没有带他们来。"

"他们大概一大早就要出发吧。"厨师长女士说，像是故意想为这件事找个借口。

卡尔心想："她难道不会认为我也会和他们一起离去吗？"为了消除一切疑虑，卡尔说："我们因为观念不和，已经分道扬镳了。"

厨师长女士似乎对此颇感愉快。她问："那么您现在是自由之身了？"

"是的，我自由了。"卡尔说，他觉得没什么比这种自由再一文不值了。

"您愿不愿意在酒店里找个工作？"厨师长女士问。

"非常愿意，"卡尔说，"不过，我真的一无所长。我甚至不会用打字机。"

"那倒没什么打紧的，"厨师长女士说，"您一开始的职位可能很低，但您可以凭借勤奋和专注力来谋求晋升。总之，您最好还是在某个地方先安顿下来，而不是像现在这样到处流浪。我觉得您不适合这样的生活。"

卡尔心想："她的这些话舅舅也会同意的。"于是他点了点头表示同意。他突然想起还没做自我介绍，于是卡尔说："对不起，请原谅我还没来得及介绍自己，我叫卡尔·罗斯曼。"

"您是德国人，对吧？"

"是的，"卡尔说，"我刚来美国还没多久。"

"您来自哪里？"

"我来自波希米亚的布拉格。"卡尔说。

"您看看，"厨师长女士用英文腔很浓的口音说着德语，几乎高举起了双手,"那我们可是老乡呢,我叫格蕾特·米泽巴赫,来自维也纳。但我对布拉格也非常熟悉,我在文茨尔广场[1]的金鹅酒店工作了半年。您想得到吗!"

卡尔问:"那是什么时候的事?"

"已经是很多很多年前了。"

"从前那家古老的金鹅酒店,"卡尔说,"两年前被拆除了。"

"是啊,的确如此。"厨师长女士说,她完全沉浸在了对旧日时光的回忆中。

但她突然又活跃了起来,拉住了卡尔的手大喊道:"既然现在已经知道了您是我的老乡,那您无论如何都不能离开这里。我可不能让您这么做。比如说吧,您是否有兴趣想当个电梯男孩呢?只要说'有',这份工作就是您的了。如果您稍微去过一些地方的话,您就会知道,想获得一份这样的工作并不容易,因为这种职位是您能想到的最好的职业起步。您将与所有客人打交道,人们总会看到您,他们会让您帮着做些小事;简言之,您每天都有机会获得更好的东西。至于其他事情,您就交给我来料理吧。"

"我很愿意当个电梯男孩。"卡尔稍作停顿后说。以他只在文理中学读过五年书的资历来看,要是还对当个电梯男孩有所顾

---

[1] 小说中出现的Wenzelplatz,是布拉格真实存在的一个地点,也是布拉格的主要广场之一。由于此处卡夫卡使用的是德语,因而按照德语翻译为了"文茨尔广场"。捷克语名字为Václavské náměstí,也被译为"瓦茨拉夫广场",历史上曾被叫作"马市广场",因为中世纪此处曾是马匹市场。

虑，那简直是个大傻瓜。更别提在美国他更应该为自己只读过五年中学而感到羞耻。况且，电梯男孩这种工作一直吸引着卡尔，在他看来它就像酒店的珠宝首饰。

他又问："需要什么语言能力吗？"

"您会说德语和流利的英语，这就足够了。"

"我是在美国学的英语，学了两个半月。"卡尔说，他认为不应该隐瞒他唯一的优点。"这已经说明了您很能干。"厨师长女士说道，"想当初我学英语是多么困难呀。不过，那已经是三十年前的事了。昨天我还提起过这件事。昨天是我的五十岁生日。"她微笑着看着卡尔，想从他脸上的表情看看这个年龄的尊严给她带来的印象。

"那么，我要祝您生日很多好运[1]。"卡尔说。

"谁都需要好运气。"她说，握住卡尔的手摇了摇，显得有点忧伤，似乎是因为说德语时，想起了这个来自家乡的古老俗语。

"不过我在这儿耽误您的时间了，"她接着说道，"您肯定很累，我们可以明天白天再好好讨论这些事情。遇见了老乡让我高兴得什么都忘了。来吧，让我带您去您的房间吧。"

"我还有一个请求，厨师长女士，"卡尔看着桌子上摆着电话，于是说，"明天早上，也许很早的时候，我以前的同伴可能会给我送来一张照片，那是我急需的。您能否给门房打个电话，让他们直接来找我，或者让我去接他们呢？"

---

[1] 在德语国家，过生日时会说"祝您生日很多好运"这个俗语。

"当然可以，"厨师长女士说，"但是直接让他们把照片给门房，不是更方便吗？如果我能问一下的话，那是一张什么样的照片呢？"

"那是我父母的照片，"卡尔说，"不，我得自己跟他们俩交涉。"厨师长女士没有再说什么，就打了个电话给门房，并告诉他卡尔的房间号码是536。

他们随后就穿过了一道与入口相对的门，来到一条狭小的过道里，那里有一个电梯男孩正倚着扶手睡觉。"我们也可以自己操纵电梯，"厨师长女士轻声说，并让卡尔走进了电梯，"对于这么一个少年来说，每天工作十到十二个小时确实太长了。"她继续说着，这时他们正乘着电梯上升。"但美国的情况确实特殊。就拿这个少年的例子来说，他半年前才和父母一起到了美国，他是意大利人。现在看上去，他似乎无法承担这份工作，他的脸上已经没有多少肉了，还在工作中睡着了。虽然他看上去也做好了工作的准备，但他还得在这里或是美国的其他地方再工作个半年，轻松地坚持下来一份工作，那么五年之后，他就会成为一个强壮的男人。像这样的例子，我可以给您讲上好几个小时。但我这样说的时候并不是想到了您，因为您是一个健壮的男孩子。您现在有十七岁了吧？"

"我下个月就十六岁[1]了。"卡尔回答。

"才十六岁！"厨师长女士说道，"所以加油吧！"

到了楼上，她把卡尔领进了一个房间，尽管那里位于阁楼，

---

[1] 前文为十七岁，原文如此。——编者注

有一面墙是斜着的，但被两个白炽灯照亮了，所以看起来十分温馨。

"别被这里的陈设吓到了，"厨师长女士说，"事实上这不是酒店房间，而是我公寓里的一个房间，我的公寓一共有三个房间，所以您并不会打扰到我。我会把连通房间的门锁好，您可以毫无顾忌地待在这里。明天，作为新的酒店员工，您当然会拥有自己的房间。要是今天您和您的同伴一起来的话，我就会在酒店员工的公共寝室里给您铺好床位，但既然您是一个人来的，我想这里对您来说更合适，虽然得委屈您睡在沙发上。现在好好睡一觉吧，这样明天工作的时候就能元气满满了。而且明天的工作并不会太辛苦。"

"非常感谢您的关照。"

"等一下，"她在快走出去时停了下来说，"等您睡了可能会被早起的人吵醒。"她走到房间的另一扇侧门，轻轻地敲了敲，喊道："特蕾莎！"

"来了，厨师长女士。"小打字员应道。

"明天早上叫我起床时，你得从走廊上走过来，因为有位客人睡在这个房间里。他可累坏了。"当她说这句话时，对卡尔笑了笑，"你明白了吗？"

"好的，厨师长女士。"

"那么晚安！"

"也祝您晚安。"

"事实上，"厨师长女士解释道，"这几年来，我的睡眠总是很差。现在，我对自己的职位很满意，其实也不必再担心些什么了。但是我想一定是之前的烦恼造成了现在的失眠。如果我能凌晨三点入睡，我就已经很高兴了。然而，最迟五点半，我就必须得再开始工作了，所以我不得不请人把我叫醒，而且叫醒我时还得非常小心，免得让本来就紧张的我比之前还要紧张，所以就由特蕾莎来叫醒我。但现在，该知道的您都已经知道了，我也不能再耽误您休息了。晚安！"尽管她的身形庞大，却几乎是飞速地走出了房间。

  卡尔很高兴终于能睡下了，因为这一天让他筋疲力尽。而且，他也根本无法想象还有什么环境能比这里更加舒适，让他更能不受干扰地睡上美美的一觉了。话虽如此，这个房间却并不是个卧室，它更像是一个客厅，或者更确切地说，是厨师长女士的会客厅，为了他今天晚上在这儿过夜，她还特别搬来了一个洗漱台。但是，卡尔并未感到自己像个入侵者，而是觉得自己因此得到了更好的安顿。他的行李箱已经被拿来放好了，它已经很久没被放在这么安全的地方了。在一个低矮的、有抽屉的柜子上，铺着一张镂空的粗毛毯，上面摆放着不同的、装在玻璃相框里的照片；卡尔在观察房间时，停在那里端详着那些照片。那些大部分是旧照片，展示的主要是年轻的女孩子，她们穿着过时的、看起来不太舒服的衣服，戴着松散而又高过头顶的小礼帽。把右手撑在雨伞上，虽然面对着观看的人，目光却是避开的。在男士的照片中，卡尔特别注意到了一位年轻的士兵，他的军帽搁在桌子上，头发乱蓬蓬，正站得直挺挺的，满脸都是傲慢却又压抑的笑。他制服上的纽扣在照片上被后期涂成了金的。所有这些照片可能都是在欧洲拍的，虽然去翻看照片背面的确切信息也许能看得出来，但卡尔不想把这些照片拿起来。他看着这些照片，希望将来能在自己的房间里把父母的照片也这么摆出来。

卡尔痛痛快快地洗了个澡，放松地舒展着整个身体，他洗澡时也尽量动作小心，以免打扰到隔壁的人，现在他已经舒服地躺在沙发上准备享受即将到来的睡眠。突然间，他好像听到一扇门上传来了轻轻的敲击声。刚开始无法确认是哪扇门，而且可能只是偶然的声音。而那敲击声也没有立刻再响起。当敲击声再次出现时，卡尔几乎已经睡着了。但是现在毫无疑问了，那确实是敲门声，而且是从打字员的房间里传来的。卡尔踮起脚尖走到那扇门前，声音小到几乎不会吵醒人："您有什么事吗？"

同样轻声的回答立刻传来："您能打开门吗？钥匙在您那边。"

卡尔说："请稍等，我先穿好衣服。"

对方突然沉默了一小会儿，随后说："没关系的。您打开门以后，可以躺回床上，我稍等一下再进去。"

卡尔回答："好的。"然后就照办了，同时还打开了电灯。然后，他稍微抬高了一点声音说："我已经躺下了。"接着，打字员姑娘从黑暗的房间里走了出来，穿着与刚才在办公室里一模一样的衣服，显然在这整个时间里，她根本没想过要睡觉。

"非常抱歉打扰您，"然后她站在了卡尔床前稍微弯下了腰，"请您千万不要告诉别人。我也不会耽误您太久，我知道您很累。"

卡尔说："没那么严重。不过，我确实应该先穿好衣服。"他不得不一直平躺着，这样才能用被子盖到脖子，因为他没有睡衣。

"我只待一会儿就行。"她说着,拿了把椅子,"我可以坐在沙发旁边吗?"

卡尔点了点头。于是,她紧挨着沙发坐了下来,以至于卡尔必须挪到靠墙的地方,才能仰着头看她。她长了一张圆圆的、匀称的脸,只是额头显得格外地高,但这也可能只是因为她的发型不太适合她。她的穿着十分干净整洁,左手还紧握着一条手帕。

"您要在这儿待很久吗?"她问道。

"还没有完全确定,"卡尔回答说,"但我想我会留下来的。"

"这真是太好了,"她说着,用手帕擦了擦脸,"因为我在这儿觉得太孤独了。"

"这可真让我感到奇怪,"卡尔说,"厨师长女士不是对您很好吗?她对待您的方式完全不像对待一名员工。我还以为你们是亲戚呢。"

"哦,不是的,"她说,"我的名字叫特蕾莎·贝希托尔德,我来自波美拉尼亚[1]。"

卡尔也自我介绍了一番。然后她第一次全神贯注地盯着他,仿佛他说出名字后变得有点陌生了。他们沉默了片刻。接着她说:"您可不能认为我忘恩负义。没有厨师长女士,我的处境肯定更糟糕。我之前在这家酒店当厨房女工,差点就被解雇了,因为我无法应付繁重的工作。这里的要求可高了。一个月前,一名厨房女工就因过度劳累而晕倒了,躺在医院接受了长达两周的治

---

[1] 波美拉尼亚是中欧一个历史地域名称,现在位于德国和波兰北部,曾是普鲁士王国的一部分,后来并入德意志帝国,1945年后,此地分别为民主德国与波兰所有。

疗。我的身体不怎么强壮，以前艰难的岁月让我身体的成长发育略有滞后；您或许根本想不到我已经十八岁了。但是现在我的身体越来越强壮了。"

"这里的工作确实非常累人，"卡尔说，"我刚才在楼下，已经看到一个电梯男孩站着睡着了。"

"在我们这些人中，电梯工的情况算是最好的，"她说，"他们能通过小费挣到不少钱，总的来说，他们的辛苦程度远远比不上厨房的人。不过，那时候我确实交了好运，厨师长女士需要一个女佣来为宴会准备餐巾，她让我们厨房女工都过去，这里有大约五十个这样的女孩子，我刚好在那儿，工作得让她非常满意，因为折餐巾是我的拿手活儿。从那时起，她就一直让我待在她身边，并逐渐培养我成了她的秘书。在这个过程中，我学到了很多东西。"

"需要打字的东西有这么多吗？"卡尔问道。

"是的，非常多，"她回答说，"您可能完全无法想象。您看到我今天就一直工作到十一点半，而今天并不是什么特殊的日子。当然，我并不是一直在打东西，还要去城里办很多事情。"

"这座城市叫什么？"卡尔问道。

"您不知道吗？"她说，"拉姆西斯。"

"是个大城市吗？"卡尔问道。

"非常大，"她回答说，"我不喜欢去城里。但您真的不想早点睡吗？"

"不，还不用，"卡尔说，"我还不知道您为什么会进来呢。"

"因为我没有人聊天。我并不喜欢抱怨,但像我这样无依无靠的人,能被人听到自己的声音都会觉得幸福。我之前已经在大厅里看见您了,当她把您带到食物储藏室的时候,我正好过来找厨师长女士。"

"那个大厅真是太可怕了。"卡尔说。

"我现在已经不太能感觉到这一点了,"她回答说,"但是我刚才只想说,厨师长女士现在对我就像我妈妈当年对我一样好。但是我们的职位差距太大,所以我无法和她自由交谈。在厨房女工中,我曾经有过几个好朋友,但她们都早已离职了,而那些新来的女工我几乎都不认识。说到底,我有时觉得我现在的工作比以前的更吃力,而且我的工作成果也没有以前好,厨师长女士或许也只是出于同情,才让我继续在这个职位上干的。毕竟,要真正成为一名秘书,确实需要有更好的教育背景。我这么说或许是种罪过,但有时候我真的害怕我会疯掉。看在上帝的分儿上,"她突然说得更快,慌忙抓住了卡尔的肩膀,因为他的双手正藏在被子里,"您可千万不能跟厨师长女士说这些,否则我真的会完蛋的。如果我除了给她添麻烦外,还让她伤心,那可真的是太过分了。"

"我当然什么也不会告诉她。"卡尔回答道。

"那就好,"她说,"请留在这里吧。我很高兴您能留下来,如果您愿意的话,我们可以互相鼓励。自从我第一次见到您,我就很信任您。尽管如此,您想想,我这个人真是太差劲了,我曾经害怕厨师长女士会让您取代我,成为秘书,然后解雇我。直到在这里独自坐了很久之后,当您在办公室的时候,我才想通，如果您能够接手我的工作，那其实挺不错的，因为您肯定会比我更了解这些工作。如果您不想去城里跑腿，我就可以继续保留这项工作内容。不然的话也许我在厨房里可能会更有价值，特别是我现在已经变得更强壮了。"

"事情已经安排妥当了，"卡尔说，"我会成为电梯男孩，而您会继续当秘书。但是，如果您向厨师长女士透露您的计划，那么我也会告诉她您今天对我说的其他事情，尽管这会让我很伤心。"

特蕾莎被卡尔说话的语气刺激得十分激动，她瘫倒在沙发边，哭泣着把脸埋进被子。

"我不会出卖您的，"卡尔说，"但您也不能告诉她任何事情。"

现在他再也不能把整个身体完全藏在被子下面了，他轻轻地抚摸了一下她的胳膊，也找不到什么适当的话，心里想着，这里生活也挺艰难苦涩的。终于，她平静下来了，开始为自己的哭泣感到难为情，感激地看了卡尔一眼，劝他明天睡晚一点，还承诺如果她有时间的话，会在八点钟左右再来叫醒他。

"您对叫醒别人很在行嘛。"卡尔说。

"是的，有些事情我还是能做的。"她说着，在告别时温柔地摩挲了一下他的被子，然后跑回了自己的房间。

第二天，尽管厨师长女士本想让他去游览一下拉姆西斯，但卡尔坚持马上开始自己的工作，卡尔坦率地解释道，他总会找到适当的机会去参观城市的，但现在对他来说最重要的是开始工作，因为他在欧洲时，已经无用地中断了一项本来朝着目标前进的事，他辍了学，因而才在这个年纪开始当电梯男孩。而那些更聪明的男孩子，就算通过正常途径按部就班地工作，这个年纪也该接手更高层次的工作了。不过，他从电梯男孩开始做起，这是完全正确的。但他也必须特别加快进度。在这种情况下，参观城市根本不会给他带来任何乐趣。甚至就连比如特蕾莎邀请他走一段短短的路程，他也无法下定决心。他总是想着，如果他不努力学习，那么最后可能会像德拉马歇和罗宾逊那样无所作为。

  他在酒店裁缝那儿试穿了电梯男孩的制服。那制服的外观十分华丽，有金扣和金色边穗。但卡尔穿上衣服时，又感到有点战栗，特别是这件衣服的腋下，又冷又硬，因为之前穿过这件衣服的电梯男孩总是流汗，所以湿乎乎的。首先，他们必须为卡尔加宽这件制服的胸部，因为现有的十套制服里没有一套他能勉强穿上。尽管加宽需要缝纫，而且那位师傅看起来十分尴尬——有两次，已经交出去的制服又被退回到工作室——但这一切改装还是花了不到五分钟就全部完成了。卡尔就这么穿着紧身的裤子和一件胸口紧紧巴巴的上衣（尽管老板明确保证了这衣服很合身）离开了工作室。他穿着这件衣服一直练习呼吸，想看看自己是否还能继续呼吸。

  然后，他去找指挥他工作的大堂经理报了到，这位大堂经理是一个高大、英俊的男人，长着一个很大的鼻子，看上去似乎已经四十多岁了。他根本没有时间跟卡尔说话，只是叫来了一个电梯男孩，恰好是昨天卡尔看到的那个。大堂经理只叫了他的教名：贾柯摩，卡尔后来才知道这个名字，因为按照英文发音是无法听出来是这个名字的。这个少年现在接到任务，要向卡尔展示电梯操作所需的基本知识，他显得又害羞又匆忙，即使需要说明的东西不多，但他连这最基本的内容也没能传达给卡尔。贾柯摩肯定也对自己必须离开电梯服务岗位（无论如何是因为卡尔）而被分配去帮助客房女服务员的事情感到恼火，因为根据他的一些经验（尽管他没有说出口），他觉得这种工作调动是一种耻辱。而卡尔最大的失望在于电梯男孩在电梯里的工作仅仅需要按下按钮来操作电梯上下运行就行了，有酒店的机械师单独负责维修工作，例如，尽管贾柯摩已经成为电梯男孩半年了，但他甚至没有亲眼见到过地下室的驱动装置或是电梯内部的机械装置，尽管他一再表示过自己非常愿意看到这些。总的来说，这是一份单调的工作，因为每天要工作十二个小时，还是轮值白天和晚上的班，非常累人。按照贾柯摩的说法，要是不能在站着的时候睡上几分钟，这种工作根本就无法忍受。卡尔对此没有做出回应，但他明白正是这种技能让贾柯摩失去了电梯工的岗位。

卡尔感到非常高兴的是，他负责的电梯仅仅服务于酒店最高的几层楼，因此他不必与那些最苛刻的富人打交道。当然，在这里也学不到像其他地方那么多的东西，不过对于刚起步的人来说是个好差事。

仅仅用了一个星期，卡尔就知道自己已经可以完全胜任这项工作了。他负责的那部电梯里的黄铜被擦得锃锃发亮，其他的三十部电梯没有一部能与之相比，要是和他一起在这部电梯工作的那个男孩同样勤奋的话，它会更亮。他是个名叫雷纳的小伙子，是个土生土长的美国人，颇有些自负，长着一双黑亮的眼睛，略微凹陷的脸庞总是刮得干干净净的。他有一套很优雅的私人西装，在不用上班的晚上，他总会穿着它匆匆地赶去城里玩，这正装还带着淡淡的香水味；有时他还会请求卡尔晚上代替他工作，说他因为家庭事务需要离开，但他的穿着打扮却与这样的借口大相径庭。尽管如此，卡尔还是能忍受他的所做所为，每当那样的夜晚，雷纳就会换上他那套私人西装，站在电梯口，等电梯停下来的时候跟卡尔道几句歉，他会一边道歉，一边把手套套在手指上，然后就穿过走廊离去了。再说，卡尔这样替他代班也只是帮了他一点小忙，似乎在刚开始工作时，帮一个年长的同事一点小忙也是理所当然的，但这并不该成为一个长期的惯例。因为确实，在电梯里不停地上上下下已经足够累人的了，特别是到了晚上，电梯几乎就没有停歇的时候。

　　卡尔很快就学会了电梯工必须做到的深鞠躬，他能够在电梯上上下下的运行中接住小费，随即将其放入背心口袋中，没人能从他的表情中判断出来他收到的小费是多还是少。面对女士时，他会在开门时稍稍显得殷勤，并在她们身后慢步走进电梯，女士们通常由于顾虑裙子、帽子和饰物，进电梯的时候比男士们更犹豫。电梯运行过程中，他会站在离门最近的地方，背对乘客，紧握电梯门把手，以便在电梯抵达时，能快速把门推开却不至于吓到客人。在电梯行驶的过程中，有时也会有人拍拍他的肩膀，向他询问点什么小事，那时他会迅速转过身，好像他早就料到有人会问问题，并立刻大声地回答。尽管有很多电梯，但常常还是会发生拥挤，特别是在剧院演出结束后或是特定的几班特快列车抵达后，在这种紧急情况下，他就得刚把上层的客人送离电梯，就得立刻飞奔回下层，以招待在那里等待的客人。他可以通过拉动穿过电梯箱子的钢丝绳来加速电梯,虽然电梯规定禁止这样做,这么做可能很危险。当卡尔和乘客一起搭乘时,他从不这么做,但当上面楼层的客人已经走出了电梯,而下面还有其他客人在等待时,他便无所顾忌,像个水手一样猛拉绳子。他知道其他电梯男孩也会这么做,他不想让客人们流向其他的电梯。另外会有一种相当普遍的情况,即一些在酒店里住了很长时间的客人,会偶尔对卡尔露出一个微笑,表示他们认出卡尔是自己的电梯男孩。卡尔虽然表情严肃,但他很欣赏这种友善。有时,在客流稍微减少时,他还会接受一些客人的特殊小任务,比如,有客人把东西忘在了房间,卡尔就去房间里取客人忘记拿的小东西,他会趁着这个时刻,搭乘着他非常信赖的电梯独自飞快地上楼,走进那个陌生的房间,那里通常会有他从未见过的一些稀奇东西,不是散落在地上就是挂在衣架上,他能闻到异样的肥皂、香水、漱口水的味道,但他会毫不拖沓地带着找到的东西返回去。他常常感到遗憾的是他无法接受更大的任务,因为酒店有专门的服务员和信使负责这些业务,他们会骑着自行车甚至摩托车去完成这些任务。只有那些从房间到餐厅或是赌场之间的业务,卡尔才能在机会合适的时候跑跑腿。

当他工作十二个钟头下班后,一周里有三天是下午六点下班,另外的三天是早上六点下班,他总是疲惫不堪,直接就倒在了床上,谁都不想理。他的床位在电梯男孩们共用的宿舍里。厨师长女士的影响力也许并不如卡尔在第一个晚上所想的那么大,她曾试图为他安排一个单独的房间,可能也能成功,但当卡尔看到这件事引发的困难,并看到厨师长女士因此不止一次地打电话给他的上司——那位忙碌的大堂经理时，他就放弃了这种念头，并说服了厨师长女士他是真心想要放弃，他表示不想用并不是自己挣来的特权而引起其他人的嫉妒。

但这间大宿舍并不是个能安心睡觉的地方。因为每个人以不同的方式来安排这空闲的十二个小时，睡觉、吃饭、娱乐和做副业赚钱，所以宿舍里总是非常热闹。有些人在睡觉时会拉过被子捂住耳朵，以免听到任何声音，可是只要有一个人被吵醒，他就会对其他吵闹的人大发雷霆，结果就是其他正好好睡着的人也会被吵醒。几乎每个少年都有自己的烟斗，这已成了一种奢侈品，卡尔也添置了一个，并很快就对它产生了兴趣。然而，在工作时不能抽烟，所以只要不是非得睡觉不可，宿舍里每个人都在抽烟。因此，每张床周围都烟雾缭绕，整间宿舍里也到处都是烟雾。虽然大多数人原则上都同意晚上只在宿舍的一端开灯，却无法贯彻实施。如果这个提议能够实行，那些想睡觉的人就可以在黑暗的半间宿舍的床上好好休息——这是一间大型的宿舍，有四十个床位——而其他人可以在有灯的那一端玩骰子或者纸牌，或者做其他所有需要光照的事情。如果一个人的床位在宿舍有灯的那一侧，那他想睡觉时，可以去暗处找张空床躺下，因为总是有足够多的空床位，也没有人会反对他人暂时借用自己的床。但是这种划分没能执行一个晚上。比如总会有在黑暗中的那边睡了一会儿的两个人又突然有了打牌的兴致，然后在两人之间放置一块木板来打牌，这时他们当然也会开一盏电灯，而如果有人面向这边睡觉，就会被这种刺眼的灯光惊醒，一跃而起。他们虽然还会在床上翻来覆去一阵子，但最终依然无法找到一件更好的事情可做，只好和隔壁床也被吵醒的人一起玩上一局。当然，每个人都是吞云吐雾，烟斗抽个不停。确实，有一些人无论如何都还是想睡觉——卡尔通常是他们中的一员——于是他们不是把头枕在枕头上，而是把头用枕头盖住或者裹在枕头里。但是，当睡在你邻床的人在深夜起床，要去城里找点乐子时；或是在床头放置的洗漱盆里大声洗漱，导致水花四溅时；或者不仅咚咚咚地穿靴子，而且还要为了更容易穿进去而用力跺跺脚时——尽管是美式的靴子，但几乎所有人的靴子都磨脚——最后，当他发现少拿了什么小物件时，他还要抬起已经睡着的人的枕头，到处寻找，这时那趴在枕头下面的人早就被吵醒了，只等着时机发泄呢。大家都是热爱运动的、年轻的、大多数十分强壮的小伙子，谁都不想错过任何一次体育锻炼的机会。可以确定的是，如果有人在夜里因为一阵大吵大闹而从睡梦中惊醒，随后跳了起来，那么他就会在床边的地板上发现两个"摔跤手"扭打在一起，在强烈的灯光下，可以看到床上全都是这一领域的专家，他们穿着衬衣和内裤正站着观看。有一次在一场夜间的"拳击赛"中，一个"拳击手"摔倒在了睡梦中的卡尔身上，卡尔睁开眼睛首先看到的就是那个男孩鼻子里流出的鲜血，卡尔还没来得及采取任何措施，血就流满了他的整床被套。卡尔常常得费尽心思才能在这十二个小时里争取到几个小时的睡眠，尽管他也很想参加其他人的聊天，但他总觉得其他人在生活中领先于他，他必须通过加倍勤奋和放弃一些乐趣来弥补。虽然他主要是为了工作才重视睡眠，却从未向厨师长女士或是特蕾莎抱怨过公共寝室里的情况。这首先是因为所有的电梯男孩都忍受着这种情形，并没有谁真正去抱怨过；

其次，他之前是心怀感激地从厨师长女士手中接受了电梯工的工作，他觉得这种在寝室里的折磨也是这份工作的一部分。

每周在轮班换岗时会有一次二十四小时的空闲，他会抽出一部分时间去拜访厨师长女士一两次，并等着特蕾莎，在她难得休息的时候匆匆地跟她聊上几句，也许是在某个角落或是走廊，或者很少的几次是在她的房间里。有时，他还陪着她去城里办事，这些事务都必须迅速办完。这时卡尔手里拎着她的包，他们几乎是跑着冲向了最近的地铁站，然后乘坐着地铁飞速地离去，列车仿佛不受到任何阻力似的被拉扯着向前飞驰，很快他们就下了车。他们觉得电梯太慢了，所以就没有等电梯，而是走台阶上去的。巨大的广场就出现在了他们眼前，街道从广场呈放射状地发散开去，把喧闹带进了四面八方的交通中，卡尔和特蕾莎紧挨着对方，匆忙地走进各种办公室、洗衣店、仓库和商店，他们要处理那些在电话里难以处理的，也不是什么特别重要的订单或投诉。特蕾莎很快意识到，有了卡尔的帮助，事情办理得快多了。有他陪着，她也不需要像以前那样等待着忙碌的生意人来听她说话。他会走到柜台前，用指关节敲击柜台，直到得到回应，他大声地用他那稍显夸张的英语大喊，即使在一百个声音里，他的声音都能很容易被分辨出来。他毫不犹豫地走向那些人，就算他们傲慢地退到最远的商务厅里也不会退缩。他这么做不是出于狂妄自大，他尊重每一个反对的意见，但他觉得自己站在一个强势的位置上，这给了他底气——西方酒店是一个不可轻视的客户，而特蕾莎尽管有办理这些事的经验，但仍需要帮助。"您应该每次都跟我一起来。"有时，当他们顺利地办完一件事情后，她会开心地笑着这么说。

在卡尔停留在拉姆西斯的一个半月中,他只有三次在特蕾莎的小屋子里待了较长的时间,每次都有几个小时。这个房间自然比厨师长女士的任何一个房间都要小得多,里面放的几样东西也都几乎堆在窗户旁边,但在经历了大寝室之后,卡尔已经理解了拥有一个相对安静的私人房间的价值,尽管他没有明确表达出来,但特蕾莎看得出他喜欢这个房间。她没有向他隐瞒任何事情,而且从她第一天晚上来拜访过卡尔开始,再想向他保守秘密也就几乎不可能了。她是个私生女,她的父亲是一个建筑监工,他曾让她们母女从波美拉尼亚追随他来到这里;但他似乎觉得把她们接来他就已经尽了责任,又或者他原本在码头想接待的另有他人,而不是这个面容憔悴、过度劳累的女人和虚弱孩子,在她们抵达后,他很快就移民去了加拿大,没有给出任何解释,被留下的母女二人既没有收到过他的信,也没有收到过其他消息,这在一定程度上也不足为奇,因为她们已经流落到了纽约东部拥挤的贫民区里,再也无从寻找了。

有一次,特蕾莎讲起了她母亲的离世经过,当时卡尔正站在她旁边,望着窗外的街道。那是一个冬夜,那时她大约五岁,她和她母亲各自背着包裹匆匆地穿过街道,寻找睡觉的地方。起初,母亲拉着特蕾莎的手,那时的街道风雪肆虐,她们基本无法前行。母亲的手冻僵了,于是她松开了特蕾莎,也没再回头看她。特蕾莎不得不努力地紧紧抓住母亲的裙子。她跌跌撞撞地跟着母亲走,甚至还摔倒了几次,但母亲像是陷入了疯狂一般,没有停下来,一个劲儿地往前走。在纽约那漫长而笔直的街道上，暴风雪是何等肆虐啊！卡尔还没有在纽约经历过冬天。如果迎着风走，而且风卷着圈，那么根本无法睁开双眼。风会将雪吹碎了，揉打在你脸上，你奔跑着，但又无法前进，那真是令人绝望。孩子在这种情况下显然比成人要有优势，他们可以在风下方穿行，对一切还颇有兴趣。因此，当时特蕾莎也并不能完全理解她母亲，她坚信，要是那天晚上她能更聪明点地——但她当时还只是个小孩子——对待她的母亲，她的母亲大概就不会遭受如此悲惨的死亡。当时母亲已经失业两天，身上没有一点钱了，白天她们在户外度过，什么吃的也没有。她们的包裹里只有一些没用的破烂，或许出于迷信，都不舍得扔掉。到了第二天早晨，母亲原本有工作可以做，但由于她感到筋疲力尽，担心自己无法好好利用这个机会，她一整天都在试图向特蕾莎解释。当天早上，她在街边就已经咳出许多血，把路人都吓坏了。她唯一的渴望就是能找到一个温暖的地方休息一下。然而恰巧就是那天晚上，她们压根儿找不到地方休息。她们每到一个地方，只要看门人没有把她们赶走，她们就能在那儿至少躲避一下恶劣的天气，休息一下，而她们还要穿过狭窄冰冷的走廊，爬上很高的楼层，绕过院子里的狭长露台，胡乱地敲门寻找帮助。她们一度没有勇气去和人说话，然后又向每个迎面走来的人求助。有那么一两次，母亲喘不过气般地坐在安静的楼梯上，痛苦地一把搂住努力抵抗的特蕾莎，把嘴唇紧紧地贴在她的脸上，亲吻着她。当她后来知道那是母亲最后的亲吻时，她怎么也无法理解，觉得自己即使是只小虫子，也不可能盲目地看不出这一切。在她们经过的一些房间里，门敞开着，只为了把屋内令人窒息的空气散出来，而在那宛如被火烧过的浓雾中，会有某个人的身影从屋里走出来，在门框处显现出来，他会沉默着或是用简短的几句话语表明她们不能在那个房间里落脚。现在回想起来，特蕾莎觉得，母亲只在最初的几个小时里认真地寻找过落脚点，因为大约到了午夜以后，她就没有再去问过谁，尽管她到黎明前一直都在奔波，虽然在这些永远不会关闭门窗的房子里总是有生活的气息，也总能时时刻刻地遇到人。当然，那并不是什么能让她们快速前进的奔跑，而只是她们能付诸的最大努力，事实上她们也可能只是拖着脚步在慢慢走。特蕾莎甚至不知道从午夜到凌晨五点，她们是去过二十栋房子还是两栋，还是压根儿就只去过一栋房子。这些房子的走廊为了能最大化地利用空间，因而都设计得十分巧妙，却让人不能轻易地辨别方向，她们不知道有多少次大概穿过了相同的走廊！特蕾莎隐约记得，她们曾在一栋房子里不停地搜寻，想要找到那栋房子的大门，但也同样记得她们好像是在街上转过身后，就又冲进了那栋房子。对一个孩子来说，这无疑是种难以理解的折磨，或是被母亲抱着，或是紧紧地抓着母亲，听不到一句安慰的话，就这么被拖着走。那时这整件事对她来说唯一的解释似乎是，母亲想逃离她身边。因此特蕾莎抓得更紧了，就连母亲牵着她的一只手时，为了安全起见，她还会用另一只手抓着母亲的裙子，并不时号叫哭泣。她害怕被留在这里，被留在这些人中，他们在她们面前踩着沉重的脚步爬上了楼梯。她们身后还有看不见的人正从楼梯的拐角处朝她们靠近。那些人在走廊上的一扇门前争吵，互相推着对方进到了房间里。喝醉的人在房子里漫无目的地唱着含混不清的歌。还好，母亲和特蕾莎成功地溜过了这群正要聚集成一团的人。在深夜里，当别人不再那么关注一切，非要坚持自身的权益之时，她们本可以至少挤进一个由私人业主出租的公共睡房，她们也曾经路过了几间这样的睡房，但特蕾莎还不懂这些事，而母亲也不再想休息了。早晨，一个美好的冬日开始了，她们俩倚靠在一栋房子的一面墙上，也许稍微睡了一会儿，也许只是睁着眼睛茫然地张望过。这时她们才发现，特蕾莎弄丢了她的包裹，为了惩罚她的粗心大意，母亲打了她，可是特蕾莎没听到也感觉不到母亲的打击。然后，她们继续穿过日渐熙攘的街道，母亲靠着墙走着，经过一座桥时，母亲用手从栏杆上刮下了桥上的冰霜，最后她们来到了一个工地，那正是母亲被安排要去上班的工地，特蕾莎当时接受了这个现实，但现在她却无法理解，怎么她们就正好到了那个工地。母亲并没有告诉特蕾莎，她应该待在那里还是离开，特蕾莎把这当成了让她原地等待的命令，因为这也最符合她的意愿。于是，她坐在一堆砖头上，看着母亲解开包裹，拿出一块斑斓的碎布，用它绑住了她围了一整夜的头巾。特蕾莎太累了，甚至都没有想到要去帮母亲。母亲没有像往常一样去登记，也没有问任何人，就爬上了一个梯子，仿佛她已经知道自己要被分配什么工作。特蕾莎对此感到惊讶，因为女杂工们通常只是在下面做些比如溶解石灰或是递送砖头这样的简单工作。因此，她以为母亲今天要干更高薪的活儿，她还睡眼惺忪地抬头对母亲笑了笑。这个工地盖得并不高，才刚刚盖到一层，尽管已经支好用于向上加盖的高脚手架直指蔚蓝的天空，不过还没加连接木。在那上面，母亲已经灵活地避过了那些砌砖头的工人，令人惊讶的是，他们没有理会她，只是让她继续往前走。她小心翼翼地用纤细的手抓住了充当栏杆的木板,特蕾莎在下面惊讶地看着母亲的敏捷身手,而且相信,她从母亲那里获得了一道友好的目光。然而,随后母亲走到一小堆砖前面,那道栏杆在那里结束了,很可能通道也在那里中止了,但她却没有意识到,径直地走向了砖堆,她灵活的身手似乎也消失了,她把那一堆砖撞倒了,并越过它向下方跌去。许多砖头都跟着滚了下来,不一会儿,一块沉重的木板不知道从哪里脱落,砸在了她身上。特蕾莎对母亲的最后记忆是,她双腿大张地躺在那里,还穿着那条从波美拉尼亚带来的格子裙,那块落下的粗糙木板几乎将她覆盖住了。然后,人们从四面八方跑了过来,工地上方还有个男人生气地向下喊了些什么。

当特蕾莎讲完了她的故事,时间已经很晚了。她一反自己往常的习惯,非常细致入微地讲述了这个平时她不太喜欢讲的故事,只有在一些无关紧要的地方,比如描述那高高耸入天空的脚手架杆子这样的场景时,她才不得不忍住自己的泪水。即使已经过去了十年,她还是清楚地记得那个时候发生的每一件小事。而且因为她母亲在那个未完成的工地一楼的形象是她对母亲生命的最后记忆,她怎么传达给自己的朋友这个景象都不够,所以她在讲完整个故事后,又想再说一次这个场景,但她却哽咽住了,只是把脸埋在双手间,再也说不出一个字来。

然而,在特蕾莎的房间也有欢乐的时光。卡尔第一次去她那儿时,就在那里看到了一本商务书信的教材,他请求特蕾莎把书借给他。他们也商量好,卡尔要完成书中的练习然后让特蕾莎检查。她因为自己所从事的低级工作的需要,已经通读过这本书了。现在卡尔便开始整夜用棉花堵住耳朵，躺在宿舍床上，为了调整状态尝试了各种不同的卧姿，一边看书一边用钢笔在一个小本子上潦草地做练习，那支钢笔是厨师长女士奖励给他的，因为他曾经替她制作了一个非常实用的盘货清单，而且把这清单做得尽善尽美。看书时，他试图把其他小伙子的打扰转换成动力，一再向他们请教英文上的问题，让他们给出小建议，直到他们厌倦了，他就能安静地看书了。卡尔对其他人如此安于现状的情况感到十分惊讶，他们似乎根本感受不到自己的处境，体会不到自己在这儿的工作只是暂时的角色——超过二十岁就不能再当电梯男孩了，也没有任何的思想觉悟，认为自己必须为自己的未来职业提早做出决定，尽管有卡尔这样的榜样，他们也不看书，最多看看侦探小说，那些破旧的书总是从一个床铺传到另一个床铺。

如今见面的时候，特蕾莎总是极度仔细、不厌其烦地检查他的作业。他们常常因为意见不同而争吵，卡尔总会用他在纽约的那位伟大教授作为证人，但特蕾莎却认为，这位教授对于语法问题的意见就和那些电梯男孩的意见一样不值一提。特蕾莎会从他手中接过笔，画掉她认为有错误的地方；而卡尔在这种情况下为了精确，会又画掉特蕾莎画的线。有时候，厨师长女士会过来，她总是会做出偏袒特蕾莎的最后决定，但这并不意味着她是对的，只是因为特蕾莎是她的秘书，同时这也能让大家和解。她会煮茶，拿点心，要卡尔讲讲欧洲的故事，只不过他常常会被厨师长女士打断，她总是一再地询问，并表示惊讶——这提醒了卡尔，在这相对较短的时间里，欧洲已经发生了多少变化。而自从他离开后，又会变得有多么不同，而且这变化还在不断发生着。

卡尔在拉姆西斯待了大概一个月之后，有一天晚上，雷纳在路过时告诉卡尔，一个叫德拉马歇的人在酒店外和他搭话，还问了他有关卡尔的情况。雷纳觉得没有必要隐瞒，于是如实告诉了德拉马歇，卡尔是个电梯工，而且由于厨师长女士的关照，他还有机会得到其他更好的工作。卡尔注意到德拉马歇是如何谨慎地对待雷纳的，他甚至还邀请雷纳一起共进晚餐。

"我和德拉马歇已经断绝关系了，"卡尔说，"你也要当心他！"

"我？"雷纳说，他伸了个懒腰，然后就匆匆离去了。他是酒店里最精致的男生，在其他男生中有一个传闻——虽然不知道这传闻的源头是什么——雷纳曾在电梯里被一位高贵的女士吻过，这位女士已经在酒店里住了很长时间。对于那些知道这个传闻的人来说，它的很大一部分魅力就是看到这位自信的女士迈着优雅轻盈的步伐、披着薄如蝉翼的纱巾、紧紧地束着腰，从他们身边走过，因为这位女士丝毫不像会做出这种行为的人。她住在一楼[1]，雷纳的电梯本来不是她专用的那部，不过当然，如果其他电梯都暂时被占用了，那么是无法阻止客人进入其他电梯的。于是，这位女士偶尔会乘坐卡尔和雷纳的电梯，而且事实上，她只有在雷纳值班的时候会乘坐这部电梯。这可能是巧合，但没人会相信这一点，而当电梯乘着两人运行时，整排等候工作的电梯男孩都会十分亢奋，他们不得不努力克制这种激动，这件事甚至曾招致了大堂经理的干预。不知是因为这位女士，还是因为这个

---

[1] 中国楼房的二楼。

传闻，总之雷纳变了许多，他变得更加自信，把所有擦电梯的工作都留给了卡尔，卡尔已经准备找个机会好好跟他谈一下这个问题了。在宿舍里几乎看不到雷纳的身影了。没谁能像他这样，如此彻底地摆脱电梯男孩们的团体生活，因为总的来说，至少在工作相关的事务上，他们非常团结，而且有一个被酒店管理层认可的组织。

这一切都涌上了卡尔的心头，他想到了德拉马歇，同时也继续像往常一样履行着自己的职责。接近午夜的时候他得到了短暂的精神调剂，特蕾莎给他带来了一点小惊喜：一个大苹果和一块巧克力。他们稍微聊了一会儿，尽管电梯不停地上上下下，但几乎没有打断他们的谈话。他们也谈到了德拉马歇，卡尔意识到自己实际上受到了特蕾莎的影响，这段时间以来一直认为德拉马歇是个危险的人，当然也是根据卡尔的叙述，特蕾莎才有了这样的印象。然而，卡尔觉得德拉马歇其实只是个无赖，因为不幸而放任自己堕落，但是还能和他相处。特蕾莎则强烈地反驳了这一点，她长篇大论地敦促卡尔发誓，要他保证再也不和德拉马歇说话了。卡尔没有发誓，而是一再催促她去睡觉，因为早已过了午夜，当她拒绝后，卡尔威胁说自己要离开岗位，并送她回房间去。最后，当她终于要离开时，他说："特蕾莎，为什么您要让自己烦恼这些事呢？如果能够让你睡得好些，我愿意向你保证，只有在无法避免的情况下我才会同德拉马歇说话。"

随后电梯的乘客突然多了起来，而且由于负责旁边那部电梯的男孩被派去做其他辅助工作了，所以卡尔必须照料两部电梯。有客人在那儿抱怨，说这里一片混乱，甚至有位陪着女士的先生还用手杖轻轻地碰了碰卡尔，让他快点去做事，但这实际上根本没有必要。要是客人们看到那个电梯门口没有电梯男孩，那直接走向卡尔所在的电梯就好了，但他们并不会这样做，而是依旧走向旁边的电梯，把手搁在门把手上站着，甚至干脆自己走进电梯——但按照严格的电梯操作规则，这是无论如何都要避免的情况。所以，卡尔需要在两部电梯之间来回奔波，非常疲惫，但他并不觉得自己尽到了职责。接近凌晨三点的时候，有个搬运工想让卡尔去帮他个忙，这个老人与卡尔还有点交情。但卡尔实在太忙，无论如何也帮不上他，因为两部电梯门口都有客人在等着他。于是，卡尔不得不集中精神马上做出决定，他大步走向了其中一个电梯，打算先送一部电梯的客人上楼。当另一个电梯男孩回来工作时，卡尔终于如释重负，但他还是责怪他离开的时间太长，尽管这很可能并不是对方的错。凌晨四点之后，情况终于好转了一些，但卡尔也确实需要休息了。他沉重地靠着电梯旁边的扶栏喘息着，慢慢地吃着那个大苹果——咬了第一口后，苹果就散发出了浓郁的香气，他向下望着一个天井，那天井是被储藏室的大窗户围成的，窗户后面悬挂着的香蕉正在黑暗中微微地闪着光。

罗宾逊事件

这时，有人拍了拍他的肩膀。卡尔本来以为是客人，于是急忙把苹果塞进口袋，几乎看也没看那个人，就朝电梯走去。

那人说："晚上好，罗斯曼先生，是我，罗宾逊。"

卡尔说："您变化可真大啊！"随后摇了摇头。

"是啊，我过得很好。"罗宾逊说着，低头看了看自己的衣服，尽管这些衣服可能都不便宜，但穿在一起却显得非常脏乱。最引人注目的是一件明显是第一次穿的白马甲，上面有四个小的镶着黑边的口袋，罗宾逊还试图挺起胸，让人注意到这些口袋。

"您穿着很贵的衣服。"卡尔说，又暗暗想起他那套漂亮又简单大方的衣服，要是穿上它，即使和雷纳站在一起也不会逊色，结果却被这两个糟糕的朋友卖掉了。

"是的，"罗宾逊说，"我几乎每天都给自己买些东西。您觉得这件马甲怎么样？"

"很好看。"卡尔说。"但这些口袋其实不是真的，是假的。"罗宾逊说着，拉着卡尔的手让他自己确认。但是卡尔退后了一步,因为他闻到了罗宾逊口中让人难以忍受的烈酒味道。

"您又喝酒了。"卡尔说着,已经又站回了扶手旁边。

"没有,"罗宾逊说,"没喝多少。"接着,与之前的心满意足截然相反,他又补充道:"要是不喝酒,人生还有什么意思呢?"这时有客人要乘坐电梯,这打断了他们的对话,卡尔刚回到楼下就接到了一个电话,他得去请酒店医生,因为七楼有名女士晕了过去。在完成这趟差事的过程中,卡尔暗自希望罗宾逊已经离开了,因为他不想让人看到自己与之同行,他也还记着特蕾莎的警告,也不想听到有关德拉马歇的任何事情,但罗宾逊仍等在那里,因为醉得厉害而浑身僵硬地站着。这时恰好有个身穿黑色燕尾服、头戴礼帽的高级酒店职员走过,幸运的是,他似乎并没有特别注意到罗宾逊。

"您不想去我们那儿看看么,罗斯曼?我们现在过得很好。"罗宾逊说,还用引诱的目光看着卡尔。

"是你邀请我呢,还是德拉马歇邀请我?"卡尔问。

"我和德拉马歇都邀请您。我们在此事上意见统一。"罗宾逊说。

"那么我要告诉您,也请您转告德拉马歇,如果你们还不清楚,那我就再重申一下,我们上次的告别就是最终的告别。你们两个给我带来的痛苦比任何人都多。您二位到底还想干什么?就不能让我清静一下吗?"

"我们还是您的同伴啊,"罗宾逊说,因为醉得厉害,他的眼中涌出了令人厌恶的泪水,"德拉马歇让我告诉您,他想弥补以前的一切。我们现在与布鲁内尔达住在一起,她是一位很棒的歌手。"然后他就想立刻引吭高歌,幸好卡尔及时喝止了他:"请您立刻闭嘴!难道您不知道这里是什么地方吗?"

"罗斯曼,"罗宾逊在唱歌一事上被卡尔吓得惊住了,"不管您说什么,我都还是您的同伴。现在您在这里的地位这么高,能借我一些钱吗?"

"您只会把钱拿去喝酒,"卡尔说,"我甚至在您的口袋里还能看到一瓶烈酒,我刚刚离开的时候,您一定趁机又喝了酒,因为您刚来时还算神志清醒。"

"那只是在路上补充体力用的。"罗宾逊辩解道。

"我已经不打算再花时间改正您的毛病了。"卡尔说。

"但是钱呢?"罗宾逊睁大了眼睛说。

"大概是德拉马歇派您来要钱的吧。好吧,我可以给您钱,但有个条件,您必须立刻离开这里,永远不要再来这里找我。如果您有什么事要告诉我,那就写信给我吧。地址就写:卡尔·罗斯曼,电梯工,西方酒店。我再重申一遍,您不能再来找我。我在这里当电梯工,没有时间接待其他客人。那么,您接受这个条件吗?"卡尔问道,然后伸手摸向马甲口袋,因为他决定给出今晚的小费。罗宾逊对这个问题点了点头,他呼吸得十分沉重。卡尔误解了这个情况,又问了一遍:"行还是不行?"

这时罗宾逊挥手让他过去,然后咕哝着,就好像嘴里吞咽着什么似的:"罗斯曼,我很想吐。""真是见鬼了!"卡尔脱口而出,双手拖着罗宾逊,把他拉到栏杆边。

此时,罗宾逊已经张开了嘴往下吐了一阵。他在呕吐的间歇无措地向卡尔伸出手,说着什么"您真是一个好孩子",或"终于结束了"之类的话，这些话离正确表达还差得很远，或者又说着什么"那些狗东西，他们把什么玩意儿灌进我身体里了"。卡尔因为焦虑和厌恶，压根儿无法继续待在他身边，于是开始来回地踱起了步子。在电梯旁边的这个角落里，罗宾逊的身体被稍微遮住了一点，可要是有人发现了他该怎么办？或是被这些神经质的富豪客人看到，他们可是随时等着向跑过来的酒店管理人员抱怨呢，后者随后就会朝着整家酒店发泄愤怒；又或者随时会有便衣的酒店侦探经过，除了管理层，谁都认识他们，他们会怀疑所有人，用审视的目光瞧着那些来来回回的人，但那些审视可能也只是因为近视。而在楼下，只要有人走进酒店的食物存储室的前厅，就会惊讶地发现在亮堂堂的天井里的那堆恶心的东西，然后打电话问卡尔到底发生了什么，更别提餐厅部门还是整夜一直运营的。卡尔那个时候还能否认罗宾逊的存在吗？如果他试图否认，估计愚蠢又绝望的罗宾逊非但不会道歉，反而正好将所有罪责推到卡尔一人头上，那么卡尔不就会被立刻解雇吗？这简直是最耸人听闻的事情，一个电梯工——这个酒店阶级分明的庞大服务阶层的最底层，最可有可无的存在——就这么由着他的朋友弄脏了酒店，吓坏了顾客，甚至把他们吓跑了？酒店还能容忍这么一个有这种朋友，而且还在工作时间接待种朋友的电梯工吗？这难道不是因为这个电梯工本身就是个酒徒吗？或者说还有更糟糕的情况，但这种猜测却更令人信服，那就是他用酒店里的库存食物接济他的朋友，直到他们在这个酒店里随意就做出了这样令人发指的事情，就像现在罗宾逊的作为。而这样的员工又怎么会只局限于偷食物呢？这个酒店里还有数不清的偷窃机会，那些客人都疏忽大意，各种柜子都随意敞开着，贵重的物品都随意放在桌子上，首饰盒都大开着，钥匙也都随处乱丢……这样的偷窃机会简直不胜枚举。

卡尔刚好看到远处有一些客人正从地下酒馆里走出来，那里刚刚结束了一场杂耍表演。卡尔站在他的电梯旁，甚至不敢回头看罗宾逊，因为害怕看到可能发生的事情。不过，他没有从那边听到任何声音，甚至连叹息声都听不到，这让他稍微放心了一点。他虽然服务着客人，和他们一起乘着电梯上上下下，但还是无法完全掩盖自己的分心，每次电梯到了楼下，他都准备好了随时迎接一场令人尴尬的意外。

终于，他又有时间去看看罗宾逊了，他整个人在角落里蜷缩成了小小的一团，脸紧贴着膝盖。那顶又圆又硬的礼帽从额头上向后被推得很远。

"那么，现在您走吧，"卡尔轻轻地、坚定地说，"这是钱。如果您赶紧走的话，我还可以告诉您一条最近的路。"

"我没法走了，"罗宾逊说，他用一块小小的手帕擦了擦额头，"我会死在这里的。您无法想象我现在感觉有多糟。德拉马歇带我去各种高档餐馆，但是我实在忍受不了那些讲究的食物，我每天都跟德拉马歇这么说。"

"您现在可不能继续再待在这儿了。"卡尔说，"请想想看您现在在哪里。如果有人发现了您，您会受到惩罚，我也会失去我的工作。您想要这样吗？"

"我真的没法走了，"罗宾逊说，"我宁愿跳下去。"他指着栏杆间的天井。"就这样坐在这里，我还能忍受，但我站不起来，您离开的时候，我已经试过了。"

"那我去找辆车，送您去医院吧。"卡尔说着摇了摇罗宾逊的腿，他似乎随时都可能会不省人事。但是，罗宾逊听到医院这个词，似乎被唤起了可怕的想象，他开始大哭，并向卡尔伸出双手以祈求怜悯。

"安静一下！"卡尔说，轻轻地把他的手拍开了，跑去找那个自己曾帮忙顶过夜班的电梯男孩，请求对方帮忙看顾一小会儿电梯，然后急忙回到罗宾逊身边，用尽全力把仍在抽泣的罗宾逊拉了起来，并对他耳语道："罗宾逊，如果您要我照顾您，那您现在得尽力站起来走一小段路。我带您去我的床上，您可以在那儿躺一会儿，直到您感觉好一些再走。您很快就会恢复过来的，连您自己都会感到惊讶。但现在您得表现得理智一些，因为走廊上到处都是人，而且我的床铺在一个巨大的公共寝室里。要是有人注意到了您，我就再也无法帮您了。而且您现在得睁开眼睛保持清醒，我可不能拖着一个像垂危病人一样的人走来走去。"

"您觉得合适，我就会尽力做，"罗宾逊说，"但是光靠您一个人是弄不走我的。您能不能再把雷纳找来？"

"雷纳不在这儿。"卡尔说。

"啊，对，"罗宾逊说，"雷纳和德拉马歇在一起，就是他们两个让我来找您的。我已经完全糊涂了。"卡尔趁着罗宾逊还在含混不清地说着什么莫名其妙的话的时候，把他向前推着，卡尔很幸运地把他带到了一个拐角处，从那里可以穿过一个灯光有些昏暗的走道，直接通往电梯工们的公共寝室。一个电梯男孩正急匆匆地朝着他们跑过来，随后从他们身边跑了过去。直到现在，他们都没遇到什么危险分子。四五点之间通常是最安静的时段，卡尔清楚地知道，要是这时他不能成功地拖走罗宾逊，那么到了黎明破晓，新的一天开始忙碌之时，就更不用想了。

公共寝室的另一边正进行着一场大斗殴或是其他什么人声鼎沸的活动，可以听到有节奏的拍手声、激动的跺脚声和充满活力的呼喊声。在靠近门的这半边寝室，可以看到床上躺着少数几个人，正不为所动地尝试睡觉，大多数人仰面躺着，目光呆滞地盯着天花板，不时也有那么穿着衣服或赤身裸体的一两位，会从床上跳起来，去看另一半寝室的情况。于是卡尔趁着没人注意，把在这期间已经能够走一点路的罗宾逊悄悄地带到了雷纳的床上，因为他的床离门很近，而且幸运地没被人占用，而卡尔远远地就看到，在他自己的床上躺着一个他根本不认识的陌生男孩正安静地睡着觉。罗宾逊一接触到床就立刻睡着了，他的一条腿还悬在床外。卡尔把被子拉得盖过罗宾逊的脸，他相信在接下来的时间里，他不需要再为罗宾逊操心了，因为罗宾逊肯定不会在早上六点钟之前醒来，而到那时，他会回到这里，和雷纳一起想办法把罗宾逊带走。至于宿舍的检查，只有在特殊情况下，才会有上级机构过来。而且因为几年前电梯工们的努力争取，这种常规的检查也被废除了。因此在这方面也没什么可担心的。

当卡尔再回到自己的电梯旁时，他看到自己的电梯和隔壁的电梯刚刚都升了上去。他不安地等待着，想知道这究竟是怎么回事。他的电梯先降了下来，不久之前那个刚刚从走廊里跑过去的男孩从里面走了出来。

"哎，罗斯曼，你去哪儿了？"这个男孩问道，"你为什么离开了？而且没有报告？"

"但我告诉了他，让他替我一下。"卡尔回答说，指着刚刚走出来的隔壁电梯的男孩，"我在高峰时段也替他顶过两个小时的班呀。"

"这很好，"那个被指到的男孩说，"但那还不够。你难道不知道，上班期间即使是短暂地离开，也要在楼上的大堂经理办公室报备吗？电梯里的那部电话不就是为了这个吗？我倒是很愿意替你顶班，但你知道，那并不是那么随便的事。刚才正好在两部电梯前都有坐四点半的特快列车来的新客人。我不能先去操纵你的电梯，让我的客人们等着，所以我只得先用我的电梯上去！"

"然后呢？"当两个男孩沉默时，卡尔急切地问道。

"后来，"隔壁的电梯男孩说，"正好大堂经理从这儿经过，看见站在你的电梯前的客人没人服务，就十分恼火，问了我情况，我马上跑了过来，但我不知道你在哪儿，因为你也没告诉我你的去向，于是他就打电话到宿舍叫别的男孩赶紧过来。"

"我在走廊里还碰到了你。"顶替卡尔的那个男孩说。卡尔点了点头。

"当然了，"另一个男孩肯定地说，"我马上就说了你让我来帮你顶班的事，但他哪儿听得进这样的借口？你可能还不了解他。我们得告诉你，你得立刻去办公室。别磨蹭了，赶紧过去。也许他会原谅你，你确实只离开了两分钟。你尽管坦陈你让我来顶班的事。至于你是怎么替我顶班的，你最好别说，听我的劝告，我反正不会有事的，我当时有批准，但这个问题最好还是别提了,也别把它拿出来掺和进这件事情里,它本来就跟这事无关。"

"这是我第一次离开自己的岗位。"卡尔说。

"情况总是这样,但是他们都不相信。"那个男孩说着,看到有人接近,就跑回了他的电梯门口。

给卡尔代工的是一个大约十四岁的男孩,他显然很同情卡尔,他说道:"已经有很多类似的事情,都被他们原谅了。通常情况下,犯错的人会被安排去做其他工作。据我所知,只有一个人因为类似的事情被解雇。你得想一个好的借口。无论如何,不要说你突然感觉不舒服,他们会嘲笑你的。不如说是某位客人给了你一个急需办理的事,让你去找一位客人,你已经忘记了是哪位客人给你委托的任务,而且你也没能找到第二位客人。"

"好吧,"卡尔说,"事情不会那么糟的。"但从他所听到的一切中,他已经不再相信能有什么好结果了。因为即使像这样的"失职"被原谅了,宿舍里还有罗宾逊这么个活生生的罪证,考虑到大堂经理的坏脾气,他很可能不会满足于一个肤浅的调查,最后还是会找到罗宾逊的。虽然没有明文规定禁止将外人带进宿舍,但没禁止只是因为根本没想到有人会做这种不可理喻的事。

当卡尔走进大堂经理的办公室时,他正坐在那里喝着早晨的咖啡,一边喝一边看着一份名单,名单显然是正在场的门房长递给他的。门房长是个高大的男人,他那华丽的制服——肩膀和手臂上都缠绕着金色的链条和带子——使他本来就宽阔的肩看起来更宽。他还留着油亮的黑色小胡子,末梢像匈牙利人那样留得尖尖的，即使是在迅速转头时也不会移动。此外，因为衣物的重量，他根本很难活动，只能叉开双腿站着支撑自己，以平衡身体的重量。

卡尔急匆匆地走了进来，有些不顾礼节，这是他在这家酒店里养成的习惯，有礼貌的缓慢谨慎虽然在私人场合被认为是礼貌，但在电梯男孩身上却被认为是懒惰。此外，也无须让人在他一进门时就一眼看出他的愧疚。虽然大堂经理瞥了一眼被打开的门，但他的注意力很快就回到了他的咖啡和阅读上，没再关心卡尔。然而，门房长可能觉得卡尔的存在干扰到了他，也许他要传递某个秘密消息或是提出什么请求，总之，他不时狠狠地盯着卡尔，脖子僵硬地倾斜着，然后又把目光转向了大堂经理。但是卡尔认为，既然他现在来了，那么不等到大堂经理离开办公室的命令就离开办公室是不合适的。然而，大堂经理继续研究着那份清单，间或还吃一口蛋糕，还不时地抖掉撒在上面的糖，他做这一切同时都没有中断阅读。一次，清单中的一张纸掉到了地板上，门房长甚至没有尝试去捡起来，他知道他做不到，而且也没有必要去捡，因为卡尔已经捡起那张纸递给了大堂经理，大堂经理伸手接住了那张纸，好像它是自动从地上飞起来似的。这项小小的服务并没有起到任何作用，因为门房长仍然用带着恶意的目光盯着卡尔。

尽管如此，卡尔却比之前更镇定了。看来他的事情在大堂经理看来似乎不值一提，这也可以被看作一个好兆头。毕竟这也很容易理解。一个电梯男孩自然毫不重要，他也当然不可能犯下什么出格的错误。况且大堂经理年轻时也曾当过电梯男孩——这令现在这一批电梯男孩感到自豪——就是他当时首先把电梯男孩们组织起来的,而且他肯定也曾经未经报备就擅自离开过岗位,即使现在没人再敢强迫他去回忆起那些事情,他也实在不该忘记。而且正因为他之前也做过电梯男孩,他觉得自己有责任通过严厉的管控来维护电梯男孩这个阶层的秩序。除此之外,卡尔现在还寄希望于时间的推移——根据办公室时钟上的时间,现在已经是五点三刻了,雷纳随时都可能回来,也许他现在已经回来了,因为他应该已经注意到了罗宾逊没有回去。再说了,卡尔此刻也突然意识到,德拉马歇和雷纳应该也没离开太远,否则醉酒后处境堪忧的罗宾逊根本找不到来酒店的路。如果雷纳发现罗宾逊已经躺在了他的床上,那么一切都会好起来的。因为雷纳是个很实际的人,尤其是在处理他自己的利益方面,他一定会想办法把罗宾逊从酒店里弄走,再说罗宾逊这时应该已经稍稍恢复了些体力,而且德拉马歇很可能正在酒店门外等着他们,那么他要把罗宾逊弄走会更容易。而一旦罗宾逊被带走,卡尔就能更镇定地面对大堂经理了,或许这次他还能逃过一劫,尽管当然免不了一顿训斥。之后,他会和特蕾莎商量是否要把真相告诉厨师长女士——就他而言,他认为没有什么不能说的,如果可以这么做,那么问题就能比较顺利地了结了。

通过这一番思考,卡尔的心情也稍微平静了一些,他开始偷偷地数起了这个晚上收到的小费,他感觉今天晚上的小费似乎格外丰厚。这时,大堂经理把清单放在了桌子上说:"请您再等一下,费奥多。"随即他灵活地弹了起来,对着卡尔大吼了一声,卡尔吓得呆住了,只能无所适从地盯着他张大的嘴里的黑洞。

"你未经允许就离开了岗位。你知道这意味着什么吗？意味着解雇。我不想听任何借口，你那些谎言就自己留着吧，你不在那里，这个事实对我来说就足够了。如果我这次容忍你、原谅你，那么下次四十个电梯工都会趁着工作时间开溜，我只能自己背着五千位客人上楼了。"

卡尔沉默了。门房长走了过来，稍微拉扯了一下卡尔有些褶皱的制服，无疑是想让大堂经理注意到卡尔制服上的这一处不平整。

"你是不是突然觉得身体不适呢？"大堂经理狡猾地问道。

卡尔用审视的目光看着他，回答道："不是。"

"所以你一点都没觉得不舒服？"大堂经理越发大声地喊道，"那么，你一定是想出了什么精妙绝伦的谎话。你有什么借口呢？说出来听听吧。"

"我不知道需要打电话请示才能离岗。"卡尔说。

"这简直太搞笑了。"大堂经理说道，他一把揪住了卡尔的衣领，几乎把他拎到了半空，随后把他推到墙上钉着的电梯工作规程前。门房长也跟在他们后面走到了墙边。"看看这里，念吧！"大堂经理说，指着一段。卡尔以为他应该自己默读。但是大堂经理命令道："大声念出来！"

卡尔没有大声念出来，他希望这样做能稍微安抚一点大堂经理："我知道这段，我也拿到了工作规程并仔细阅读过。但正是这样的规定，因为从来没有用到过，就容易被遗忘。我已经工作两个月了，从没离开过岗位。""那么现在你就要离开岗位了。"大堂经理说，他走到桌边，又拿起了那份清单，好像要继续阅读，但随即他将清单又重重地砸在了桌子上，仿佛是一堆无用的废纸，然后满脸通红，脸颊和额头都泛起了浓烈的红晕，开始在房间里来回走动。"为了这么个小子居然要操这么多的心！一个夜班居然搞出这么大的动静！"他这样喊了几声，"您知道当这个家伙翘班的时候，那位刚要上楼的客人是谁吗？"他转向了门房长，说出了那个名字，门房长立即打了个冷战，毫无疑问，门房长知道并了解所有的客人，他很快望向了卡尔，仿佛卡尔的存在就足以证实那个名字的主人曾因为一个电梯男孩的离岗，不得在电梯旁白白地等待。"简直太糟糕了！"门房长对着卡尔缓慢地摇了摇头，他的表情焦虑不安。"我早就认识你了，"门房长说，伸出他粗大又僵硬的食指指向了卡尔，"你是唯一一个从不向我问好的电梯男孩。你是怎么想的？走过门房的每一个人都必须向我问好。与其他门房的交往你可以随意，但我要求别人必须跟我打招呼。我虽然有时假装没有注意，但你放心，我非常清楚谁向我问了好而谁没有，你这个家伙！"说完他便转过了身去，昂首阔步地走向了大堂经理，而大堂经理没有对门房长的事情发表评论，只是吃完了早餐，正快速扫读着一名服务员刚刚送来的早报。

"尊敬的门房长先生，"卡尔趁大堂经理不注意的时候，想和门房长澄清一下事情，因为他知道，门房长的责难也许对他来说无所谓，但是门房长的敌意可能会对他造成严重后果，"我肯定跟您问过好。我还没在美国待多久，是从欧洲来的，在我们那里，大家习惯于更频繁地跟别人问好，我自然还没有完全改掉这个习惯。就在两个月前，在纽约的一个高级场合，还有人劝我不要那么过分客气，我怎么可能没有跟您问好呢？我每天都向您问好好几次。但是我当然没有每次见您都跟您问好，因为我每天都要路过您身边上百次。"

"你必须每次都向我问好，每次都要如此，一点也不能例外，和我交谈时，你还必须把帽子拿在手里，每次和我说话都要称呼我为'门房长先生'，而不是直接称呼'您'。而且这些事每一次都应该做到。"

"每次都得问好吗？"卡尔轻声地重复道，十分疑惑，他现在想起来，自从来到这里，门房长总是严厉并带着责备的眼神看着他。从第一个早晨开始就是，当时他还没有真正适应这份工作，太过冒失，直接啰啰唆唆又急切地询问过门房长，是否有两个人来找过他，有没有留下一张照片给他。

"现在你看到你的这种行为会带来什么后果了，"门房长说，又走回卡尔身边，指着仍在阅读的大堂经理，好像对方会替他报复似的，"在你的下一份工作里，你会明白要向门房长问好，哪怕只是在一家破旧的小酒馆里。"

卡尔意识到，他真的已经失去了他的职位，因为大堂经理已经说了这件事，而门房长又重复了一遍这个事实；而对一个电梯男孩来说，很可能不需要什么酒店管理层的批准，大堂经理就能解雇他。这事确实比他想象的要快，毕竟他已经尽心尽力地干了两个月，而且肯定比其他一些男孩干得更好。但是显然，在这种关键时刻，在世界上的任何地方，无论是欧洲还是美洲，都不会考虑到这些，这种事情只取决于一个人在愤怒发泄时脱口而出的决定。也许现在最好的办法是立刻告别并离开，厨师长女士和特蕾莎或许还在睡觉,为了免去面对面告别时给她们带来的失望和懊恼,他也可以写信跟她们道别,他可以赶快收拾行李,悄悄地离去。然而,如果他再待上一天,虽然他确实需要一些睡眠,那么这件事情就会被渲染成一桩丑闻,他将面对各种指责,以及特蕾莎不堪忍受而流泪的景象,甚至可能是厨师长女士的眼泪和被处罚的可能性。另外,他对自己面对着两个敌人的制衡而迷惑不解,他说出的每一个字都会被他们两人挑剔地来回曲解,他们俩的联手简直把他逼到了绝境。所以他保持沉默,暂时享受着房间里的寂静,因为大堂经理还在阅读报纸,门房长则在按照页码整理桌子上乱糟糟的清单,这对他的近视眼来说显然颇为困难。

最后,大堂经理终于打着哈欠,放下了报纸,看了一眼卡尔,发现他还在场没有离去,于是就拨通了桌子上的电话。他喊了好几次"喂!",但无人应答。"没有人接电话。"他对门房长说。卡尔觉得门房长对他打电话这件事表现出了浓厚的兴趣,门房长说:"已经五点四十五了。她肯定已经醒了。您只要再喊得大点声。"正在这时,还没等大堂经理再去拨电话,电话就响了起来。"这里是大堂经理伊斯巴里。"他说,"早上好,厨师长女士。我没把您吵醒吧?真对不起。是的,现在已经五点四十五了。我真的很抱歉吓了您一跳。您睡觉时应该把电话挂掉。不,不,真的,我真的不应该吓到您,特别是在这件想要跟您谈论的琐事上。当然,我还有时间,您请便,如果您觉得合适的话,我就在电话旁等着您。"

"她肯定是穿着睡衣来接电话的,"大堂经理笑着对门房长说,后者一直弯着腰看着电话机,一脸紧张的神情,"我确实把她吵醒了，平常都是那个在她身边打字的小姑娘叫醒她的，今天那个小姑娘却偏偏忘记了。我很抱歉吵醒了她，她本来就很紧张。"

"她怎么不说话了？"

"她去看看那个小姑娘是不是出了什么事。"大堂经理回答道，这时电话响了，他已经把听筒拿在耳边。"她不会有什么问题的，"他继续对着听筒说，"您不该被这些事情吓到。您真的需要好好休息一下。好吧，现在回到我的小问题。这里有个电梯男孩叫——"他疑惑地看着卡尔，卡尔注意到了，立刻补上了自己的名字，"——叫卡尔·罗斯曼。我记得您关心过他；遗憾的是，他并没有好好报答您的好意，擅自离开了岗位，给我的工作造成了严重的不便，直到现在我还无法全面了解这后果究竟有多严重。所以我刚才辞退了他，我希望您不要对此感到悲痛。您怎么说？是的，辞退了他。但我告诉您，他是擅自离开岗位的。不，亲爱的厨师长女士，我真的不能让步。这关乎我的权威，这事关重大，这样一个小伙子会把我的整个团队都弄得一团糟。尤其是在处理电梯工的问题上，我必须格外小心谨慎。不，不，这次我不能帮您这个忙了，尽管我很想尽量满足您的要求。但即使我再排除万难，为了您把他留在这儿，那就只会让我生气罢了。看在您的分儿上，是的厨师长女士，看在您的分儿上也不能让他留下了。您关心他，但他完全配不上您的关心，因为我不仅了解他，而且了解您，所以我知道这会让您极度失望，但我会尽一切努力避免让您失望。我跟您说的都是肺腑之言，尽管这个倔强的小伙子现在就站在我前面，仅离我几步路的距离。他将被彻底解雇，不，厨师长女士，他将被彻底解雇，不，他不会再被安排其他工作，我们完全不需要他。此外，还有别人来投诉他，比如说门房长，是的，费奥多，您刚才说什么来着？对，费奥多先生抱怨这个小伙子的粗鲁和无礼。什么？这还不够吗？厨师长女士，您因为这个小伙子而违背了您的本性。不，您可别再这么逼我了。"

就在此时，门房长弯下身子对大堂经理耳语了几句。大堂经理一开始惊讶地看着他，然后又飞速地对电话里说了什么，卡尔开始完全没听清楚，于是踮着脚尖，又挪近了两步。

"亲爱的厨师长女士，"大堂经理说，"坦率地说，我本以为您是一个很会识人的人，但现在看来并非如此。刚刚我了解到关于您疼爱的那个天使男孩的一些情况，这足以改变您对他的看法，而且我几乎感到抱歉，因为这个事情竟然是由我来告诉您的。这个您认为品行端正的优秀孩子，在每一个无须值班的夜晚都会跑到城里去，直到第二天早上才回来。是的，厨师长女士，这已经得到了证人的证实，而且都是些毫无瑕疵的证据。您能告诉我他是从哪里弄到那么多钱支付这些娱乐活动的吗？他又是如何保持专心工作的？您也许还想听听，他在城市里究竟都做了些什么？我必须赶紧让这个年轻人离开这里了。也请您以此为鉴，对于这些随便跑来的家伙，应该保持足够的谨慎。"

"可是，大堂经理先生，"卡尔这时大喊道，这件事看起来像是出现了重大误会，但卡尔因此感到了解脱，因为也许恰恰是这个误会能够轻易地让局面出现出乎意料的反转，使得一切变好，"这肯定是弄错了。我相信是门房长先生告诉您我每天晚上都外出的。但这完全不正确，事实上我每晚都在宿舍，其他的电梯男孩都可以证实这一点。而且我不是在睡觉，就是在学习商业信函的知识，我晚上很少离开宿舍，这是非常容易证明的。门房长先生显然把我和其他人搞混了，现在我也明白为什么他认为我没有向他问好了。"

"你给我马上闭嘴！"门房长大喊道，挥舞着拳头，要是其他人的话，这情况只会动动手指，"我怎么可能把你和别人搞混呢？当然，如果我把人弄混了，那我就不会再是门房长了。您听听吧，伊斯巴里先生，要是我真会把人搞混了，那我还当什么门房长呢？在我三十年的工作时间里，从未出现过认错人的情况，从那时到现在的几百个大堂经理都能证实这一点，但偏偏到了你这个倒霉孩子这儿，我就开始搞混了。看看你这张光滑又醒目的脸蛋，我怎么可能弄混呢！你大可以每天晚上都背着我跑进城里，就凭你这张小白脸，我就可以证明你就是个彻头彻尾的坏坯。"

"就这样吧，费奥多！"大堂经理说，他和厨师长女士的通话似乎突然间被中断了，"这事也很简单。首先，这个问题根本不在于他晚上在外面干了什么。他可能还想在他离开前，引发一场针对他夜间活动的大调查。我能想象得到，要是我们真这样做了，一定会正中他下怀。所有四十个电梯工可能会被传唤上来作为证人，他们当然也都会把他跟别人弄混，所以最后不得不让全体工作人员都来做证，酒店经营也会被迫暂停。即使他最后还是被赶了出去，至少他在这件事上也玩得尽兴。所以我们最好别这么做。我们这位好心的厨师长女士已经被他愚弄过了，这就够了。我不想再听任何事情了。你因为失职被立即解雇了。我会给你写一张领取工资的单子，你可以从会计室拿到截至今天的工资。私底下说的话，按照你现在的行为，付你的工资根本就是个礼物，而我只是看在厨师长女士的面子上才这么做的。"

就在大堂经理要立刻签署工资单时，一个电话打了进来，阻止了他。"我今天可真为电梯工们伤透了脑筋！"他才听了电话里的几句话就大叫了起来。"这真是让人无法容忍！"过了一会儿之后他再次喊道。他从电话旁转向了门房长，说："费奥多，请您暂时待在这儿，看着这小子，我们和他的事还没说完。"随后他对着电话下达了指令："立刻上来。"

现在，门房长总算能发泄一些情绪了，刚才在谈话中他一直没有机会这么做。他抓紧了卡尔的手臂，但并不是稳当地抓着他，要是动作平稳，那还是能够忍受的。他是时不时地稍微松开，然后又用越来越大的力道抓紧他，而他强壮的体格让人感觉这抓握似乎永无止境，这使得卡尔眼前一阵发黑。但他不仅是抓着卡尔，仿佛还接到命令一般，要同时把他拉长，还时不时地把他向上拉起来，不停地摇晃着他，其间他还不停半问半答地对大堂经理说："看我现在是不是还把他和别人弄混了，看我现在是不是还把他和别人弄混了。"

当电梯工的组长——一个叫贝斯的、总是怒气冲冲的胖男孩走进来时，他吸引了门房长的一些注意力，这让卡尔如释重负。卡尔已经筋疲力尽了，甚至没办法向他问候，他吃惊地看到那男孩身后的特蕾莎——她脸色如尸体般苍白，衣衫不整，头发松散地扎着。她立刻来到了他身边，低声问道："厨师长女士已经知道了吗?"

"大堂经理已经打电话告诉她了。"卡尔回答。

"那就好,那就好。"她快速地说着,眼睛亮了起来。

"不,"卡尔说,"你还不知道他们对我有多大的怨气。我必须离开了,厨师长女士也已经被说服了。请别在我这儿耽搁了,你回去吧,我会去跟你道别。"

"哎,罗斯曼,你想到哪儿去了,你会一直待在我们这儿的,想待多久就待多久。大堂经理对厨师长女士言听计从,因为他很爱她,我最近听说了这事。所以你别担心了。"

"特蕾莎,你还是离开吧。你在这里,我没办法好好地替自己辩护。而且,我必须非常小心地辩护,因为他们会对着我撒谎,说出一些针对我的谎言。所以,特蕾莎——"这时在一阵突然传来的疼痛中,他忍不住低声说,"要是门房长能放开我就好了!我根本不知道他是我的敌人。而他就一直这样捏着我,拉扯着我!"他心想:"我怎么会说这些!哪个女人能受得了这种话?"事实上,特蕾莎果然转向了门房长,卡尔还来不及用他的另一只手拦住她。"门房长先生,请您马上放开罗斯曼,您真的弄得他疼得受不了了。厨师长女士马上就要过来了,到时候大家就能看出来,他在这些事上都是被冤枉的。放开他吧,折磨他能给您带来什么快乐呢?"她甚至还去拉扯门房长的手。"这是命令,小姑娘,这是命令。"门房长一边对特蕾莎说,一边用他的一只手把她友好地拉到了自己身边,而另一只手则继续紧紧地抓住卡尔,他似乎不仅要让卡尔感到疼痛,而且好像还要借着这只被他所控制的、在他手中的胳膊来达到一个特别的目的,而这个目的还远远没有达到。

特蕾莎花了一些时间才从门房长的搂抱中挣扎出来,打算走向大堂经理为卡尔说情,而他还在听着贝斯十分累赘的叙述,就在这时,厨师长女士迈着急促的步伐走了进去。

"谢天谢地!"特蕾莎喊道,房间里一时之间只听到了她响亮的声音。大堂经理立刻站了起来,把贝斯推到了一边。

"厨师长女士,您居然亲自过来了?就为了这点小事?我们通电话的时候,我其实已经猜想到了您可能会来,但我本来还不太相信。您保护的这位小伙子的事情变得越来越糟了。我恐怕不能直接解雇他了,可能需要把他关起来。您自己听听吧。"他招手把贝斯叫了过去。

"我想先和罗斯曼说几句。"厨师长女士说,然后在大堂经理的劝说下,她坐到了一把椅子上。然后她说:"卡尔,请过来一点。"卡尔遵从她的话走了过去,或者说,是被门房长拖得近了些。"把他放开吧。"厨师长女士恼怒地说,"他又不是什么强盗、杀人犯!"门房长果然放开了他,但在放开之前,他再次用力地捏了他一下,用力得眼泪都流了出来。

"卡尔,"厨师长女士说,她双手平静地放在膝盖上,稍微低着头看着卡尔——一点也不像在审问他,"首先我要告诉你,我是完全信任你的。大堂经理先生也是个正直的人,这一点我可以保证。我们两个人其实都很愿意把你留在这里。"说到这里,她瞥了一眼大堂经理,仿佛请求他不要插话。于是大堂经理没有开口。"所以忘掉之前大家跟你说过的话吧。特别是门房长先生说的那些,你不要太放在心上。他虽然是个容易激动的人,但对他的工作来说,这也没什么,他也有妻子和孩子,知道犯不着非得去折磨一个无依无靠的小伙子,天底下会这么做的人已经够多了。"

房间里非常安静。门房长看向了大堂经理,期待着能让自己解释一下,但大堂经理看了看厨师长女士,摇了摇头。贝斯这个电梯男孩在大堂经理的背后傻傻地咧着嘴笑着。特蕾莎被喜悦和痛苦所裹挟,正啜泣着,她用尽全力遮掩,不让其他人听到声音。

然而卡尔并没有看向厨师长女士,这是个不好的迹象,虽然厨师长女士肯定希望能与他有目光交流,但他只是低头看着地板。胳膊上一阵阵钻心的疼痛向全身蔓延,衬衣紧紧地粘在伤痕上,他恨不得脱了外套仔细检查一下。厨师长女士的话自然是出于一片好意,但不幸的是,他觉得正是厨师长女士的善意举止衬托得他不配得到这份善意,这两个月来,他辜负了厨师长女士的恩惠,是的,他不配得到这样的待遇,只应该受到门房长的摧残。

"我说这些话,"厨师长女士接着说,"是为了让你现在能如实地回答问题,不过以我对你的认识,我猜你大概也会这么做。"

"请问在此期间,我能去请医生吗?因为那个人也许会在我们说话期间因流血过多而死。"电梯男孩贝斯突然插了一句,虽然很有礼貌,却十分具有干扰性。

"去吧。"大堂经理对贝斯说,贝斯立刻跑开了。然后他对厨师长女士说:"事情是这样的,门房长并不是闹着玩才抓住了那个小伙子。在楼下电梯工的宿舍里的一张床上发现了一个被小心翼翼地盖起来的陌生醉汉。他们当然把他叫醒了，想把他弄走。但这个人却大吵大闹起来，一遍又一遍地喊着这个宿舍是卡尔·罗斯曼的，他是卡尔的客人，是卡尔带他来的，卡尔会惩罚任何一个胆敢碰他的人。而且，他必须等卡尔·罗斯曼，因为卡尔答应给他钱，他只是去拿钱。厨师长女士，请注意这一点：答应给他钱，而且卡尔是去拿钱了。你也注意到他的说辞了吧，罗斯曼先生。"大堂经理顺带着也对卡尔说了这么一句，卡尔此时正转过身去看特蕾莎，她正瞪大了眼睛盯着大堂经理，一遍又一遍地把头发从额头上拨开，或者仅仅是无意识地做着这个动作。"不过，也许我该提醒你，你还许诺了些别的事情。那个男人还说，在你回来之后，你们俩会去拜访某位女歌手，虽然没有人听懂她的名字到底是谁，因为那人总是用唱歌的方式说出那个名字。"

这时，大堂经理停顿了一下，因为脸色明显苍白的厨师长女士从椅子上站了起来，把她刚刚坐过的椅子稍稍向后推了推。

"其余的事情我就不跟您说了。"大堂经理说。

"不，求您了，请继续说下去吧，"厨师长女士说着抓住他的手，"您就继续说吧，我要了解一切，就是为了这个我才过来的。"

这时门房长走到他们前面，大声地拍着自己的胸膛，表示他从一开始就看穿了一切。大堂经理于是对他说："是的，费奥多，您是对的！"这既是安抚他，又是劝他后退。

"也没什么可说的了，"大堂经理说，"那些小伙子原本就在嘲笑那个人，后来又和他争吵，他们那里总有一些很好的拳击手，他们当然很轻易地一下子就击倒了他。我倒是不敢问，他到底哪些地方被打伤了，这些小伙子狠起来拳头很厉害，击倒一个醉鬼当然不在话下！"

"原来是这样。"厨师长女士说，扶着椅子扶手站了起来，看着她刚刚离开的座位，接着说，"那么现在请说点什么吧，罗斯曼！"特蕾莎也从自己的位置走向厨师长女士那里，挽住了厨师长女士的胳膊，卡尔平日从未见她这样做过。大堂经理紧挨着厨师长女士，站在她身后，慢慢地抚平她领口那稍微挺括起来的、小小的蕾丝花边。站在卡尔身边的门房长说："所以，你还有什么话要说吗？"他只是借着说话的契机，又趁机在卡尔背上打了一拳。

"这是事实，"卡尔说，因为刚才那一拳，他说话的语气听起来没那么坚定，"我的确把那个人带到了宿舍里。"

"我们不想知道其他的了。"门房长代表所有人说道。厨师长女士无言地转向大堂经理，然后又转向了特蕾莎。

"我当时没别的办法帮他，"卡尔继续说，"那个人是我从前的同伴，在这之前我们已经有两个月没见了，他来这里看我，但又醉得那么厉害，不能自己一个人离开。"

大堂经理在厨师长女士旁边低声说："这么说他来看你，却喝得大醉，以致没法离开了。"厨师长女士越过了大堂经理的肩膀，悄悄地在他耳边说了些什么，大堂经理则以一种似乎与此事无关的微笑反驳了她。特蕾莎（卡尔只是看向她）无助地将脸埋在厨师长女士身上，似乎什么都不想再看了。唯独门房长听了卡尔的解释，似乎觉得完全满意了，他一再地重复道："是的，他应该帮助他的酒友。"并尝试通过目光和手势，让在场的每个人都记住这个解释。

"我确实有罪，"卡尔说，并稍作停顿，似乎等待着那些审判他的人说出点友善的话，以便鼓舞他继续为自己辩护，但没有人说什么，"我有罪的地方只是把这个男人——他叫罗宾逊，是个爱尔兰人——带到了寝室。他说的其他一切话都是醉话，并不正确。"

"你没有答应给他钱吗？"大堂经理问道。

"有，"卡尔说，他后悔自己因为考虑不周、心神涣散而忘记了这一点，在表述中过于斩钉截铁地强调自己的无辜，"我答应给罗宾逊钱，是因为罗宾逊乞求我给他钱。但我并不是想去取钱，我只是想给他我今晚所赚到的小费。"他从口袋里拿出了小费作为证明，展示给大家看他手中的那几枚小硬币。

"你说得越来越混乱了，"大堂经理说道，"如果要相信你的话，我们可能得忘掉你之前说过的一切。最初，你说只是把那个男人——我甚至不相信他叫罗宾逊，因为自从世界上有爱尔兰这个国家以来，就没有一个爱尔兰人叫这个名字——带到了寝室，纵使只干了这一件事，也足可以把你扫地出门。你开始时说并没有答应给他钱，然后当我们出其不意地问起时，又说答应过给他钱。我们在这儿不是跟你玩什么问答游戏的，而是想听听你的辩护。你说你不是去拿钱，而是打算把今天挣的小费给他，可事实证明你的小费还在你身上，你显然还打算去拿什么其他的钱，这也就正好解释了你为什么离开了这么长时间。况且，要是你只是想从自己的箱子里拿钱给他,这也本不过是件寻常事;但是你竟然拼命否认,这倒是奇怪了,就好像你始终想要隐瞒什么一样,你在这个酒店把那人灌醉了,这一点谁也无法怀疑,因为你承认他是一个人来的,但他却没法一个人离开,而且他在寝室里吵闹着说是你的客人。现在只剩下两个问题,你若想让事情简单一些,可以自己直接回答,但即使你不说,我们最终还是能够确认事实的真相:第一,你是怎么进入储藏室的?第二,你是如何攒下了可以送人的钱?"

卡尔心想:"要是这里毫无善意的话,一个人是无法自我辩护的。"他因此不再回答大堂经理的问题,尽管特蕾莎很可能会为此备受折磨。他知道他说的每一句话都将呈现出与他本意完全不同的意思,是好是坏,都只取决于这些人评判他的方式。

"他不回答。"厨师长女士说道。

"这倒是最明智不过的做法。"那位大堂经理说。

"他会想出点什么别的招儿的。"门房长说,并用之前那只凶残的手轻柔地抚摸着自己的胡子。

"别哭了,"厨师长女士对在她身边抽噎的特蕾莎说,"你看,他都不回答,那我还能怎么帮他呢?毕竟,在大堂经理面前,我是没什么立场的。特蕾莎,你说说,你觉得还有什么我能为他做却没做的吗?"特蕾莎怎么会知道呢?而且在这两位先生面前,厨师长女士这样向这个小女孩公开提问和请求,本身就很有失身份了。

"厨师长女士,"卡尔再次振作起来说道,但并不是有什么别的目的,只是让特蕾莎不必再回答那个问题,"我不认为我做了什么会让您丢脸的事情,仔细审查后,任何人都应该会得出同样的结论。"

"任何人,"门房长说,并用手指了指大堂经理,"他的言外之意是在影射您呢,伊斯巴里先生。"

"那么,厨师长女士。"大堂经理说,"现在快六点半了,时间已经紧迫了。我想,在这件被过分宽容处理的事情上,最好是让我来做个最后陈词吧。"

这时,小个子的贾柯摩走了进来,他本想走到卡尔身边去,但被周围的肃静吓住了,所以他放弃了那个念头,站在原地等待着。

自从卡尔说完最后几句话以后,厨师长女士一直没有把目光从他身上移开。她的眼睛紧紧盯着卡尔,那双眼睛又大又蓝,但因为岁月和辛劳工作而又略微有些暗淡。她就这样站着,轻轻摇晃着面前的椅子,似乎完全可以期待她在下一刻就说:"好吧,卡尔,我又想了一下,这件事情没有完全弄清楚,你说得对,还得再进行一次详细的调查。现在我们就调查,不管别人同不同意,因为我们必须得讲公平。"

但是,厨师长女士并没有这样说,她稍微停顿了一会儿,在这期间没人敢去打扰她——只有时钟敲响了六点半,这一切似乎证实了大堂经理的话,而且每个人都知道,整个酒店的所有钟表都会在同一时间敲响,这钟声在耳边响起,也似乎在意识中响起,仿佛是一种焦躁的不耐烦在双倍颤动:"不,卡尔,不,不!我们不要再自欺欺人了。公正的事物也会有其特殊的外表,恕我直言,你的事情看起来却不是这样的。我可以这么说,而且也必须这么说；我必须承认，我是怀着对你最善意的揣测来到这里的。你看，就连特蕾莎也沉默了。"（但她其实没有沉默，她还在哭。）

厨师长女士突然下定了决心，她停顿了一下，说："卡尔，你过来一下。"当他走到她跟前时，背后的大堂经理和门房长立刻展开了热切的谈话。她用左手搂住他，带着毫无抵抗意志的特蕾莎走到房间的深处，和他们两人一起来回走了几趟。其间，她说："卡尔，经过调查，他们可能会在一些细枝末节上还给你公正，这是有可能的。而且你似乎也相信这一点，否则我根本无法理解你的行为。为什么不相信呢？或许你确实向门房长打了招呼。我甚至可以在这点上十分相信你，我也清楚门房长是个什么样的人。你看，即使是现在这个时候，我跟你说话都这么坦白。但是，在这样的细枝末节上的公正对你毫无帮助。这么多年的工作经验让我十分尊重大堂经理的识人能力，他是我认识的最可靠的人，他既然已经明确地指出了你的过失，这一点在我看来似乎也是无法反驳的。也许你只是考虑不周，也许你并不是我之前认为的那种人。然而——"她在这里打断了自己，并瞥了一眼那两位先生，"我还是无法习惯对你的批判，我还是想把你当成一个本质上正直的小伙子。"

"厨师长女士！厨师长女士！"大堂经理捕捉到了她的视线，不停地提醒着她。

"我们马上就好，"厨师长女士说，然后加快了劝说卡尔的速度，"听好了，卡尔，从我了解的情况来看，我还庆幸大堂经理没有提出要进行调查；因为如果他真要开始调查的话，我会为了你去阻止他。不应该有人知道你是怎么或是拿什么款待那个客人的，另外，他也不可能像你所声称的那样是你以前的同伴之一，因为你跟他们在告别时产生过很大的争执，所以你现在不可能再想去款待他们中的任何一个人。他只可能是你在城市里的某个夜晚，有些轻率结交的、跟你一起喝酒的熟人。卡尔，你怎么能瞒着我这些事情呢？如果你觉得宿舍里的环境无法忍受，最初就是因为这个单纯的原因才开始了夜间的娱乐，你为什么一个字也不提呢？你知道，我一直想给你弄一个单独的房间。只是在你的请求下我才放弃了这个想法。现在看来，你似乎更喜欢公共宿舍，因为在那里你觉得更无拘无束。而且你的钱一直存在我那儿，小费也每周都带给我；请问，孩子，你是从哪儿再拿到钱来供你娱乐的？你现在又打算从哪儿拿钱给你的朋友呢？这些当然都是明摆着的事，但我至少现在不会向大堂经理透露一丝一毫，否则这场调查可能会不可避免。所以你必须尽快离开这家酒店，直接去布伦纳家的公寓，你之前不是跟特蕾莎去过那里几次吗？有了这份推荐信，他们会免费收留你。"厨师长女士从衬衫里拿出一支金色的铅笔，在名片上写下了几行字，但她没有停止讲话，"我马上就把你的行李寄过去。特蕾莎，快去电梯工的更衣室，把他的行李收拾好！"（但特蕾莎还没有动，在她忍受了所有这些痛苦后，也想一同经历这个因为厨师长女士的关爱而产生的转机。）

有人略微把门打开了一条缝，却没有露面，然后又迅速关上了门。显然这是针对贾柯摩的，因为他随即走上前说："罗斯曼，我有事要告诉你。""请再等一下，"厨师长女士说着，把卡片塞进低着头听她说话的卡尔口袋里，"你的钱我暂时先帮你保管，你知道，你可以信任我。你今天就留在屋里考虑一下你的事情，明天——今天我没时间了，而且我在这里已经待得太久了——我会去布伦纳那儿，我们再看看接下来还能为你做些什么。但你今天至少应该知道，我是不会丢下你不管的。至于你的未来，你不必担心，倒是该担心刚刚过去的这段时间。"说完，她轻轻地拍了拍他的肩膀，走向了大堂经理。卡尔抬起头，看着这位高大且仪表堂堂的女人态度从容、步伐坚定地从他身边离去了。

"难道你一点也不高兴吗？"留在他身边的特蕾莎说，"一切都这么顺利。""哦，是的。"卡尔笑着回答她，但心里实在不明白，为什么他被当成贼赶走了，还应该为此感到高兴。特蕾莎的眼睛里闪烁着纯粹的喜悦，仿佛她完全不在意卡尔是否犯了错，无论他是否受到了公正的审判，只要能让他毫发无伤地脱身，无论羞耻还是荣耀都好。而偏偏是特蕾莎展露出了这种态度，她在处理自己的事情时是那么刻板，厨师长女士一句含混不清的话都会让她辗转反侧地想好几周。于是卡尔故意问："你是不是马上就要把我的行李打包送走？"他一定是因为震惊，从而违背自己意愿地摇了摇头，这似乎使特蕾莎迅速地意识到了这个问题的含义，她确信行李箱里可能有需要对所有人保密的东西，于是她根本没有往卡尔这边看，也没有伸手跟他握一下，只是低声说："当然，卡尔，马上，我马上就去打包你的行李。"然后她就跑开了。

现在贾柯摩再也忍不住了，长时间的等待让他的情绪十分激动,他大喊道:"罗斯曼,那人在下面的走廊里打滚,就是不肯离开。他们想把他送去医院,可他拒绝了,坚称你绝不会允许他去医院。他说让他们叫辆车,把他送回家,你会付车费。你愿意吗?"

"那个人信任你。"大堂经理说。卡尔耸了耸肩,把钱数给了贾柯摩。"我就这么多了。"卡尔说。

"他还问你要不要跟着去。"贾柯摩摆弄着手里的钱问。

"他不会跟着去的。"厨师长女士说。

"好吧,罗斯曼,"大堂经理甚至没等贾柯摩走出去就迅速地说,"你现在被解雇了。"

门房长马上频频点头,仿佛这是他自己说出的话,大堂经理只是在复述而已。

"你被解雇的原因我不能当众说出口,不然的话我就得把你关起来。"

门房长瞪大了眼睛,严厉地看着厨师长女士,因为他肯定已经意识到,她就是罗斯曼得到这样过分宽大处理的原因。

"现在去贝斯那里吧,换了衣服,把你的侍者制服交给贝斯,然后马上,对,马上离开这个地方吧。"

厨师长女士闭上了眼睛,她想用这种方式安抚卡尔。在他鞠躬告别时,他瞥见大堂经理偷偷抓住了厨师长女士的手,来回把弄着。门房长踩着重重的脚步陪着卡尔走到了门口,但他并没有让卡尔把门关上,而是自己让门继续开着,向卡尔背后喊道:"十五分钟后,我要看着你从我身边走出大门!你记住了!"

卡尔尽可能地加快了动作,想要避免在大门口再受到骚扰,但一切都比他想象的慢得多。他先是找不到贝斯,而且现在正值早餐时间,到处都是人,接着又发现有个小伙子借走了自己的一条旧裤子,卡尔不得不在几乎每张床边的衣物架上找,等他找到这条裤子,大概已经过去了五分钟。这时,卡尔终于赶到了大门外。而就在他前面,有位女士正被四位男士簇拥着走过。他们正朝一辆汽车走去,汽车正等着他们,车门已经被一位男仆打开了,他还将另一只展开的左手横放在身侧,显得非常庄重。卡尔本来希望跟在这些贵族后面不引人注意地悄悄离去,但是白费心机。门房长立刻抓住了卡尔的手,拉着他穿过了两位男士,同时向他们道歉,将卡尔拽到了自己身边。"这是十五分钟吗?"他边说着边从一侧瞥了一眼卡尔,好像在观察一只走得不太准确的钟表。"过来一下。"然后他带着卡尔走进了宽敞的门房,虽然卡尔早就很想去看看那个地方,但当他被门房长推着走进去时,他心里充满了怀疑。卡尔刚刚走到门口,就突然转身,然后尝试把门房长推开自己走出去。

"不,不,从这儿进去。"门房长说着,把卡尔扭了回来。

"我已经被解雇了。"卡尔说,他的意思是在酒店里已经没有人能再命令他了。

"只要我还抓着你,你就还没被解雇。"门房长说道,这话确实也不无道理。

最后,卡尔也找不到什么抵抗门房长的理由。毕竟,他还能遭遇什么更糟的事呢?反正,门房室的墙壁全是巨大的玻璃窗,透过它们可以清楚地看到大堂里来来往往的人群,就像置身其中一样。是的,整个门房室里似乎没有任何角落能够避开众人的目光。尽管外面的人们似乎很急，他们伸着胳膊，低着头，用尖锐的目光寻找着路，举着行李，但几乎没有人不向门房室瞥上一眼，因为在这间门房的玻璃后面总是贴着对客人和酒店员工都很重要的通知和消息。此外，还有一个直接的通道连接着门房室和酒店大堂，两个普通门房正坐在两扇可以拉开的窗口前，不停地向人们提供着各种各样的信息。他们可谓是超负荷工作，卡尔几乎可以断言，他所认识的那位门房长，一定也曾在职业生涯中为这种职位周旋奋斗。在这两位负责解答的门房的窗口前，总是挤着至少十张寻求帮助的脸孔——在外面的人很难确切设想。这十个不停替换的提问者总是在不停地变换使用着不同的语言，就像每个人都是从不同国家来的。还总有几个人会同时提问，此外也总有些人在互相交谈。大多数人是想要在门房室领取或寄放什么东西，所以经常会看到从拥挤的人群中伸出几只不耐烦的手。有一次，有人提出要某份报纸，结果那份报纸突然意外地从高处展开，一瞬间遮住了所有人的脸。现在，这两位门房必须应付这一切。光是说话是不够的，他们必须飞速地回答问题，尤其是其中的一位——一位面色阴沉的男子，满脸黑色的大胡子——他在回答问题时从不停顿。他既不看桌面，也不看提问者的脸，而是始终盯着眼前的某个地方，显然是为了节省精力并集中注意力。不过，他略显粗犷的大胡子可能影响了他说话的清晰度，卡尔在他面前站了一会儿，几乎无法理解他所说的内容，尽管有可能是在各种英文的背景音中，他正好在说外语。此外，非常迷惑人的情况是，那些回答总是一个紧接着另一个，互相交织，以至于总有些人紧张地听着回答，一直以为还在谈论自己的问题，过了一会儿才发现自己的问题早已解决。同时，这名门房也永远不会请人重复提问，就算那个问题整体尚可理解，但只要有一点模糊不清，他就会微不可察地摇摇头，表示他不打算回答这个问题，提问者需要找到自己的错误，再重新组织语言问问题。有些人就因为这个原因，会在窗口前花费很长时间。为了支持门房的工作，酒店领导还给他们每个人配了一个跑腿的帮工，他们要来回奔跑，从书架和各种箱子里以最快的速度拿来门房所需的东西。对于年轻人来说，这确实是酒店里薪水最高但也最辛苦的岗位，某种程度上甚至比门房还要辛苦，毕竟这些门房只需要思考和回答问题，而跑腿的年轻人则需要一边思考一边奔跑。如果他们拿错了东西，门房当然不能在匆忙中对着他们长篇大论，只会简单粗暴地挥手，把他们拿过来放在桌子上的东西都一把挥到地上。门房处的门房交接非常有趣，正好发生在卡尔进入房间后不久。这种换班一天里必然会发生很多次，因为几乎没有一个人能在窗口后面坚持超过一个小时。到了换班时间，会有一个铃声响起，同时两位新的门房会从一个侧门里走出来，他们的跑腿跟班跟随在他们身后。他们先是无所事事地在窗口附近站一会儿，观察一下外面的人，以确定他们当前处理咨询事务的情况。等到他们觉得到了该换班的时候，他们会轻轻拍拍上一班门房的肩膀，尽管对方此前并没有关注发生在他背后的事情，但也马上明白到了该离开的时候，便会迅速把位子腾出来。整个换班过程如此迅速，以至于经常让外面的人感到意外，他们看到突然冒出来的新面孔，吓得几乎要往后退。被替换下来的两个门房则会伸展一下身体，在两个准备好的水池上冲一冲发热的头。被替换的跑腿小伙子却还不能马上休息,而是要继续起身,把门房们在工作时间里扔在地板上的东西捡起来,放回原处。

卡尔聚精会神,在短时间内就注意到并记住了这一切,他忍着头疼,默默地跟在门房长身后。显然,门房长也注意到了这种回答问题的方式给卡尔带来的巨大影响,他突然用力拉了拉卡尔的手,说:"看到了吧,在这里就是这样工作。"卡尔在酒店工作时虽然未曾偷懒,但他对这种工作却一无所知,甚至几乎完全忘记了门房长是他的头号大敌,他抬起头看着门房长,默默地点了点头表示认可。然而,他的这一行为却让门房长觉得卡尔过分高估了门房的重要性,也许对他本人产生了不恭敬的想法,因此他高声喊了起来,也不担心别人会不会听到,只是想借此捉弄一下卡尔:"当然,这是整个酒店里最愚蠢的工作;只要仔细听上一小时,就能知道人们会提出的大概所有的问题,其他的问题也就无须回答了。如果你不那么无礼放肆,不说谎、欺瞒、喝酒和偷窃的话,我或许会派你在这样一个窗口工作,因为我只需要笨头笨脑的人来做这项工作。"卡尔完全没听出来这是对他的谩骂,他为门房们的诚实和艰苦劳动没有得到认可,反而受到讥讽而感到愤怒,尤其是被门房长这样的人讥讽,如果他敢坐在这样一个窗口,他肯定在几分钟后会在提问者的讥笑声中落荒而逃。

"请让我走吧,"卡尔说,他对门房室的好奇已经得到了过分的满足,"我不想再和您有任何关联了。"

"这可还远远不够。"门房长说着,紧紧抓住了卡尔的胳膊,使得他无法动弹,门房长几乎是把他拎起来拉到了门房间的另一边。外面的人们难道看不到门房长对卡尔的这种粗暴做法吗？如果他们看到了，他们该如何理解这一行为？竟然没有人来专门阻止他，也没有人至少敲敲窗户示意门房长，让他知道有人在监视他，让他不要这么随心所欲地处置卡尔吗？

但卡尔很快就放弃了从门厅获得帮助的希望，因为门房长抓住了一根绳子拉了一下，黑色的窗帘就飞快地收拢，遮住了半间门房室。这半边门房室里也有人，但他们都在忙碌地工作着，对任何与他们工作无关的事情都充耳不闻、无动于衷。此外，他们都完全仰仗门房长，比起帮助卡尔，他们也会更愿意帮忙掩盖门房长想做的任何事情。这里有六位门房分别在接电话。工作安排上也很清晰，一个人只负责接听电话，然后根据接这个电话时的笔记，他旁边的门房会把指令通过电话传递出去。这些电话都是最新的那种型号，甚至不需要电话亭，因为铃声只不过是细微的嗡嗡声，比蟋蟀的叫声都大不了多少。人们可以向着电话轻声说话，但由于独特的电流放大技术，声音可以像雷声般响亮地传达到目的地。因此，其他人几乎听不到他们三个人打电话的声音，甚至可以认为他们正发出嘟嘟哝哝的声音，只是为了关注着电话筒上的某个运行过程，而另外三个门房则仿佛被一种从周围接近他们的人群无法察觉的噪声弄得昏昏欲睡，他们低头看着那张纸，他们的任务就是在纸上做记录。每个通话者旁边都还站着一个跑腿的男孩；这三个男孩所做的就是轮流将头伸到主人旁边进行倾听，然后像是被蜇到了一样快速地跑开，在厚重的黄色书籍中把电话号码找出来——他们翻动书页发出的声音远比电话的声音还响亮。

卡尔的确无法克制自己去仔细地观察这一切，尽管门房长已经坐了下来，把他紧紧地扭在了胸前。"这是我的职责，"门房长说，并晃动着卡尔，仿佛只想让卡尔把脸转向他，"以酒店管理层之名，来弥补一下大堂经理因各种原因而疏忽的事情。这里的人都会互相帮忙，要不然这么大的企业怎么运转得下去。你也许想说我不是你的直接上司；那么，我主动负责这个没人管的问题正显得我是多么热心。另外，在某种程度上，作为门房长，我凌驾在所有人之上，因为我负责管辖酒店的所有门，包括这个主大门，那三个中门和十个侧门，更别提那无数个小门和没有门的出口。当然，所有相应的服务人员都应该无条件地服从我。出于这种荣誉，在酒店管理层我还有另一个职责，就是不让任何可疑的人出去。但是你恰好让我觉得非常可疑，这点真是让我太高兴了。"他高兴地举起双手，然后又猛烈地拍击，这一下拍得又响又疼。"也许有可能，"他接着愉快地说着，"如果你从另一个门口出去，你可能不会被注意到，因为你显然没有重要到让我下特殊指示去找你。但是，既然你已经在这里了，那我就要好好享受一下。另外，我们约好了在主门口的约会[1]，我也没有怀疑你会不遵守。因为一条规律就是，狂妄而不顺从的人偏偏会在对他有害的时候停止他们的恶行。这一点你在自己身上肯定还会经常领教得到。"

"您别以为，"卡尔说着，吸入了一口门房长身上散发出的极具特点的昏暗的味道，他站在离他这么近的地方这么久，现在才察觉到这味道，"您别以为，"他说，"我完全在您的掌控

---

[1] 此处突然用了法语"Rendezvous"一词，所以保留原意，译为"约会"。

之中，我可以大喊大叫。""我也可以堵住你的嘴巴，"门房长非常冷静而迅速地说道，似乎必要时他也真的会这样做，"你真的认为，他们会为了你进来，会有人站在你这边支持你，从而站在我这个门房长的对立面吗？你现在明白你不切实际的希望有多愚蠢了吧。你知道吗，当你穿着制服的时候，你看起来确实还有些值得注意，但是穿着这套衣服——这套衣服其实只可能是欧洲货。"他一边说着，一边扯着卡尔身上的衣服。现在这套衣服五个月前还是几乎全新的，但现在已经磨损得皱巴巴的，而且还带着斑斑点点。主要原因是电梯男孩们处事的毫无顾忌，按照规定，他们每天应该让公共寝室的地板保持光滑无尘，但他们出于懒惰，每天并没有进行真正的清洁，而是用一种油来喷洒地板，结果连同挂着的所有衣服都喷脏了。现在，无论把自己的衣服放在哪里，总是有人自己的衣服恰好不在手边，所以就找到了别人藏起来的衣服并且轻易地就借去穿了。而或许正是那个人当天需要打扫寝室，于是他不仅用油溅脏了这些衣服，而且是从上到下一起泼上了油渍。只有雷纳把自己珍贵的衣服藏在了某个秘密的地方，几乎没有人翻出来过，再加上谁也不是为了恶作剧或吝啬才借用别人的衣服穿，而只是因为着急或者是疏忽大意，才随手拿了衣服去穿。然而就连雷纳的衣服背面中间也有一块圆形的红色油渍，那些城里的行家只要看到这个污渍，就立刻能确定这个优雅的小伙子原来是电梯工。

回忆起这些事，卡尔想到自己作为一个电梯男孩也已经吃够了苦头，而这所有的一切都是徒劳的，因为这电梯工的职位并不像他所希望的那样通往更好工作的阶梯，他现在反而比以前更惨，甚至还差点进了监狱。而且，他现在还被门房长拽着，他也许还在深思熟虑着如何能令卡尔更加蒙羞。而此时此刻，卡尔完全忘记了门房长显然并不是一个能够被说服的人，他边击打着自己的额头边喊道："就算我真的没有跟您打招呼，可是一个成年人怎么会因为别人没跟他打招呼而如此报复心切呢？"

"我并不是要报复你，"门房长说道，"我只是想搜查你的口袋。虽然我确信我什么都找不到，因为你一定已经很小心地处理了一切，让你的朋友慢慢地每天帮你运走一点东西。但你还是得被搜查。"说着他已经把手伸进了卡尔的一个外套口袋，他用了非常大的力气，以致口袋两侧的缝线都爆开了。"这里什么也没有。"他说着，把口袋里的东西都放在了手上：有一张酒店的广告日历；一份商务信函的作业；几个外套和裤子上的扣子；厨师长女士的名片；一个指甲抛光针——是有位客人在收拾行李时丢给他的；还有一个旧的口袋便携小镜子——是雷纳送给他的，为了感谢他至少替他顶了得有十次班吧，以及其他一些零碎的东西。"这里什么也没有。"门房长重复道，并把所有这些东西扔到了长椅下面，就好像卡尔的财产除了那些偷来的，都应该被扔到那里一样。"现在应该够了吧。"卡尔自言自语地说——他的脸一定红得发烫。就在门房长正贪婪地翻找卡尔的第二个口袋，因而变得粗心时，卡尔突然从衣袖中抽出了手臂，失控地跳了出去，猛地撞上了一个门房，使他撞到了面前的电话。卡尔穿过了闷热的空气朝门跑去，只恨自己不能健步如飞。不过，幸运的是，在门房长穿着沉重的大衣站起来之前，他已经逃到了门外。看来门房的组织似乎也并非那么完善，虽然从各个方向都响起了警铃声,但谁知道响铃是出于什么目的!虽然酒店的工作人员在门厅熙熙攘攘地聚集起来,人数众多,还来来回回地穿梭,几乎让人觉得他们打算以不显眼的方式堵住出口,否则很难从他们这种四散穿梭的行为中寻找到什么其他目的,然而卡尔很快就到了户外,但他还得沿着酒店外面的人行道行走,他没法走到马路上,因为有一长串的汽车接连不断在酒店门口拥堵地移动着。为了尽快接到它们的主人,这些汽车挤在一起,后车推着前车向前行驶。行人们急不可待地想要走上马路,于是便不时地从汽车之间穿过去,就像在穿过一条公共通道似的,无论汽车里坐的是司机和仆人,还是也坐着高贵的乘客,他们都漠不关心。然而,卡尔觉得这种行为过分冒险了,这么做的人想必已经十分熟悉此类环境,才敢如此冒险行事。他要是碰到一个不喜欢此类行为的乘客的车,说不定会把他撞到一旁,从而引发一场丑闻,而作为一个只穿着短袖服装的酒店失足职工,这是他最不愿意发生的情况。然后,汽车队列终究不会永远这么行驶下去,而他沿着酒店走,其实最不容易引起怀疑。果然,卡尔终于来到了一个地方,汽车队伍虽然并未终止,却从那里转上了马路,并且队伍开始变得宽松。他正准备混入马路上的人群中,因为那里肯定还有比他看起来更可疑的人,但是这时他听到附近有人喊着他的名字。他转身看到两个熟悉的电梯男孩正从一个矮小的门洞中——那个门洞看起来像个墓穴入口——费力地拖着一个担架出来。卡尔这时认出那上面竟然躺着罗宾逊,他的头部、脸部和手臂都被包扎得严严实实。他把手举到眼睛旁,试图用绷带擦去眼泪,这些眼泪不知是因为疼痛,还是因为别的痛苦的事,或者甚至是因为和卡尔重逢的喜悦而流下的。"罗斯曼,"他责备地说,"你怎么让我等了这么久!我已经等了一个小时了,还努力抵抗着被他们带走,想等到你来为止。这些家伙!"他随手猛击了一下一个电梯男孩的头部,仿佛他身上的绷带会令他免于挨打,"简直是魔鬼!啊,罗斯曼,这次来拜访你真的让我吃了不少苦头。""他们对你做了什么?"卡尔说,走向那担架,电梯男孩们大笑着将它放下,打算休息一下。

"你还问呢,"罗宾逊叹了口气说,"你看看我现在的样子吧。想想看吧!我很可能因此终生残废。我全身从这儿一直到这儿全都疼。"他先指了指头,然后指了指脚趾,"我真希望你能看到我流鼻血流成了什么样子。我的马甲已经完全坏掉了,我索性就把它留在了那里,我的裤子也破了个大洞,我只穿着内裤——"他稍稍掀起了被子,并邀请卡尔看看下面,"我现在究竟会落个什么下场呢?我至少得躺上几个月,而且我现在立刻就告诉你这些,是因为除了你,没有别人可以照顾我了,德拉马歇太没耐心了。罗斯曼,我的小罗斯曼!"罗宾逊向正准备离开的卡尔伸出了手,试图通过抚摸来赢得卡尔的同情。"我为什么非得去拜访你呢!"他反复说了好几遍,让卡尔不忘应该对自己的不幸承担的责任。然而,卡尔立刻就意识到,罗宾逊的抱怨不是来自他的伤处,而是来自他陷入的严重宿醉,因为他之前醉得太厉害,还没怎么入睡就被叫醒了,还受到了出乎他意料的用力击打,以至于清醒过来后完全找不到北,在这个世界里迷失了。从那些奇形怪状的、用又旧又破的碎布条做的绷带上就可以看出这些伤口无足轻重,显然是电梯男孩为了好玩才给他的全身包裹上的。还有那两个抬着担架的电梯男孩，他们还不时扑哧扑哧地笑。

然而，现在这里还不是让罗宾逊清醒过来的地方，因为这里的行人如同潮水般蜂拥而过，根本没有人关心担架边的这群人，时而有人像体操运动员一样，从罗宾逊身上纵身跃过。那位用卡尔的钱雇来的司机嚷道："快走吧，快点！"电梯男孩们竭尽全力抬起担架，罗宾逊抓住卡尔的手，温柔地说："那么来吧，来吧。"卡尔这身装扮，钻进那昏暗的汽车里，不就得到了最好的保护吗？于是他就上了车，坐在了罗宾逊旁边，罗宾逊把头靠在了他身上。留下的那两个电梯男孩还把手伸进了车窗里，作为他的前同事，热情地跟他握手告别，汽车猛地转弯驶向马路，看那样子简直一定会发生事故，但马路上来来往往的车辆立刻平静地吞噬了这辆汽车，带着它笔直地前行。

想必是走偏了……[1]

想必是走偏了路,这辆汽车停在了一条偏僻的市郊街道上,周围很安静,一群孩子蹲在人行道边玩耍。一个男人肩上扛着许多旧衣服,一边抬头看着一家一家的窗户一边高声喊着。卡尔疲惫不堪地从汽车里钻了出来,脚踩着被上午的太阳光照得热乎乎、亮闪闪的柏油路。

"你真的住在这里吗?"他朝汽车里喊道。

一路上一直睡得安安稳稳的罗宾逊咕咕哝哝地给出了肯定回答,似乎在等着卡尔把他抬出去。

"那我在这儿就没什么可做的了。再见!"卡尔说着,准备沿着这条稍微向下倾斜的街道继续往前走。

"卡尔,你到底想干什么?"罗宾逊喊道,因为担心,他几乎已经在车里站直了身子,只是膝盖还有些不稳定。

"我得走了。"卡尔一边说着,一边看着罗宾逊迅速地恢

---

[1] 由于卡夫卡生前并未给此书定稿,从此章节开始并没有章名,因此用篇章的第一句话来作为章节名。

复过来。

"你就这么只穿着衬衫走吗?"他问道。

"我总会再挣到一件外套的。"卡尔回答,向罗宾逊充满信心地点点头,挥手朝他告别,正要离去时,司机喊道:"请您再耐心地等一下,先生!"

令人不快的是,司机要求他补交在酒店前那段等候时间里的车费。"没错,"还在车里的罗宾逊确认了这个要求的正确性,随后大声喊道,"我不得不在那里等了你很久。你还得再给他点钱。"

"没错。"司机说。

"要是我身上还有钱就好了。"卡尔说,并把手伸进裤兜里,虽然知道这做法无济于事。

"我只能找您要了,"司机说着,叉开双脚站在那里,"我总不能向那个生病的人要吧。"

这时,从门口那边走来了一个年轻的酒糟鼻男孩,他站在离他们几步远的地方认真听着。一名警察正走过来,在街道上巡逻,他一低头看到了这个只穿着衬衫、没穿外套的男人,就立刻停了下来。

罗宾逊也注意到了这名警察,他愚蠢地从汽车另一侧喊道:"没事,没事!"似乎这样就可以像赶走一只苍蝇一样把警察赶走。注意到警察的孩子们一看到他就停下了脚步,也因此注意到了卡尔和司机,然后一溜烟地跑了过来。在对面房子的门口站着一位老妇人,她正呆呆地看着这边。

"罗斯曼!"一个声音从高处喊道。是德拉马歇,他站在最高一层楼的阳台上喊道。在泛白的蓝天背景的映衬下，他的影子影影绰绰的，他显然穿着一件睡袍，正用望远镜观察着街道。他身旁撑着一把红色的太阳伞，伞下似乎还坐着一个女人。"喂！"他竭力大喊着，想让对方能听清楚，"罗宾逊在那儿吗？"

"在。"卡尔回答道，罗宾逊也在车里发出了一声响亮的"在"，这给了他极大的支持。

"喂！"德拉马歇马上回应道，"我马上就下去！"

罗宾逊从车里探出了头："他真是个男子汉。"他谈论着德拉马歇，这句称赞却是对着卡尔、司机、警察和任何想听的人说的。虽然德拉马歇已经离开了阳台，但人们还是因为心不在焉而看向了那里。此刻太阳伞下一个身材高大的女人正要站起来，她穿着红色的连衣裙，正从阳台的护栏边拿着望远镜往下看，下面的人过了一会儿才逐渐从她身上移开了视线。卡尔期待着德拉马歇的到来，他先看着大门，进而又望向了院子。一列几乎是络绎不绝的商品货郎正穿过院子，每个人的肩膀上都扛着一只很小但又明显很重的箱子。司机站在他的车边，为了利用这段时间，正用一块抹布擦拭着车灯。罗宾逊摸索着自己的四肢，似乎对自己即使全神贯注也只能体会到非常轻微疼痛感的状态感到十分惊讶，然后他低下了头，动手解开了缠在腿上的厚厚的绷带。警察把黑色的警棍横在胸前，静静地等待着，表现出警察无论在普通巡逻或是在埋伏任务中都必须具备的耐心。那个酒糟鼻男孩坐在门槛上，伸展着双腿。孩子们迈着小碎步从卡尔身边慢慢走过，因为尽管卡尔没有注意到他们，但他的蓝色衬衫似乎让他们觉得他是所有人中最重要的。

按照等德拉马歇下楼来所需的时间，可以算出这栋房子的高度。而德拉马歇来得非常匆忙，只是随意系上了睡袍。"所以你们在这里！"他既高兴又严厉地喊道。他迈着大步走来时，他的彩色内衣也不时地若隐若现。卡尔不太明白为什么德拉马歇会在这里，在这座城市、在这座巨大的像营房一样的租赁宿舍里，还能在大街上穿得如此舒适随意，就仿佛是在自己的私人别墅里一样。跟罗宾逊一样，德拉马歇也发生了很大的变化。他那张深色的、刮得干干净净的面孔上，布满了饱满的肌肉，使整张脸看上去既骄傲又令人肃然起敬。他的眼睛也总是稍稍眯起，透着光亮。虽然他的紫色睡袍又旧又脏，对他来说也太大了，但是从这件丑陋的衣服上却鼓出了一条又大又厚的黑色领带，是用沉甸甸的真丝制成的。

"怎么回事？"他冲着在场所有人问道。警察走近了一点，靠在汽车的发动机罩上。卡尔简要地解释了一下。

"罗宾逊还有些萎靡，但是如果他努力一下的话，应该可以自己上楼。我已经付过了钱，但这个司机想要再收一笔额外费用，现在我要走了。再见。"

"你别走。"德拉马歇说。

"我也和他说过了。"罗宾逊从车里说道。

"我还是得走。"卡尔说着迈出了几步。但德拉马歇已经在他身后，用力地把他拉了回来。

"我说，你留下来！"他大喊道。

"请你放开我！"卡尔说，并准备着必要时动用拳头为自己争取自由，尽管他知道面对德拉马歇这样的人，自己几乎没有成功的希望。但是，警察站在那里，司机也在那里，时不时还有一群群的工人会从这条平时基本很安静的街道上走过，难道他们会眼看着德拉马歇对他图谋不轨吗？如果要是他和德拉马歇单独待在一个房间里，他并不敢轻举妄动，但是在这里呢？德拉马歇现在正默默地把钱付给司机，司机很感激地，连连鞠躬地接过那过高的金额，然后走到罗宾逊那里，与他讨论如何用最好的方法把他从车里扶出来。卡尔觉得没人注意到他，也许德拉马歇更愿意他悄悄地离去。如果可以避免争执，那当然是最好的，所以卡尔就直接走到车道中，希望能尽快离开。孩子们跑到德拉马歇那里，提醒了他卡尔的逃跑，但他甚至不需要亲自介入，因为那个警察伸出警棍一挥，说："站住！"

"你叫什么名字？"他问道，然后将警棍夹在了腋下，慢慢地拿出了一本小册子。卡尔现在第一次仔细地打量着他，他是个强壮的男人，头发已经几乎全白了。

"卡尔·罗斯曼。"他说。

"罗斯曼。"警察重复道，他这么做无疑只是因为他是个冷静而细心的人。但对于卡尔来说，这是他首次与美国政府打交道，他已经在这种重复中看到了某种猜疑的态度。实际上，他的事情可能并不太妙，因为连罗宾逊这个自顾不暇的人都从车里探出了头，并用无声的生动的手势请求德拉马歇来帮助卡尔。但德拉马歇匆忙地摇了摇头表示拒绝，然后把双手插在他那过大的口袋里，无动于衷地站在旁边看着。那个坐在石头门槛上的小伙子正向一个刚从门口走出来的女人从头到尾地解释了事情的所有情况。孩子们围成了一个半圆,站在卡尔的身后,静静地仰头望着警察。

"请出示你的证件。"警察说。这可能只是形式上的提问,因为一个人如果没有穿外套,那也不太可能随身携带证件。卡尔也沉默不语,宁愿等到下一个问题再详细回答,以便尽可能掩盖自己没有带证件的事。

但下一个问题却是:"你是没有证件吗?"于是卡尔只得回答:"我没有把证件带在身上。"

"那可不妙,"警察说道,他环顾四周,若有所思地敲了敲手里的那个本子的封面,最后问道,"你有什么收入来源吗?"

"我曾是个电梯工。"卡尔说。

"原来你当过电梯工,但现在已经不是了,那么你现在靠什么生活呢?"

"现在我要去找份新工作。"

"唔,你被解雇了吗?"

"是的,一个小时前。"

"是突然被解雇了吗?"

"是的。"卡尔回答,他抬起了手,像是在为自己辩解。他无法在这里讲述整个故事,即使有可能讲出来,但通过讲述自己所受的不公对待,似乎也无法阻止那即将到来的不公对待。如果连善良的厨师长女士和明智的大堂经理都无法给他一份公正,那么在这里,他也不奢望从街上的行人那儿得到什么。

"你被解雇的时候没有穿外套吗?"警察问道。

"是的。"卡尔回答。所以在美国也一样,政府部门的性质就是去询问那些他们已经看到的事情。（他的父亲在办理护照时，也曾因为政府官员提出的那些无用的问题而十分恼火！）卡尔非常想逃走，想找个地方藏起来，不用再回答任何问题。但警察却提出了卡尔最不敢回答的问题，也许正是由于忐忑不安地预见到这个问题，他的行为举止似乎比平日里更加糟糕。

"你是在哪家酒店工作的？"

他低下了头，没有回答，这个问题他是无论如何都不想回答的。他不能让自己被警察押送回西方酒店，在那里被审讯，而他的朋友和敌人们纷纷被传唤去做证，让厨师长女士完全放弃她对自己的正面看法，虽然现在这些正面看法已经被大幅动摇了。因为她会发现，这么一个她以为正待在布伦纳公寓的年轻人，被一个警察抓住了，还只穿着衬衫，弄丢了她的名片，就这么又回到了酒店。大堂经理也许会理解地点点头，而门房长却会说这是上帝之手，终于抓住了这个无赖的家伙。

"他曾在西方酒店工作。"德拉马歇说，他走到了警察旁边。

"不，"卡尔大喊了一声，而且边喊边猛地跺了跺脚，"这不是真的！"德拉马歇用嘲笑的神情看着他，好像他还能说出更多的事情。这使得卡尔大为恼火，孩子们都被他吸引了过来，纷纷从德拉马歇那儿看向卡尔。罗宾逊把头伸出了车窗，紧张得完全一声不吭，只有眼睛不时地眨动着。门口那个小伙子欢快地拍着手，旁边的那位妇人用手肘推了推他，让他保持安静。搬运工们刚好正在休息、吃早餐，每个人手里都端着一大杯黑咖啡，还在咖啡里搅拌着长条形的面包。有几个人坐在人行道边，所有人都出声地大口喝着咖啡。

"你认识这个小伙子吗？"警察问德拉马歇。

"岂止是认识，"他说，"我当时对他多好啊，可是他却做了些恩将仇报的事，即使您只是简单地审讯了他几句，想必也很容易看出来这一点。"

"是的，"警察说，"他看起来是个倔头倔脑的小伙子。"

"就是这样，"德拉马歇说，"但这还不是他个性里最糟糕的。"

"哦？"警察说。

"是的，"德拉马歇回答，他开始滔滔不绝地说了起来，用插在口袋里的手将整件大衣搅动得摆动不止，"他是个了不起的家伙。我和我那坐在车里的朋友偶然在他处境悲惨时发现了他，那时他对美国的情况还一无所知，他刚从欧洲来，因为那边也没有人用得上他。我们带着他，让他和我们生活在一起，跟他解释一切，还想帮他找份工作，尽管所有迹象都显示出他不大可能变成个有用的人，但我们还是抱着这样的希望。然后在某个夜晚，他就突然消失了，就这么不见了，而且那晚还发生了些别的事情，我都不愿再多说。"德拉马歇一边说着，一边扯了扯卡尔的衬衫袖子，他最后问道："情况是这样吗？"

"你们这些孩子，快退回去！"警察喊道，因为这些孩子已经挤到了前面，德拉马歇差一点就绊倒在一个孩子身上。与此同时，那些之前对这场审讯不感兴趣的行李搬运工也转移了注意力，他们紧紧地围在卡尔身后，卡尔现在甚至不能向后退一步，他只能在耳边听着行李搬运工们用他完全无法理解的、可能夹杂着斯拉夫语的英语嘈杂地吵嚷着，那说话方式甚至不像在讲话。

"谢谢您提供的信息。"警察说着向德拉马歇敬了个礼,"不过,我无论如何都要把他带走,把他交还给西方酒店。"但德拉马歇却说:"请您允许我暂时接管这个男孩吧,我还有些事情需要和他说清楚。我承诺之后会亲自把他送回酒店。"

"我不能答应你。"警察说。

德拉马歇说:"这是我的名片。"说着递给警察一张名片。

警察赞许地看了看,但礼貌地笑着说:"不,这没用。"

虽然卡尔之前对德拉马歇一直心存戒备,但现在他认为德拉马歇是他唯一可能的救星。德拉马歇让警察把卡尔交给他的方式显得很可疑,但无论如何,比起警察,说动德拉马歇不要把他送回酒店显然更容易。即使在德拉马歇的陪同下,卡尔回到酒店,也总比在警察的陪同下回去要好得多。不过,目前卡尔当然不能表现出他真的想留在德拉马歇这儿,否则一切就完了。而且,他不安地看着警察的手,那是一只随时都可能伸出来抓住他的手。

最后那位警察说:"我至少应该知道他为什么被突然解雇了。"与此同时,德拉马歇一脸不悦地看向了别的地方,用指尖把名片捏碎了。

"但他根本没被解雇!"罗宾逊惊讶地喊道,他尽量倚靠在司机身上,向车外伸出了身子,"恰恰相反,他在那里有个好职位。在宿舍里他也是地位最高的,可以随意带任何人进去。只是他非常忙碌,如果你想找他办事,可能要等很久。他一直忙着围着大堂经理还有厨师长女士转,他们还是人们信赖的对象。他绝对没有被解雇。我不知道他为什么那么说。他怎么会被解雇呢?我在酒店里受了重伤,因此他接到任务把我送回家,他当时正好没有穿上外套,所以就没穿外套,直接跟我一起搭车到了这儿。我当时实在等不及他再去拿外套了。"

"好吧。"德拉马歇张开了双臂,用一种责备警察缺乏识人之明的语气说道,他的这两个字似乎使得罗宾逊那份不确定的声明也显得清清楚楚、无可争辩。

"这是真的吗?"警察的声音明显变弱了,"如果这是真的,为什么那孩子要假装被解雇呢?"

"你应该回答一下。"德拉马歇说。

卡尔看着警察,在这群只顾着关心自己的陌生人之中,警察试图维持着秩序,而他那份普遍的担忧也转嫁到了卡尔身上。他不想撒谎,于是将手紧紧地握在了背后。

大门那边出现了一个看门人,他拍了拍手,示意搬运工们该回去工作了。于是搬运工们把剩下的咖啡倒掉,迈着摇摇晃晃的步子默默地走进了房子里。

"我们这样说下去就没完没了了。"警察说道,试图抓住卡尔的胳膊。卡尔不由自主地又往后退了一些,感觉到了身后因为搬运工们离开而留下的空间,他转过身来,快速地跑了起来。孩子们异口同声地发出了一声尖叫,伸长了胳膊,跟着他跑了几步。

"拦住他!"警察对着这条又长又几乎空荡荡的巷子大喊道,他一边以同样的节奏喊出这句话,一边迈着毫无杂音的大步追去,步伐中透露出一股巨大的力量,显示出他的训练有素,他紧紧地追赶着卡尔。幸运的是,对卡尔的追捕发生在一个工人居住区,工人们并非站在警察这一边。卡尔选择在车道中间跑,以避开更多的阻碍。在人行横道上有工人站在那里静静地观察他的动向，而那警察为了抓住卡尔，一边聪明地跑在平坦的人行横道上，喊着"抓住他"，一边在跑步的过程中不停地伸出警棍指着卡尔。在快要到达横街的时候，警察吹响了刺耳的口哨，卡尔几乎绝望了。他唯一的优势在于他身上只穿着单薄的衣服。在沿着越来越陡峭的向下倾斜的街道奔跑时，卡尔几乎像在飞，但由于困倦导致的精神涣散，他常常跳得太高，这既花时间又没什么用处。此外，警察却无须思考，他的目标一直都在他眼前，对卡尔来说，逃跑是次要的，他在奔跑的过程中还必须不断地在多种可能性中做出决策，不断地做出新的决定。他那稍有几分绝望的计划是暂时避开那些横向的街道，因为他不知道里面究竟藏了什么。也许要不了多久，他就可能直接跑进一间警卫室。于是卡尔希望尽量留在这条清晰可见的公路上，这条路向下一直通向了一座桥，卡尔远远地望去，发现桥只露出了前端，便消失在水汽和霞光之中。在做出这个决定后，卡尔决定加快脚步，尽快通过这第一条横街，这时他看到不远处有一位警察正埋伏着，他紧贴在一座楼房墙壁的阴影中，时刻准备趁机向卡尔扑来。眼下也别无他法，卡尔只得转入横街，而此时横街里竟然有人全然不带恶意地呼喊着他的名字。他原本以为这是个幻觉，因为整个奔跑过程中他的耳朵里一直嗡嗡作响，于是他不再犹豫，为了出其不意地摆脱警察，他抬脚转向了右侧，跑进了那条横街。

他才跑了两大步——他已经忘记了刚才有人喊他的名字，这时第二位警察也吹起了哨子。人们能感受到他那积蓄已久的力量，横街远处的行人似乎都加快了脚步。突然间，从一扇小门里伸出了一双手，抓住了卡尔，一边低声说："别出声！"一边把他拉进了一个黑洞洞的过道里。原来是德拉马歇,他跑得气喘吁吁,脸颊发红,头发也全都粘在了额头上。他把睡袍夹在手臂下面,仅穿着衬衫和短裤。刚刚关上的那扇门并不是正门,只是一扇不显眼的侧门,他已经把门关上,并上了锁。

"等一下。"他说着把身子靠在墙上,高高地抬着头,呼吸十分沉重。卡尔几乎躺在他的怀里,神志不清地把脸贴在他的胸口上。

"那两位先生跑过来了。"德拉马歇说,他伸着手指,筋疲力尽地指着门。那两个警察正跑了过去,他们的脚步声在这空荡荡的巷子里听起来就像是钢铁撞击着石头一样响亮。

"你可真够折腾的。"德拉马歇对卡尔说,但卡尔仍在喘着气,一句话也说不出来。德拉马歇小心地把卡尔放在地上,跪在他身边,轻轻摸着他的额头并注视着他。

"现在没事了吧。"卡尔说着并艰难地站了起来。

"我们走吧。"德拉马歇说,他又重新穿上了睡袍,推着卡尔往前走,卡尔因为虚弱,一直低着头。他不时地摇晃卡尔,想让他清醒一些。

"你累了吗?"他说,"你在外面跑得像马一样快,而我却不得不在这该死的走廊和院子里悄悄地穿来穿去。幸运的是,我也挺能跑的。"他因为骄傲,用力地拍了拍卡尔的后背,"不时和警察来一场赛跑也是种很好的锻炼。"

"我从一开始跑的时候就已经很累了。"卡尔说。

"跑得不好不能找借口,"德拉马歇说,"要不是我,他们早就抓住你了。"

"我也这么认为,"卡尔说,"我应该好好感谢您。"

"这还用说。"德拉马歇说。

他们穿过了一条长长的、狭窄的走廊,地面上铺着暗色的光滑石头。时不时有个楼梯出现在左边或是右边,或者能看见另一条较大的走廊。这里几乎看不到成年人,只有孩子们在空荡荡的楼梯上玩耍。一个小女孩站在栏杆边哭泣,泪水让她的整张脸都在闪光。她一看到德拉马歇就张大嘴巴喘着气,跑上了楼梯。一直跑到楼上高处,她才安静下来。还转过身来看了很多次,确认没有人跟着她或是想跟着她。"刚才我撞倒了她。"德拉马歇笑着说,并冲她挥舞着拳头,于是她哭着继续往楼上跑。

他们经过的庭院也几乎空无一人。偶尔会有一个仆人推着双轮小车走过来;一个妇女在井边把水壶装满水;一位邮差平静地穿过整个庭院;一个留着白色络腮胡子的老头正双腿交叉着,坐在玻璃门前抽着烟斗;一家货运公司门口正在卸载木箱子,空闲的马儿漠不关心地转动着头;一个身穿工作服的男子拿着一张纸,监督着卸货的工作;一间办公室的窗子敞开着,一个坐在写字台前的员工把头转了过来,看着外面沉思,正好看到了卡尔和德拉马歇经过。

"没有比这里更安静的地方了。"德拉马歇说,"晚上会吵几个小时,但白天这里是非常理想的。"

卡尔点了点头,他觉得这里太安静了。"我根本不能在别的地方住,"德拉马歇说,"因为布鲁内尔达完全忍受不了噪声。你认识布鲁内尔达吗?嗯,你会见到她的。总之,我建议你尽量保持安静。"

当他们来到通往德拉马歇公寓的楼梯前时,那辆汽车已经离去,那个酒糟鼻男孩来报告说,他已经把罗宾逊抬上楼去了。对于卡尔的再次出现,他毫不惊讶。德拉马歇只是点了点头,好像他是自己的仆人,在履行他理所应当的职责一样,他拉着有些犹豫、望着阳光明媚的街道出神的卡尔上了楼。德拉马歇在爬楼梯期间说了几次"我们马上就会到了",但他的预言似乎一直无法兑现。总是有一段楼梯只改变了微小的方向,就连接到了另一段楼梯上。卡尔甚至有一次停了下来,并不是因为真的累了,而是面对这没完没了的楼梯实在是无奈。德拉马歇继续边爬边说:"我的房间位置很高,但这也有好处。自从搬来这里后,我们很少出门,整天都在家穿睡袍,我们过得很舒服。当然也没有客人会爬到这么高的地方。""会有什么客人呢?"卡尔想。

最后,终于在一个楼梯平台上,罗宾逊的身影出现在了一扇关着的公寓门前,他们终于到达了目的地。但楼梯还远没有结束,甚至还在昏暗中继续向上延伸着,似乎没有什么迹象暗示楼梯会很快结束。

"我就知道,"罗宾逊轻声说,好像那疼痛还在压迫着他,"德拉马歇把他带回来了!罗斯曼,没有德拉马歇你会怎么样!"罗宾逊只穿着内衣,尽可能地裹着从西方酒店带出来的一块小被子,但并不清楚他为何不进入房间,而只是站在这里,让自己成为可能会经过的路人的笑柄。

"她在睡觉吗?"德拉马歇问。

"我想没有,"罗宾逊说,"但我还是宁愿等你回来了再说。"

德拉马歇说:"我们先得看看她是否在睡觉。"然后他弯腰看着钥匙孔。在观察了很长一段时间后,他站起身说道:"看不清具体情况,因为窗帘已经拉下来了。她坐在沙发上,但也许她在睡觉。"

卡尔问道:"她是生病了吗?"因为德拉马歇站在那里,好像在征求别人的意见。然而顷刻间,德拉马歇却用严厉的语气反问道:"生病?"

"他又不认识她。"罗宾逊替卡尔解释道。

在走廊上隔着几扇门处,有两个妇女走了出来,她们在围裙上把手擦干净,看上去像是在互相交谈。一个金发碧眼的年轻女孩从一扇门里跳了出来,挤到了那两个女人之间,挽着她们的胳膊。

"这些讨厌的女人,"德拉马歇低声说道,显然这是尽量不想惊扰到还在睡梦中的布鲁内尔达,"下次我要向警方举报她们,这样在以后的几年里,我就能消停一阵子了。"然后他生气地嘘了卡尔一句:"别往那边看了。"卡尔觉得既然需要在走廊上等待布鲁内尔达醒来,那么他并不觉得看一眼那些女人有什么不妥。然后他不悦地摇了摇头,好像他不用再听从德拉马歇的劝告,为了更明确地表示这一点,他想走近那些女人,但罗宾逊说:"罗斯曼,当心!"随后紧紧抓住了他的胳膊。德拉马歇因为卡尔的行为十分烦躁,而那两个女人的大笑更让他愤怒不已,于是他大步向前走去,对着那些女人挥舞着双臂,那些女人立刻逃走了,消失在了各自的门后。"所以我常常得像现在这样清理这些走廊。"德拉马歇慢慢地走过来说。然后,他想起了卡尔的抗拒，又接着说："至于你，我希望你有完全不同的表现，否则我就会让你吃点苦头。"

这时房间里传来了一个疑问的声音，那语气柔和而疲惫："德拉马歇？"

"是的，"德拉马歇应答道，含笑地看着那扇门，"我们能进去吗？"

"噢，可以啊。"于是德拉马歇扫了眼仍在门后等候的两人，随后缓缓地打开了门。

房间里一片漆黑。阳台门的门帘拉了下来，直接垂到了地面，而且不太透光；此外，房间里摆满了家具，还到处挂着衣物，这让房间变得更加昏暗。空气很闷热，在这里能嗅到灰尘的气味，那些灰尘堆积在角落里，显然无论是谁都无法触及。一进房门，卡尔就注意到了三个紧密排成了一列的箱子。

一个女人躺在沙发上，她就是先前从阳台上向下望去的那个女人。她的红色长裙下缘有些歪斜，甚至有一个裙角直接垂到了地面上，两条腿膝盖以下的部分都露了出来，她穿着厚厚的白色长筒羊毛袜，并没有穿鞋子。

"太热了，德拉马歇。"她说着，把脸从墙边转了过来，然后慵懒地摇晃着，把手伸向了德拉马歇，他紧紧地握住并吻了一下。卡尔只看到了她的双下巴，在她转头时，那下巴也跟着转动。

"我把窗帘拉上去好吗？"德拉马歇问道。

"千万别那么做，"她闭着眼睛，痛苦地说道，"那样子反而会更热。"

卡尔凑到了沙发的末端，想近距离地把这位女士看得更清楚一些，他对她的抱怨感到奇怪，因为屋子里并不是很热。

"等等，我有办法让你感到舒适一点。"德拉马歇有些胆怯地说，他解开了女人领口的几颗扣子，把那条红裙子拉开了一点，这样颈部和胸口上方的部分能够敞露出来，并露出了衬衫的淡黄色的柔软的蕾丝花边。

"那是谁？"女人突然指着卡尔说，"他为什么这么直勾勾地盯着我？"

"你应该马上动起来，做点有用的事。"德拉马歇说，一边推开卡尔，一边安慰那个女人，"他只是我带来的一个男孩，是让他来为你服务的。"

"可是我不想要任何人的服务！"女人喊道，"你为什么把陌生人带进屋里？"

"可是你不是一直希望有个人能服侍你吗？"德拉马歇说道，跪了下来，因为那张沙发虽然宽敞，但除了布鲁内尔达之外，完全没有任何其他空间了。

"哦，德拉马歇，"她说，"你一直都不懂我，真的不懂我。"

"那么就算我真的不懂你吧，"德拉马歇说着，用双手捧住了她的脸，"但是没有什么大不了的，如果你希望的话，我就让他马上走。"

"既然他已经来到这里，那就让他留下吧。"她又说道。因为特别疲惫，卡尔万分感激她这句很可能并不是出于友善的话，他又隐约地回想起了那无尽的楼梯，要是她不允许的话，他可能不得不马上再往回走,还得先跨过在毯子上安静入睡的罗宾逊再下楼去,于是尽管德拉马歇令人厌恶地挥手示意,他还是说:"无论如何,感谢您愿意让我在这里再多待一会儿。我大概已经有二十四个小时没睡觉了,在这期间还做了很多工作,经历了种种刺激。现在我累坏了,也不太清楚自己在哪里。但是如果让我睡几个小时,之后你们可以毫无顾忌地赶我走,我会很乐意离开。"

"你可以一直待在这里,"女人说道,并讽刺地补充道,"如你所见,我们这里的位置实在多得很。"

"你必须离开,"德拉马歇说,"我们不需要你。"

"不,他应该留下。"那女人又认真地说。德拉马歇好像在执行她的意愿,于是又对卡尔说:"那么你就找个地方躺下吧。"

"他可以躺在窗帘上,但他必须先把鞋子脱了,以免扯坏什么。"

德拉马歇向卡尔指了指她所说的地方。在门与三个柜子之间,有一大堆各种各样的窗帘被扔在那里。如果将它们全部整齐叠放,将厚重的窗帘放在底部,并越往上摆放越轻薄的,最后再把这一堆窗帘里的各种木板和木环拿出来,那还可以是一个差强人意的床铺。但现在它们只是摇摇晃晃、滑溜溜的一堆东西。尽管如此,卡尔还是立刻躺了上去,因为他太累了,无暇做太多的睡前准备,而且他还要顾及东道主,不好太过声张。

在他几乎就要真正地睡着时,突然听到一声大叫,他爬了起来,看到布鲁内尔达直挺挺地坐在沙发前,双臂张开抱住了跪在她身前的德拉马歇。这种景象使卡尔感到尴尬,他又重新躺下,并回到窗帘中继续睡觉。他知道自己在这里待不了两天，这对他来说再清楚不过了，所以他决定先好好地睡一觉，然后在完全清醒的情况下再快速地做出正确的决定。

然而，布鲁内尔达已经注意到了卡尔因为过度疲惫而大睁的眼睛，她曾被这眼神吓到过一次，于是她大喊道："德拉马歇，太热了，我受不了这种热度了，我简直在燃烧，我得脱掉衣服，还要洗澡。你把这两个人从房间里赶出去，无论赶到哪里，走廊还是阳台都行，别让我再看到他们了！在自己家里还总被打扰。如果只有你和我在这里就好了，德拉马歇！天哪，他们还在那儿！看那无耻的罗宾逊，他在一位女士面前是如何伸展他那穿着内衣的身体的！还有那个刚才瞪大眼睛狠狠盯着我的陌生男孩，他又重新躺下了，想要蒙混过关！赶紧让他们滚开，德拉马歇，他们是我的负担，压在我胸口上，要是现在我死了，那都是因为他们。"

"我现在立刻就把他们赶出去，你先脱掉衣服吧。"德拉马歇说着走到罗宾逊跟前，用脚踢他的胸脯。同时对卡尔喊："罗斯曼，起来！你们俩都得去阳台上！要是你们在有人叫你们之前就进来，那可有你们好受的！现在快点，罗宾逊！"他边说边更猛烈地踢罗宾逊，"你也得小心，罗斯曼，免得我也要过来教训你！"说着还大声地拍了两下手。"你怎么拖了这么久！"布鲁内尔达在长沙发里喊道，她坐着时把双腿撑得很开，以便给自己过于庞大的身躯腾出更多空间。她费了极大的力气，大口喘着气，还频繁地休息，这样她才能勉强弯下身去抓住袜子的上端，向下脱下一点，要完全脱掉袜子她可做不到，必须靠德拉马歇来帮她，她现在正不耐烦地等着他。

卡尔实在是太累了，他从那堆东西上爬下来，慢慢地走向阳台门。竟然还有一片窗帘缠在他的脚上，他毫不在意地拖着它走。他走得如此心不在焉，甚至在经过布鲁内尔达身边时，还说了句"晚安"，然后他又走过德拉马歇身边，后者正把阳台门上的门帘往一边拉开了一点，于是卡尔走到了阳台上。罗宾逊紧随其后，也同样昏昏欲睡、神志不清，因为他还喃喃自语道："总是欺负我！如果布鲁内尔达不陪我一起，我可不去阳台上。"尽管他这么说，但还是毫无反抗地走到了阳台上，因为卡尔已经坐进了那张躺椅，他立刻就躺在了石板地上。

卡尔醒来时，夜晚已经降临，天空上挂满了星星，街道对面的高楼后面，月亮正缓缓地升起。直到在陌生的地方环顾了一番，深深地呼吸了几口凉爽宜人的空气，卡尔才意识到自己身在何处。他是多么粗心，把厨师长女士的建议、特蕾莎的警告，甚至自己的担忧全都抛诸脑后，若无其事地坐在德拉马歇的阳台上，甚至已经在这儿睡了半天，仿佛他的宿敌德拉马歇并不在窗帘后面。躺在地板上的酒鬼罗宾逊扭动着身子，拉了拉卡尔的脚，他似乎是这样把卡尔弄醒的，因为他说："罗斯曼，你可真能睡！可真是无忧无虑的年轻人。你还想睡多久？我本来还想让你再睡一会儿，但首先我在地板上实在无聊，其次我饿得不行了。求你起来一下，我在那张躺椅的下面还放了点吃的，我想把它拿出来。你也会分到一些。"卡尔站了起来，看到罗宾逊并没有起身，而是匍匐着前进，伸出双手从躺椅下面把一个银餐盘拉了出来，它看起来像是用来放置名片的那种盘子。在盘子里有半根全黑的香肠，几根细细的香烟，一盒打开的、浸泡在油里的沙丁鱼罐头，还有许多被压扁了、粘在一起成了一个大球的糖果，接着出现了一大块面包，还有一个类似香水瓶的东西，但装的似乎不是香水，因为罗宾逊特别得意地指着那瓶子，连连地向卡尔咂舌。

"你看，罗斯曼，"罗宾逊一边狼吞虎咽地一块块吃着沙丁鱼，一边用一块明显是被布鲁内尔达遗忘在阳台上的羊毛围巾擦拭着他的油手，"罗斯曼，如果不想挨饿，就得像这样留点吃的。你知道吗，我现在已经彻底被排挤到一边去了。要是你一直被人当作狗对待，那么最后你会觉得自己真的变成狗了。幸好你来了，罗斯曼，至少我可以跟你说说话。在这房子里根本没人跟我说话。大家都恨透了我们。这都怪布鲁内尔达。她当然是个了不起的女人。你知道的——"他向卡尔招手，想把他的头拉过来小声说，"有一次我看见她光着身子。哦！"想起这件高兴的事，他不禁开始捏卡尔的腿，在他的腿上又捏又拍，直到卡尔大喊："罗宾逊，你疯了吗？"卡尔抓住他的手并推了回去。

"罗斯曼，你真的还只是个孩子，"罗宾逊说，他解下了他藏在衬衫里的、用一条绳子挂在脖子上的匕首，取下了匕首的保护套，开始切那块硬香肠，"你还有很多要学的。不过，跟我们待在一起，你就会慢慢学会的。快坐下吧。你不想吃点什么吗？或许看着我吃你就会胃口大开。你也不想喝点什么吗？你真的什么都不想要。而且，你的话也不是特别多。不过，谁在阳台上陪我，我都无所谓。我在阳台上待的时间实在太多了。这都是因为布鲁内尔达，她觉得这样很有趣。只要她想到什么，哪怕是一时冷、一时热、想睡觉、想梳头、想打开紧身胸衣、想穿戴紧身胸衣,我都会被赶到阳台去。有时,她确实会做她说的事情,但大部分时候她只是像先前那样躺在沙发上一动不动。以前,我会偶尔稍稍地拉开窗帘,偷偷瞄一下,但自从有一次被德拉马歇发现了——我知道他并不是真心要这么做,只是应布鲁内尔达的要求——用鞭子抽了好几下我的脸,你看见这道伤痕了吗?我就再也不敢偷看了。这样一来,我在这阳台上就只能找点吃的解闷了。前天晚上,当我还穿着我那套华丽的衣服躺在阳台上的时候——可惜我把它们遗失在你的酒店了——那些浑蛋!简直是把我身上的昂贵衣物扯了个精光!我当时一个人躺在那里,向栏杆下面张望,心情十分沮丧,禁不住大哭起来。突然,布鲁内尔达穿着红裙子走了出来,我并没有马上发现她。她看了我一会儿,然后说:'罗宾逊,你为什么哭?'接着,她拎起裙子,用裙摆擦去了我眼角的泪水。德拉马歇叫她,于是她马上又回到屋里去了,不然的话,谁知道之后会发生什么呢?我当然以为该轮到我了,于是隔着窗帘问我能不能进屋。你猜猜,布鲁内尔达说了些什么?'不能进!'她说,接着又说,'你怎么想的?'"

"既然他们这样对待你,你为什么还留在这里?"卡尔问道。

"对不起,罗斯曼,你这话问得可不是很聪明,"罗宾逊回答道,"你也一样会继续留在这里的,即使你受到更糟糕的对待。话说回来,他们对我也并不是那么糟糕。"

"不,"卡尔说,"我肯定会离开这里,而且如果可能的话,我今晚就会离开。我不会待在你们这儿。"

"那你说说,你今晚打算怎么离开这里?"罗宾逊问道,他把面包里软糯的部分挖出来，仔细地浸在沙丁鱼罐头的油里，"如果你连房间都不能进，你要怎么离开这里？"

"为什么我们不能进去呢？"

"嗯，只要钟声没响，我们就不能进去。"罗宾逊一边说，一边尽可能地张大了嘴巴吃着油腻腻的面包，还用一只手接住了从面包上往下滴的油，以便用剩下的面包蘸手心的这些油，"这里的一切都变得越发严格了，起初那里只是挂着一条薄薄的门帘子，虽然看不见里面，但晚上总能看出些影子。布鲁内尔达对此感到不安，于是让我裁剪了她的一件演出大衣，把它当作门帘挂在原来的地方，现在什么都看不到了。以前我总能询问是否可以进去，回答取决于情况，有时他们会答应，有时会拒绝。问题是后来我可能问得太频繁了。布鲁内尔达无法忍受这种情况——尽管她很胖，但她的体质非常弱，经常头疼，而且腿部还患有痛风。所以他们现在规定我不能再问了，而是等可以进去时，会有人敲响桌子上的一个钟。每次敲钟的声音都很大，足以把我从睡梦中惊醒——我曾经养过一只猫，但被这敲钟声吓跑了，再也没有回来。今天钟声还没有响起，当然如果响起的话我不仅可以进去，而且是非得进去不可。如果钟声一直不响，那可能还要等很久才会响。"

"你说的也是，"卡尔说，"但是对你来说是规矩，对我却未必同样适用。总之，这种东西只适用于那些愿意逆来顺受的人。"

"啊，但是，"罗宾逊大叫着，"你为什么觉得这规矩不适用于你呢？这当然适用于你。请耐心地和我一起等待吧，等着钟声敲响。然后你可以试试看能否离开这里。"

"为什么你还不离开这里呢？只是因为德拉马歇是你的朋友，或者是他能力比你强吗？这算什么生活？在巴特福德那里难道不会过得更好呀？你们之前不是一直想去那里吗？或者还可以去加州，你在那里不是还有朋友吗？"

"是的，"罗宾逊说，"这可谁都无法预料。"在继续讲述之前，他又说："祝你好运，亲爱的罗斯曼。"然后他喝了一大口香水瓶里的酒，"当初在你抛弃我们后，我们过得非常糟糕。最初的几天我们找不到工作，不过德拉马歇其实并不想工作，他本来是能找到的，但他却总是让我去找，而我运气又不好。他就那么到处游荡，傍晚前，他只带回了一个女士钱包。那个钱包很漂亮，是珍珠做的，现在他把它送给了布鲁内尔达，但里面几乎什么都没有。然后他说，我们应该去挨家挨户讨饭，也能借机找到一些有用的东西，所以我们就去讨饭了，为了让我们看起来更像那么回事，我还在别人家的大门外唱歌。而德拉马歇的运气总是很好，我们刚来到第二家人门前，那是一间位于一楼的、非常豪华的住宅，我们在门口对着厨娘和男仆刚唱了几句，这间住宅的女主人，也就是布鲁内尔达，就正好回来了，正要走上台阶。也许她的裙子束得太紧，以致她根本爬不上这几级台阶。但她当时穿得多漂亮呀，罗斯曼！她穿着一条白色的连衣裙，撑着红色的太阳伞。让人忍不住想舔一下、想一口气喝掉。啊上帝，上帝啊！她太美了！这样一个女人！不，告诉我怎么会有这样的女人！当然，那个小厨娘和仆人立刻跑了过来迎接她，几乎是把她抬上了楼梯。我们站在门左右，向她致敬，这里的人都这样做。

她停了一会儿，因为仍然喘不过气来，而我也不知道事情是怎么发生的，也许我当时饿得有些神志不清，而她近距离看上去又实在显得更美了，也显得更加健美丰满，那特殊的束腰让她的身体看上到处去都很结实，总之，我在她背后轻轻碰了一下她，但是很轻，只是轻轻碰了一下而已。当然，一个乞丐去触碰一个富有的女人是不能被容忍的。虽然这几乎算不上触碰，但毕竟还是碰了一下。要不是德拉马歇立刻给了我一耳光，谁知道结果会变得多么糟糕。而且他那耳光打得我立刻用双手捂住了脸颊。"

"你们当时怎么搞了这么一出！"卡尔完全被这个故事吸引住了，坐在地板上，"所以那就是布鲁内尔达？"

"当然了，"罗宾逊说，"那就是布鲁内尔达。"

"你之前不是说她是个歌手吗？"卡尔问。

"她当然是个歌手，而且是个了不起的歌手。"罗宾逊回答说，大块的糖果在他舌头上滚来滚去，他偶尔用手指将从嘴里挤出来的一小块再塞回去，"但当时我们自然还不知道，我们只看到她是一个富有而且非常优雅的女士。她装作什么都没发生的样子，也许她真的没有感觉到什么，因为我真的只是轻轻地用手指头碰了她一下。但她一直看向德拉马歇，他也同样直视着她的眼睛。然后她对他说：'你进来待会儿吧。'她用太阳伞指着住所里面，并示意德拉马歇应该走在她前面。他们俩就都进去了，随后仆人关上了门。我被遗忘在了外面，于是我想，应该不会耽误太久，便坐在台阶上等着德拉马歇。但出来的不是德拉马歇，而是仆人，他端了一大碗汤给我。'这是德拉马歇给我的关怀！'我告诉自己。仆人在我吃东西的时候站在我旁边，给我讲了一些关于布鲁内尔达的事，那时我明白了，我们拜访布鲁内尔达可能会意义非凡。因为布鲁内尔达是一个离婚的女人，她有很多钱，而且完全独立！她的前夫开着一个可可粉厂。虽然他还爱着她，但她对他一点兴趣都没有。那个男人经常来她家，穿着非常优雅的、像是婚礼礼服一样的衣服——这是真的，我曾亲眼见过——但仆人却不敢冒险问布鲁内尔达是否要见他，因为他已经问过几次了，每次问，布鲁内尔达总是用正拿在手里的东西扔在他脸上。有一次，她扔的大热水袋甚至砸掉了他的一颗门牙。哎，罗斯曼，你看看，这是什么事呢！"

"你怎么会认识她的前夫？"卡尔问。

"他偶尔也会来这里。"罗宾逊说。

"上楼来这里？"卡尔惊讶得轻轻拍了拍地板。

"你大可以感到惊讶，"罗宾逊继续说，"即使是我，在当时听到仆人讲那些故事的时候也惊掉了下巴。你想，当布鲁内尔达不在家时，那个男人就让仆人带他进入她的房间，每次都会拿走一点东西当纪念品，但也总是为布鲁内尔达留下一些非常昂贵精美的东西，并严令仆人不得透露这些东西是谁送的。但是有一次，他带来了一件用瓷器做的无价之宝，布鲁内尔达似乎认出了那个东西，立刻把它扔到了地板上，踩在上面，还吐了口水，做了些其他的事情，以致仆人恶心得几乎没法把瓷器拿出去。"

"那个男人到底对她做了什么？"卡尔问。

"其实我也不知道，"罗宾逊说，"不过，我认为他也没做什么特别的事，至少他自己也不知道。我曾经跟他谈论过这些事情。他每天都在街角等我，等我去给他讲些最新的消息。如果我不能去，他就等半个小时，然后自己离开。这对我来说是一个不错的副业，因为他听了我的消息后，总是很慷慨地给我钱，可是自从德拉马歇发现了这件事，我就得把所有的钱都上交给他，所以我就不常去那里了。"

"但那个男人想要什么呢？"卡尔问道，"他究竟想要什么？他不是听到她不要他了吗？"

"是啊。"罗宾逊叹了口气，点燃了一支烟，大力地挥动手臂把烟雾吹向了高空。然后，他似乎改变了主意说："这与我何干？我只知道要是能让他像我们一样躺在这阳台上，他可是愿意花大价钱的。"

卡尔站了起来，靠在了栏杆上，向下看着街道。月亮已经升了起来，但它的光线还没有照进深深的小巷里。白天如此空荡的小巷现在挤满了人，尤其是在各家各户的门前，所有人都缓慢、笨拙地移动着。男人们的衬衫袖子，女人们的浅色衣裙在昏暗中隐约可见，所有人都没有戴帽子。周围许多阳台上已经坐满了人，他们在电灯泡的照射下，围绕着一张小桌坐着，或是排成一排坐在椅子上，或是稍稍地伸出了头来看着。男人们叉开双腿坐着，脚穿过栏杆之间伸了出去，或者读着几乎垂到地板的报纸，或者用力地敲击着桌子玩卡牌，而女人们的腿上则堆满了针线活儿，只是偶尔抬头看一眼周围或是马路。隔壁阳台上有一个虚弱的金发女人正不停地打着哈欠，她微微地翻着白眼，并在每次将要捂嘴之前，把手里正在缝补的衣物放在嘴前掩住嘴巴。即使在最小的阳台上，那些孩子也知道怎么互相追逐，这让父母感到很烦恼。许多房间里都有留声机，正播放着歌曲或管弦乐，人们对这些音乐并不怎么在意，只是偶尔家里的父亲会给出眼神示意，这时就会有人立刻跑进房间去换一张新唱片。在几扇窗户旁，可以看到一些几乎完全静止不动的情侣，在卡尔对面的一扇窗户旁就有这样的一对情侣，年轻的男子正用手臂搂着女孩，还把一只手按在她的胸上。

"你认识这些住在附近的人吗？"卡尔问正站起来的罗宾逊。因为有些冷，除了他的被单，罗宾逊还裹着布鲁内尔达的那条毯子。

"几乎不认识，这正是我现在处境的糟糕之处。"罗宾逊说着把卡尔拉向了自己，以便在他耳边轻声说，"除此之外，我现在暂时也没什么可抱怨的。布鲁内尔达为了德拉马歇把她曾拥有的一切都卖掉了，并带着她所有的财产搬到了这个远郊的公寓，这样她就能全心全意地投入他的怀里，不受任何干扰。而这其实也是德拉马歇的愿望。"

"那么她把仆人们都解雇了？"卡尔问。

"是的，一点没错，"罗宾逊说，"这里哪儿还住得下仆人呢？那些仆人都是挺讲究的大爷。有一次，德拉马歇在布鲁内尔达那儿，直接用耳光把一个这样的仆人赶出了房间，他一个耳光接着一个耳光地打，直到那人被赶到门外。当然，其他的仆人都跟他站在一起，在门外吵嚷着。于是德拉马歇出来了（那个时候我还不是仆人，而是他们的朋友，但我还是跟那些仆人待在一起），他问：'你们想干什么？'最老的那个仆人，一个叫伊西多尔的，回答说：'我们跟您没什么好说的，我们的主人是宽厚的夫人。'你可能已经注意了，他们很崇拜布鲁内尔达。但是布鲁内尔达完全没理会他们，她只是朝德拉马歇跑去，那时她还没有现在这么胖，她当众拥抱、亲吻着德拉马歇，叫着'最亲爱的德拉马歇'。最后她说：'把这些猴子赶走吧。'猴子——她指的就是那些仆人；想象一下他们当时的表情。然后布鲁内尔达拉着德拉马歇的手伸向了她腰间的钱袋，德拉马歇把手伸进去，开始给这些仆人发钱打发他们走；布鲁内尔达也参与了这次发钱，她所做的就是将挂在腰带上的钱袋敞开，然后站在那里。德拉马歇得不断地把手伸进钱袋子里去，因为他得发钱给那些人。而且他发钱时并不计数，也不审核对方的要求。最后他说：'既然你们不愿意跟我说话，那我就代表布鲁内尔达告诉你们：马上打包走人吧。'就这样，他们被解雇了，后来还发生了一些官司，德拉马歇甚至被传上了法庭，但我并不清楚详情。只是在仆人们离开后不久，德拉马歇对布鲁内尔达说：'现在你没有仆人了，'她回答：'还有罗宾逊呢。'然后德拉马歇就拍了拍我的肩膀，对我说：'好吧，你就当我们的仆人吧。'布鲁内尔达随后拍了拍我的脸颊。罗斯曼，如果有机会的话，你也让她拍一下你的脸颊吧。你会惊讶于那感觉是多么美好。"

"所以你就成了德拉马歇的仆人？"卡尔总结地问道。

罗宾逊听出了他话中的遗憾，回答道："我是仆人，但几乎没有什么人注意得到。你看，你自己都不知道，虽然你已经在我们这儿有些时间了。而且你也看到了，我那天晚上在酒店穿的怎么样。我的衣物可是最讲究的，仆人会穿得那么讲究吗？问题只在于我不能经常出门，我得随时待命，这屋子里总有做不完的事。我一个人总归无法应付如此繁重的工作。你可能注意到了，我们的房间里摆着很多东西。我们把搬家时无法出售的东西都带了来。当然也可以送给别人，但布鲁内尔达不愿意送人。想象一下把这些所有的东西搬上楼梯需要多少工夫。"

"罗宾逊，这些都是你一个人搬上来的？"卡尔问道。

"那还能有谁呢？"罗宾逊说，"还有一个助手，但他是个懒散的家伙；我不得不自己做大部分的搬运工作。布鲁内尔达站在楼下的车辆旁，德拉马歇在上面指挥着把东西放在哪里，而我总是上上下下地跑。花了两天时间才搬完，你觉得用了很长时间，对吗？但是你根本不知道这个房间里有多少东西，所有的箱子都装满了，箱子后面也都堆满了东西，一直堆到了天花板。如果雇几个人搬运，那一切就会很快结束，但除了我之外，布鲁内尔达不想让其他人参与这事。那虽然很令人感动，却完全摧毁了我的健康，而我除了健康还有什么呢？现在只要我稍微用点劲儿，这里、这里和这里都会刺痛。你觉得，酒店里的那些小伙子，那些'青蛙'——他们除了这个还能像是什么？——要是我身体健康的话，他们怎么可能战胜得了我？但是不管我多么不舒服，我都不会向德拉马歇和布鲁内尔达透露，我会一直工作，直到力不从心，再也无法继续下去时，我会躺下来死掉，那时候他们就会看到我一直病着却还一直拼命工作，直到在侍奉他们的时候死去。啊，罗斯曼——"最后他说着用卡尔的衬衫袖子擦眼泪。过了一会儿，他又说："你不觉得冷吗？你只穿着衬衫站在那里。"

"走开，罗宾逊，"卡尔说，"你总是在哭。我不相信你病得那么厉害。你看上去挺健康的，可能因为你总是躺在阳台上，所以才胡思乱想了这么多事。你可能有时候觉得胸口刺痛，我也有这个毛病，人人都有。如果所有的人都像你那样，要因为每一件小事哭泣的话，那么所有这些在阳台上的人都会哭的。"

"这我比你更清楚，"罗宾逊说，现在他用毯子的尖端擦着眼睛，"那位大学生，住在隔壁房东家的那位——房东太太也为我们煮饭，不久前当我把餐具送回去时，那位大学生说：'罗宾逊您听我说，您是不是生病了？'我被禁止和别人交谈，所以我只是放下餐具，然后就想离开。于是他走过来又说：'听着，伙计，别这么拼命做事了，您生病了。''哦，好吧，我请教一下，那我该怎么办呢？'我问道。'那是您的事。'他说，然后转过身走开了。其他在用餐的人都笑了，到处都是我们的敌人，所以我还是离开为好。"

"所以你相信那些把你当傻瓜的人，却不相信那些对你好的人。"

"可我必须知道我的身体情况。"罗宾逊突然发起火来，但很快又哭了起来。

"你就是不知道自己有什么毛病，也应该为自己找一份像样的工作，而不是在这里给德拉马歇当用人。因为根据你的讲述及我自己看到的，我可以判断你在这里不是服务，而是被奴役。这不是人能忍受的，这一点我相信。而你却认为，因为你是德拉马歇的朋友，所以不能离开他，这是错误的。如果他不明白你过着多么痛苦的生活，那你对他也没有任何义务。"

"那么你真的认为，罗斯曼，如果我放弃在这里伺候人的工作，我就会康复吗？"

"当然。"卡尔说。

"真的吗？"罗宾逊再次问道。

"我非常确定。"卡尔笑着说。

"那么我现在马上就可以开始康复了。"罗宾逊看着卡尔说。

"为什么呢？"卡尔问道。

"那是因为你要接替我的工作了。"罗宾逊回答。

"这是谁告诉你的？"卡尔问道。

"这是早就计划好的事，从几天前就开始讨论了。当初布鲁内尔达责怪我，说我没有把公寓打扫干净。我当然承诺要马上把所有事情处理好，但现在要做到却非常困难。比如，在我现在的状况下，我不能爬到所有地方去擦拭灰尘，即使在房间的中央也无法动弹，更不用说在那些家具和物品之间来回移动了。而如果想要彻底打扫干净，还必须把家具移开，我一个人能做得了吗？而且还要尽量保持安静，因为布鲁内尔达基本不会离开公寓，我又不能让她受到打扰。所以虽然我已经答应打扫干净，而实际上我并没有做。当布鲁内尔达注意到这一点时，她对德拉马歇说，这种情况不能再继续下去了，他们需要再雇一名帮手。她说：'德拉马歇，我可不希望有一天你指责我持家不当。你明白，我自己并没法太劳累，而罗宾逊也帮不上忙。一开始他还很有干劲，四处张望打扫，但现在他总是疲惫不堪地坐在角落里。但我们的房间里又有这么多东西，这样的房间怎么可能自己保持整洁呢。'随后，德拉马歇思考了如何解决这个问题，也不能随便雇个人到这样的家里来，即使是试用也不行，因为周围的人总是密切关注着我们。而因为我是你的好朋友，也听到雷纳说你在酒店里备受折磨，所以我就提议让你来。尽管你以前曾那么莽撞地对待德拉马歇，但他立刻表示了同意，我当然很高兴能对你有所帮助。对于你来说，这个职位可谓量身定做，你年轻、强壮、灵巧，而我已经一无是处。不过我要告诉你，你并没有完全被雇用。如果布鲁内尔达不喜欢你，我们就无法雇用你。所以你一定要努力让她满意，而剩下的事情我自会处理好。"

"如果我成为这里的仆人，那你要做什么呢？"卡尔问道，他感觉自己终于能松一口气了，罗宾逊刚刚透露的信息所引发的震惊已经过去了。德拉马歇对他没有更糟糕的企图，只是想让他成为仆人——如果有更糟糕的企图，那么那喋喋不休的罗宾逊一定会泄露出来的——事情如果真是如此的话，那么卡尔就有足够的勇气在今晚就离开了。没有人能强迫别人接受某个职位。以前，卡尔总是担心离开酒店之后能否尽快地找到一个合适的、尽可能不会太不体面的职位，以免挨饿，但现在看来，和这里为他安排的这个恶心的职位相比，任何其他的职位对他来说都不算糟糕，甚至连失业的困境都远胜过这个职位。但他不打算让罗宾逊理解这一点，他甚至根本没有尝试，尤其是在罗宾逊现在还寄希望于卡尔能减轻他的工作量的情况下。

"因此，"罗宾逊边说边惬意地挥着手——他用胳膊肘撑在阳台栏杆上，"我会给你解释一切的，给你看我们的物资储备。你是受过教育的，也一定能写漂亮的字，所以你可以立即给我们目前拥有的所有物品做个清单。这是布鲁内尔达渴望已久的事。明天上午如果天气好的话，我们就请布鲁内尔达坐在阳台上，这样我们就可以在房间里平静地工作，而且不会打扰到她。

因为，罗斯曼，这是你必须特别注意的——千万不要打扰到布鲁内尔达。她能听到一切，大概因为是歌手，她的耳朵特别敏感。比如说，你要是把藏在柜子后面的那桶烈酒滚出来，那就会发出噪声，因为它很重，而且那里到处都是各种杂物，所以你不能顺畅地让它一下子滚出来。布鲁内尔达可能正躺在沙发上拍苍蝇，那些苍蝇让她很是困扰，所以你觉得她不会理会你，就继续滚你的木桶，但就在你最想不到、在你弄出了最小声响的时候，她会突然坐起来，用双手拍打着沙发，拍得到处都是灰尘，连她的影子都看不到了——自从我们来到这里，我就没有拍打过沙发，因为她总是躺在上面——然后开始恐怖地大叫，像个男人，而且会这样大叫好几个小时。邻居们可以禁止她唱歌，但没人能禁止她喊叫，她必须喊叫，不过现在这种情况已经很少见了，我和德拉马歇已经变得非常小心了。这对她的身体确实很不好。有一次，她晕倒了，我不得不去找隔壁的那个大学生——因为德拉马歇正好去了别处——他用一大瓶液体把她泼醒了，虽然有效果，但这种液体的味道让人难以忍受，现在你只要把鼻子靠近沙发，还能闻到那个味道。那个大学生肯定是我们的敌人，就像这里的所有人一样，你也要小心，别和任何人来往。"

"你呀，罗宾逊，"卡尔说，"这个职位可不好干。你还真是给我介绍了一个好职位。"

"别担心，"罗宾逊说道，他闭着眼睛摇了摇头，为了消除卡尔一切可能的担忧，"这个职位也有别的职位无可比拟的优点。你整天待在一个像布鲁内尔达这样的女士附近，有时候你甚至与她睡在同一个房间，你可以想象这会带来很多快乐。你会得到丰厚的报酬,钱多的是,作为德拉马歇的朋友,我什么也得不到,只有在我出门的时候,布鲁内尔达才会给我一点钱,不过你当然会像其他仆人一样得到报酬。你本来也和他们没有别的什么关系。不过对你来说,最重要的是我会让你的这个职位变得轻松。一开始我当然什么都不会做,这样我才能修养恢复,但只要我稍微恢复了一些,你就可以倚靠我了。那些真正服侍布鲁内尔达的工作——如果德拉马歇没有做的话,我会继续做,也就是弄发型、穿衣服之类的。你只需要整理房间、外出采购及干较重的家务活。"

"不,罗宾逊,"卡尔说,"这一切都不能吸引我。"

"别犯傻,罗斯曼,"罗宾逊紧贴着卡尔的脸说,"可别错过这个好机会。你还能在哪儿马上找到一个职位呢?谁认识你?你又认识谁?我们这两个见多识广、掌握着丰富工作经验的男人,都在这儿跑了好几周而一事无成。找工作可真的不容易,甚至可以说是非常困难。"

卡尔点点头,惊讶于罗宾逊居然能说出如此明智的话。然而,这些建议对他来说并不适用,他不能留在这里,他相信在这座大城市里,总会有一个地方能供他容身。他知道所有的酒馆整晚都是人满为患,需要有人给客人们服务,而服务客人他已经是老手了。他一定能迅速、毫不费力地融入哪家店。正对着的那栋楼楼下就开着一个小酒馆,里面正传出震耳的音乐声。大门只用一大块黄色的门帘挡着,偶尔被风吹起,它就会向着巷子的方向飘动。除此之外,巷子里非常安静。大部分的阳台已经黑了下来,只有远处偶尔还能看到零零散散的灯火,但几乎才看上一眼，那里的人就会站起来，你推我搡地回到屋子里，同时一个男人会伸手拉一下开关，关上灯，作为阳台上最后一个离开的人，还会扭头望一眼巷子。

"现在已经是深夜了，"卡尔想，"如果我还留在这里，我就会成为他们中的一员。"他转身去拉窗帘盖住门口。"你想干什么？"罗宾逊站在卡尔和窗帘之间说。

"我想走，"卡尔说，"让我走！让我走！"

"你可别去打扰她，"罗宾逊叫喊道，"你究竟在想些什么呢！"说完，他就把胳膊搭在卡尔的脖子上，把全身的重量压在他身上，把腿缠在卡尔的腿上，使劲把卡尔拖倒在地。不过，在电梯男孩们那里，卡尔学会了一些打架的技巧，所以他就猛地从下方对准罗宾逊的下巴砸了一拳，但是没使劲，只是手下留情地碰了碰而已。但罗宾逊却趁机用膝盖猛踢了一下卡尔的腹部，然后捂着下巴，疼得哇哇大叫，邻近阳台上的一个人拼命地拍手命令他们："安静！"卡尔躺了一会儿，把罗宾逊给他腹部造成的剧痛压了下去。他把脸扭向了那扇门帘，门帘在夜色里安静地抖动着。房间里似乎没有别人了，德拉马歇和布鲁内尔达可能已经出去了，卡尔也许已经完全自由了。那个贴身跟着他的、像看门狗一样的罗宾逊已经完全被甩掉了。

这时，从巷子的远处传来了零星的鼓声和号角声。许多人断断续续的叫喊声渐渐汇聚成了共同的呐喊。卡尔扭头看见阳台上又重新热闹了起来。他慢慢地站了起来，但没有完全站直，只是费力地倚靠在阳台的栏杆上。年轻的小伙子们在下面街道的人行道上迈着大步行走着，他们伸直了胳膊，把帽子高高地举在手里，脸朝后看着。马路上空荡荡的，零星的人摇晃着挂着灯笼的高高的杆子，灯笼笼罩在一圈圈的黄烟中。鼓手和号角手们排着队走进了光线里，卡尔诧异于他们的人数之多，这时身后传来了脚步声，他一回头就看见德拉马歇掀起了那沉重的门帘，布鲁内尔达也从黑暗的房间里走了出来。她穿着一条红裙子，肩上还披着一条蕾丝披肩，头戴着一顶黑色的小帽子，也许是为了遮住并没有梳的头发，她只把它们随意地盘在了一起。松散的发梢有一些耷拉了下来。她手里拿着一把打开的小折扇，但没有摇动它，只是让它紧贴着自己。

　　卡尔沿着栏杆退到了一边，给他们两个腾出了位置。他觉得肯定没有人会强迫他留下来，而且即使德拉马歇想让他留下，布鲁内尔达要是听到他的请求的话，也会答应让他走的。她根本忍受不了他，他的眼睛都能吓到她。可是当他往门口走了一步时，她还是注意到了他，说："小家伙，你想去哪儿呢？"卡尔被德拉马歇和布鲁内尔达冷冰冰的眼神吓得退了回去。"难道你不想看看楼下的游行吗？"她一边说一边把他推到栏杆边。"你知道这是什么游行？"卡尔听见她在背后说，他下意识地动了一下，想挣脱开她的手臂，但未能成功。于是他伤心地望着下面的街道，仿佛他伤心的原因就在那儿。

　　德拉马歇最初交叉着双臂，站在布鲁内尔达身后，然后跑进房间把看歌剧用的望远镜拿给了布鲁内尔达。下方的街道上，乐手后面出现了队伍的主体。一位先生坐在一个巨人的肩膀上，从这个高度上看去，只能看到这位先生的秃头正在暗夜里闪着光，他不停地举着礼帽向人们致意。围绕在他的周围，显然有人举着木头牌子，从阳台上看去，这些牌子显得很白，可以说是从四面八方靠近着这位先生，让他在它们中央高高地耸起。由于整个队伍一直在前进，这些木牌墙不断地松散又重新组织起来。稍远一点的外围，这位先生的随从们占据了整条街，因为在黑暗中无法准确判断他们队伍的长度。所有的随从都在鼓掌，并用庄严的歌唱呼唤着一个非常短又听不太清的名字，这大概就是这位先生的名字。有少数几个人巧妙地分布在人群中，他们拿着光亮极强的汽车灯，慢慢地上下移动着，照着道路两边的房子。在卡尔所站的高度上，这光线并不刺眼，但在较低的阳台上，当光线掠过人们时，可以看到他们急忙用手捂住眼睛。

德拉马歇应布鲁内尔达的要求，向隔壁阳台上的人们询问这场集会是为了什么。卡尔有点好奇，不知道这些人是否会回答他，以及他们究竟会怎么回答。事实上，德拉马歇问了三次，都没有得到答复。他趴在阳台栏杆上，身体已经危险地伸了出去，布鲁内尔达因为邻居们的态度生气了，轻轻地跺了跺脚，卡尔感觉到她的膝盖碰到了自己。最后总算有了一个答复，但与此同时，在那个挤满了人的阳台上迸发出了大家的笑声。接着，德拉马歇朝那边大喊了一声，声音之大，如果当时整条街上没有其他噪声的话，周围的人肯定会大吃一惊。不过，这确实起到了作用，那笑声很快就不自然地停了下来。

"明天我们这个区要选一位法官，被他们扛着的那个人是候选人之一。"德拉马歇一边说，一边镇定地回到了布鲁内尔达身边。紧接着他喊了一声"不"，又轻轻拍了拍布鲁内尔达的背："我们已经完全不知道这世界上发生的事了。"

"德拉马歇，"布鲁内尔达又说起了邻居的行为，"要不是太麻烦的话，我真想搬家！可惜我不能这样做。"她叹了口气，心烦意乱地解着卡尔的衬衣纽扣，卡尔尽可能悄悄地将这双小胖手推开。这倒容易办到，因为布鲁内尔达压根儿没留意他，她完全沉浸在别的事情里。

不过卡尔很快也就忘记了布鲁内尔达，忍受着她用胳膊压着自己的肩膀，因为街道上的情况已经完全吸引了他的注意力。一小队男人打着手势，正挨着那名候选人，在他前面走着，他们的谈话显然有特殊的意义，因为从四面八方都可以看到有人把脸转向他们，仔细倾听着他们的话，他们出乎意料地停在了一家酒馆前面。那群人中一名有决定权的男人举起了手臂，向那个候选人和人群示意，人群立刻平静了下来，那位候选人尝试了很多次，想从扛着他的搬运工的肩膀上站起来，但都没成功，于是他又坐回了原位。他发表了一个小小的演说，与此同时还飞快地挥动着他的礼帽。这一切大家都看得非常清楚，因为在他演讲时，所有的汽车灯都照向了他，使他处在了明亮星光的中心。

然而现在也可以看出，整条街的人都对这件事十分感兴趣。在候选人的支持者们占据的阳台上，人们吟唱着候选人的名字，并机械地拍着手。在其他阳台上（这样的阳台甚至是大多数），会响起强烈的反对呼声，但由于它们都是不同候选人的支持者发出的，所以这声音并不统一。除此之外，在场的这位候选人的所有反对者都还结队吹着口哨，甚至连留声机也多次被重新启动。在各个阳台之间，人们展开了政治争论，而且受到了夜晚的加持，人们变得更加激动。大多数人穿着睡衣，只披着一件外套，女人们裹在深色的毯子里，孩子们在阳台的栏杆周围爬来爬去，却没人关注他们，令人十分不安。越来越多原本已经入睡的孩子从黑暗房间里拥了出来。有时候，特别愤怒的一方会向对手的方向投掷一些奇怪的、无法识别的物品，有时候它们会击中目标，但大多数时候它们会落到马路上，引起一阵愤怒的号叫。当下面那些带头的男人感到噪声太大时，他们会授意让鼓手和号手介入，吹打出强烈的、永无止境的信号，这会压过所有人的声音，一直传到屋顶。但是突然间，乐手们就会都停下来——这简直让人无法相信，在这之后，显然已经训练有素的群众会在街上瞬时的寂静中高声唱起他们的党歌——在汽车的灯光下，可以看到他们每个人都大张着嘴巴——随后，恢复了理智的对手们又会以比之前高十倍的音量从所有阳台和窗户里发出尖叫，迫使地面上的那派人在短暂的胜利之后保持彻底的沉默，至少在阳台这个高度听起来是沉默的。

"你喜欢这里吗，小家伙？"布鲁内尔达问道。她紧紧地贴在卡尔身后，试图用望远镜尽量看到所有的东西。卡尔只是点了点头作为回答。同时，他注意到罗宾逊正热切地向德拉马歇密切报告着显然是关于卡尔举止的各种消息，但德拉马歇似乎并不把这些当回事，因为他用右手搂着布鲁内尔达，左手一直试图推开罗宾逊。布鲁内尔达问道："你不想用望远镜看看吗？"她轻轻拍了拍卡尔的胸膛，表示她正在问他。

卡尔说："我看得很清楚。"

"试试吧，"她说，"你会看得更清楚。"

"我的眼睛很好，"卡尔回答，"我什么都能看得见。"当她拿望远镜靠近他的眼睛,并且用歌唱般的却充满威胁的口吻说那个"你"字时,卡尔并没有感到亲切,反而觉得很烦恼。而她除了这个字之外,什么也没说。那副望远镜也已经紧挨在了卡尔眼前,现在他什么也看不见了。

"我什么都看不见了。"他说着,想摆脱望远镜,但她却紧紧地抓着望远镜,卡尔的头也因此埋在她胸前,无法往后或者往旁边移动。

"现在你看得到了吧。"她说着,转动着望远镜上的旋钮。

"不行,我还是什么都看不见。"卡尔说着,心里却想着,原本无论如何也解脱不了的罗宾逊现在居然真的按照他的愿望得救了,因为他现在得承受布鲁内尔达这令人难以忍受的坏脾气了。

"什么时候你才能看见?"她边说边转动螺丝——卡尔现在整张脸都浸入了她沉重的呼吸中。"现在可以了?"她问。

"不,不,不!"卡尔喊道,尽管他其实已经能够分辨出一切,只是看得非常模糊。但是,恰好在这个时候,布鲁内尔达正忙着和德拉马歇说些什么,她只是大概地把望远镜松松地放在卡尔的面前,卡尔趁机透过望远镜,朝下面的街道看去,她也并没有特别注意到。后来她也不再坚持自己之前强迫卡尔的意愿,而是把望远镜拿去自己用了。

从下面的酒馆里走出了一个服务员,他匆匆忙忙地在门口来回进出,接受领头的那些男人的订单。可以看到他竭力地挺起身子,试图向店里张望,想尽可能地多召唤一些服务生。他们显然在为一场盛大的饮酒会做准备,那位候选人此时也并没有停止发言。那位驮着他的高大随从显然只服务于他,他每说几句话,那位随从就会稍微转动一下身子,好让发言能传达到人群的每一个角落。候选人大部分时间都是弯腰蜷缩着的,他不停地挥动着那只自由的手和另一只拿着高帽的手,来尽可能地给自己的发言增加说服力。然而,每间隔一段规律的时间,他就会突然张开双臂站起来,不再面对一个团体演讲,而是面向所有人,他把目光投向了那些甚至站在最高楼层上的人;但事情其实也很清楚,即使在那些低楼层里,也已经没有人能听得到他在说什么。是的,即使有可能听到,也不会有人想听他的话,因为每扇窗子和每个阳台上都至少有一个疯狂的发言者。与此同时,旅馆里的一些服务员拿出一块有一个台球桌大小的木托板,上面放满了装着酒的、颜色鲜艳闪亮的玻璃杯。那些领头人精心组织起分发酒的工作,饮酒的队列会依次从酒桌前走过——领取。然而,托板上的酒杯会不断地被重新倒满,但这样的酒水供应仍然无法满足人们的需求,那两排服务员不得不在托板的左右两侧来回穿梭,以继续为人群倒酒。候选人也已经不再演说了,而是准备借此机会休息一下积蓄力量。扛着他的随从带着他远离了人群和炫目的灯光,慢慢地背着他来回走动。只有他的几位最忠实的支持者还陪伴在他的身边,仰着头跟他说话。

"看看这个小家伙,"布鲁内尔达说,"他看得太入神了,都忘了自己在哪儿了。"然后她突然用双手抓住了卡尔的脸,把他的脸转了过来,直视着他的眼睛。不过这只持续了短短一瞬,卡尔立刻甩开了她的双手,他因为不能让他自己安静地待一会儿而生气了,同时他兴致勃勃地想走到街上,近距离去观察这一

切,他竭力试图从布鲁内尔达的压迫下挣脱出来,并说道:

"请放开我,让我走吧。"

"你会留在我们身边的。"德拉马歇说,眼睛仍然盯着街道,只伸出了一只手,想阻止卡尔离开。

"放开他吧,"布鲁内尔达说着,挡开了德拉马歇的手,"他会留下的。"她更用力地把卡尔按在了栏杆上,他必须和她扭打才能从她身边挣脱出来。就算他能成功挣脱,又能怎样呢?德拉马歇站在他左边,罗宾逊则站在他右边,他简直无处可逃。

"你应该庆幸我们没有把你扔出去。"罗宾逊说,并伸手拍了拍卡尔。

"扔出去?"德拉马歇说,"逃跑的小偷是不会被扔出去的,而是会被交给警察处理。如果他不消停,明天一早就可以去见警察了。"

从这时起,卡尔再也无法欣赏楼下的那场表演了。因为布鲁内尔达的压迫,他甚至不能站起身来,只能迫不得已地微微倾身越过栏杆。他心事重重,心神不宁地看着楼下的人群,那些人大约二十人一组,走到酒馆门前,抓起了酒杯,转身向候选人举起酒杯,高呼着党派的口号,然后啜尽了杯中之酒,再毫不犹豫地把杯子重重地放回木板上,为另一群迫不及待地喧嚷的新顾客腾出位置。放酒杯的声音肯定很大,但在楼房上面的高度却听不见。在领头男人的要求下,之前在酒馆里演奏的乐队也走了出来,在街上演奏着,那些巨大的管乐器在黑暗的人群中闪耀着,但是它们的演奏声几乎淹没在了那片喧闹声中。马路上现在到处都挤满了人,至少在酒馆那边的街道上是这样。人们源源不断地从街道高处，也就是卡尔早晨坐汽车来的地方拥了下来；而从街道低处，桥的那边也有人纷纷拥了过来；甚至连屋子里的人们也无法抵挡诱惑，想亲自参与此事，阳台和窗户旁边几乎只剩下妇女和儿童，而男人们则从下面的门口挤了出去。此刻，音乐和款待已经达到了目的，汇集的人群已经足够大了，一名站在两台汽车之间、被车灯照亮的领导者挥了挥手，制止了音乐，吹了一声响亮的口哨，现在可以看到那位扛着候选人的随从正通过一条被支持者打开的通道，匆匆地走了过来。

才到酒馆门口，候选人就在环绕着他的、由汽车灯光形成的狭小圈子里开始了新演讲。但是现在一切都比之前困难得多，因为扛着他的那位随从已经没有了一丁点活动的空间了，人潮实在太过拥挤。那些最初的支持者之前曾试图用各种可能的方法来增强候选人的演讲效果，现在却连接近他都要付出巨大的努力，大约有二十个人，他们都得用尽全力，才能待在扛着他的那位随从身边。但即使是这个强壮的随从也不能再按他的意愿迈出一步，他不能再通过特殊的转身或是适当的前进、后退来对人群施加影响。人群毫无章法地涌动着，一波又一波，没有一个人还能站直，因为新加入的人群，对手的数量似乎也增多了，扛着候选人的随从在酒馆门附近待了很长时间，但现在他看上去已经毫无抵抗力了，随着人群在前进的路上随意地忽上忽下地移动着，候选人还在不停地说话，但现在已经分不清楚他是在阐述自己的计划，还是在呼救；如果没看错的话，人群里已经出现了反对派的候选人，而且不止一个，因为在某些地方突然燃起的火光中，能看到一位面色苍白、双拳紧握的男子被高高抛起。他正在多方的欢呼喝彩声中发表自己的演讲。

"那儿究竟发生了什么事？"卡尔问道，喘着气，眼中充满困惑地看着他的看守者们。

"看这个小家伙多激动呀！"布鲁内尔达对德拉马歇说，然后抓住了卡尔的下巴，试图把他的头拉过来。但卡尔并不想这样，他用力摇晃着身体，下面街道上发生的情况让他也毫无顾忌了，他晃得十分剧烈，以至于布鲁内尔达不仅松开了手，还退后了一步，完全释放了卡尔。"现在你已经看够了，"她说，她显然是因为卡尔的行为而生气，"回房间去吧，铺好床，准备好休息前的一切。"她伸手指着房间，这正是卡尔想走的方向，几个小时以来他一直想去往的方向，他一言不发地缩回房间里。这时从街道传来一声巨响，是许多玻璃破碎的声响。卡尔忍不住跳回到了栏杆那里，又快速地朝下看了一眼。这是反对派成功的袭击，也许是决定性的一击，因为他们成功粉碎了支持者的汽车灯，之前这强烈的光线至少让一切都能呈现在公众面前，从而使一切都保持在一定的界限内，现在这些车灯竟然都被粉碎了。候选人和扛着他的随从现在都被这种朦胧又不确定的普通光线所环绕，那光线突然扩散开来，变得一片漆黑。现在连大致指出候选人所在的位置也不可能了。一阵突然响起的歌声从下面那座大桥缓缓地传了过来，那歌声非常悠扬整齐，这更增添了黑暗的迷惑性。

"我不是告诉你了现在该做些什么吗？"布鲁内尔达说，"赶紧的。我累了。"接着，她伸长手臂往上抬，胸部因此比平常更加隆起。德拉马歇仍然抱着她，他们挤在阳台的一角。罗宾逊跟着他们，想把还摆在那里的、他们吃剩下的食物推到一边。

卡尔一定要抓住这个大好的机会，现在可没时间往下看了，他待会儿在街上肯定还能看个够，而且看到的会比在阳台上能看到的要多得多。卡尔只用了两个跨步就跑进了映照着红色灯光的房间，但门却被锁住了，钥匙也被拔了出来。现在必须找到钥匙，可谁能在这种混乱中找到钥匙呢，更何况卡尔还只有如此宝贵的短暂时间！他现在本应该在楼梯上，本应该跑呀跑地下楼。但现在他却在找钥匙！他在所有能打开的抽屉里找着，翻动着摆放着的各种餐具、餐巾及一些未完成刺绣的桌子，还被一个堆满了各种破旧衣物的扶手椅吸引了过去，那里或许有那把钥匙，他却永远找不到，最后他转向了那张散发着恶臭的沙发，试图在每个角落和折痕里寻找那把钥匙。然后他停了下来，愣在了房间中央。布鲁内尔达一定是把钥匙挂在了腰带上，他自言自语地说，毕竟那里挂着那么多东西，现在这么找来找去都是白费工夫。

于是卡尔盲目地抓起了两把刀，把它们捅进门缝的上下两个位置，以获得两个相距较远的作用点。但卡尔随后一用力拉刀，那刀刃就断成了两截。这正是他想要的，现在他能更牢固地捅进刀刃的残端部分，会更好使力。然后他使出了浑身力气，张开双臂，又分开了双腿站立着，一边呻吟一边紧盯着那扇门。他知道门无法抵抗很久，他从门闩被越来越明显拨动的声音中也感受到了这一点。尽管事情进展得相对缓慢，但这才是最正确的，因为门锁千万不能被突然撬开，否则阳台上的人就会注意到这一点。最好让门锁慢慢地分开，这正是卡尔这样十分谨慎、想努力达到的目的，他的眼睛也越来越靠近门锁。

"你们瞧。"他听到了德拉马歇的声音。他们三人都站在房间里,窗帘在他们身后已经拉上了,卡尔一定是没有听到他们进来。看到他们时,他的双手不自觉地从刀上松了下来。然而,他根本没有时间说任何解释或道歉的话,因为德拉马歇急不可耐又愤怒地猛冲了过来,扑向了卡尔——他解开的睡袍带在空中描绘出一个大的图形。卡尔在最后一刻避开了袭击,他本可以从门里拔出刀来进行防卫,但他没有这么做,相反,他俯身跃起,抓住了德拉马歇宽大的睡袍领子,将它高高地提起,然后再往上拉——这件睡袍对德拉马歇来说太大了——现在他终于顺利地蒙住了德拉马歇的头,后者由于过分惊讶,一开始只是摸不着头脑地挥舞手臂,过了一会儿,才用拳头狠狠地砸向卡尔的背部,但这一拳还未发挥全面的效果,卡尔为了保护自己的脸而扑向了德拉马歇的胸口。卡尔忍受着击打,虽然他痛得一直扭动身体,而且那些击打还越来越重,但他怎么能不忍受呢,胜利就在眼前了。他双手压住了德拉马歇的头,大拇指恰好摁在对方的眼睛上方,把他推向了那最糟糕的堆着家具的杂乱处,同时,他还试图用脚尖把睡袍的带子缠在德拉马歇的脚上,让他跌倒。

因为他必须全神贯注地对付德拉马歇,尤其是感觉到对方的抵抗越来越强烈,而且自己还被这个敌对的身体越来越结实地顶住了,所以他的确忘记了他并不是只与德拉马歇一个人独处。然而,很快他就被提醒了,因为突然间他的脚不听使唤了,罗宾逊在他背后跪倒在地,大声喊叫着拽开了他的腿。卡尔叹息着从德拉马歇身上松开了,后者退后了一步。布鲁内尔达双腿分开站立着,膝盖略微弯曲,整个身体宽阔地雄踞在房间中央,一双眼睛闪着亮光，紧盯着战斗的过程。仿佛她真的参与了战斗，她深吸了一口气，用眼睛瞄准着对方，又慢慢地伸出了拳头。德拉马歇捋平了衣领，他的视线又重新清晰了，当然，现在已经不再是战斗，而只是一场惩罚。他从前面抓住了卡尔的衬衣，将他从地上提了起来，由于轻蔑，瞧都不瞧他一眼，将他猛地砸到了一个有几步远的柜子上，以至于在一开始，卡尔以为背部和头部的疼痛感是直接来自德拉马歇的手。他眼前渐渐暗了下来，他还听到德拉马歇大声喊道："你这个浑蛋！"在他筋疲力尽地倒在柜子前时，他耳边还弱弱地回响着"你等着瞧！"这几个字。

等他恢复意识时，他发现周围一片漆黑，可能还是深夜，淡淡的月光从阳台那边透过窗帘照了进来。可以听得到那三个熟睡的人平静的呼吸，其中布鲁内尔达呼吸得最响亮，她在睡梦中喘着气，就像她有时在说话时也会喘气，但要确定每个熟睡者所处的方向并不容易，因为整个房间都充满了他们的呼吸声。在稍稍了解了自己周围的环境后，卡尔才想起了自己，而他立刻被吓得很厉害，因为尽管他感到身体僵硬，疼痛难忍，但他从未想过自己可能受了重伤，还流了很多血。现在他头上有个沉重的负担，他的整个脸庞、脖子、衬衫下的胸膛都湿漉漉的，似乎是血。他必须到有光亮的地方来检查一下自己的状况，也许他已经被打瘸了，这样一来德拉马歇也许会愿意放他走，但他又该怎么办呢，这样一来他就真的再没有什么前途了。他想起了门外那个酒糟鼻小伙子，一时忍不住将脸埋在了双手里。

他不由自主地转向了门口，四肢着地摸索着、爬行着。很快，他的手指触到了一只靴子，再往前就是一条腿。这是罗宾逊,还有谁睡觉时穿着靴子呢?他被命令横躺在门前,阻止卡尔逃跑。难道他们不知道卡尔的状况吗?他暂时并不想逃跑,他只是想去有光亮的地方。既然不能出门,就只能去阳台了。

他发现餐桌已经被移到了一个和晚上完全不同的地方,卡尔小心翼翼地靠近了沙发,发现上面出乎意料地空无一人;然而,在房间中央,他撞到了一些堆得很高的衣物、毯子、窗帘、靠垫和地毯什么的,尽管压得很实,但仍然堆得很高。起初他以为那只是一小堆,像他晚上在沙发上发现的那样,可能是滚落到了地上;但令他惊讶的是,当他继续爬行时,他发现那里堆积着将近一整车这样的东西,可能是晚上它们从橱柜里被拿出来,白天再被塞进橱柜。他绕过那堆东西,很快就认出这整堆形成了一种类似床铺的东西,德拉马歇和布鲁内尔达就睡在这高高的一堆上面,现在他终于通过仔细触摸确认了德拉马歇和布鲁内尔达的位置。

现在他知道所有人都在哪里睡觉了,所以他赶紧去了阳台。当他爬过那堆窗帘,站到阳台上时,他感觉完全进入了另一个世界。呼吸着夜空清新的空气,沐浴在明亮的月光下,他在阳台上走了几趟。他向街上看去,那里一片宁静,从那家酒馆里还传来一些音乐,但声音十分微弱,门前有一个人正在清扫人行道。在这条小巷子里,之前晚上还声音嘈杂,甚至无法区分一位候选人的呼叫与其他成千上万的呼叫声,而现在却能清楚地听到扫帚在刮动石板路的声音。

邻居阳台上一张桌子的移动引起了卡尔的注意,有个人正坐在那儿学习。是一个长着一小撮山羊胡须的年轻人,他看书时还不断地快速翻动着嘴唇，同时不停地捻着小胡子。他面向卡尔坐在一张小桌子旁，桌子上摆满了书。他从墙上取下了白炽灯，夹在了两本大书之间，如此一来，他整个人都沐浴在耀眼的灯光里了。

"晚上好。"卡尔说，因为他以为那个年轻人朝他这边瞟了一眼。

但年轻人好像压根儿没有注意到他，他用手遮住了眼睛，以挡住灯光，并且想看看是谁突然跟他打了招呼。他抬起头，发现还是什么都看不到，于是就将白炽灯高举过了头顶，借着灯光照亮了隔壁的阳台。

"晚上好。"年轻人随后也打了个招呼，并且目光敏锐地盯着卡尔看了一会儿，接着他说道："有什么事吗？"

"我打扰你了吗？"卡尔问。

"当然，当然。"那个男子说，又将白炽灯放回了原来的位置。

他这样说确实是拒绝了继续谈话的可能，但卡尔仍然默默地站在阳台的角落里，那是离那个人最近的地方。卡尔默默地看着那个男子翻阅着书页，他快速翻阅着其他书，偶尔将一些笔记记在本子上，这时他总是令人惊讶地把脸深深地低下，凑近那个本子。

也许这个男子是个大学生？看起来他的确像是在学习。过去他在老家的时候也曾如此，在父母的餐桌旁坐着写作业，而父亲则在一旁看报纸，或是为一些协会记账或是处理商务上的通信往来。母亲则在忙着缝纫。为了不打扰父亲，卡尔只得将作业本和文具放在桌子上,将其他需要的书分别放在左右两边的椅子上。那里是多么安静啊!外人多么难得才会进去那个房间!从小,当母亲每晚用钥匙锁上家里的门时,卡尔就欢喜地一直瞧着。她根本无法预料到,卡尔现在已经沦落到了要试着撬开陌生的门的境地。

而他所有的学习又有什么意义呢?他已经忘记了一切;若要延续之前的学业,会非常困难。他记得,小时候他曾一直生病,连续一个月都没有上课。那时,他费了很大力气才恢复到以往的学习状态!现在,除了那本英文商务信函教材,他已经很久没再读书了。

"喂,年轻人,"卡尔突然听到有人叫他,那人说,"您能不能站到别的地方去?您一直瞪着我,让我非常难受。深夜两点钟了,人家还指望能在阳台上一个人安静地学习呢。您到底想和我说什么呢?"

"您在学习吗?"卡尔问道。

"是的,是的。"那个男子答道,一边趁着这个无法学习的时刻,给书籍重新整理了一下顺序。

"那我不打扰您了。"卡尔说,"我这就回房间去睡觉了。晚安。"

那人甚至没有再回答一句,在排除了这场干扰后,他马上决定继续投身于学习中,用右手沉重地托着额头。

就在快要走到门帘前时,卡尔才恍然想起了自己出来的原因——他居然还不知道自己到底伤得怎么样了。为什么他的头感到如此沉重?他向上一探,吃惊地发现,原来他并没有什么流血的伤口，并不像他在房间的黑暗中所担忧的那样，头上的只不过是一种湿乎乎的、类似头巾的东西，从那些零零碎碎地悬挂的穗穗来看，他头上绑着的东西似乎是从布鲁内尔达的一件旧衣物上撕下来的，而罗宾逊显然是匆匆地将其缠在了卡尔的头上。但他忘记了解开它，所以在卡尔失去意识的时候，大量的水流过了他的脸颊，流进了他的衬衫，这给卡尔带来了极大的惊吓。

"您还要站在这里吗？"那人问道，眯着眼看着他。

"我现在真的要走了，"卡尔说，"我只是想在这里看看我的伤口，房间里太暗了。"

"您到底是谁？"那人问着并把羽毛笔放在了他面前的书上，走到了栏杆边，"您叫什么名字？您是怎么认识那些人的？您在这里待了多久了？您究竟想看什么？请打开那边的灯吧，让我能好好看看您。"

卡尔这么做了，但在回答之前，他更紧地拉上了门帘，以防被里面的人发现。"对不起，"他轻声说，"我说得这么小声，是因为如果房间里面的人听到了，免不了又要吵一次架了。"

"又？"那人问。

"是的，"卡尔说，"我今晚已经和他们大吵过一架了。我头上肯定还有一个大包。"说完他摸了摸后脑勺。

"那你们究竟在吵什么呢？"那人问，看到卡尔没有立刻回答，他又补充道，"您可以完全信任我，把您对这些人的不满告诉我。我讨厌他们三个，尤其是那位夫人。而且要是他们没有挑唆您讨厌我，我会很惊讶的，我叫约瑟夫·门德尔，是个大学生。"

"是的,"卡尔说,"他们确实提到过您,但并没有说什么坏话。您曾经治疗过布鲁内尔达夫人,对吧?"

"没错,"大学生笑着说,"那沙发还有那种味道吗?"

"有的。"卡尔说。

"那倒是让我高兴,"学生说,一边用手抚摸了一下他的头发,"他们为什么要打您呢?"

"我们打了一架。"卡尔在思考着如何向学生解释。然后他中断了自己的话,问道:"我打扰您了吗?"

"首先,"学生说,"您已经打扰到我了,我很容易紧张,所以需要很长时间才能恢复过来。自从您开始在阳台上散步,我就无法继续学习了。其次,我总是在凌晨三点钟休息一下。所以您尽管说吧,我也很感兴趣。"

"事情很简单,"卡尔说,"德拉马歇想让我成为他的仆人,但我不想。我本该昨天晚上就离开。但他不让我走,还锁上了门,我想撬开它,然后我们就打了起来。我很不幸地还在这里。"

"您还有其他工作吗?"学生问。

"没有,"卡尔说,"但我并不在乎,只要我能离开这里。"

"您听听您的话,"那位学生说,"您不在乎这个?"接着两人沉默了一会儿。"那您为什么不想待在那些人身边呢?"学生问道。

"德拉马歇是个坏人,"卡尔说,"我早就认识他了。我曾和他一起徒步过一整天,当时能离开他我倍感庆幸。而现在却要我成为他的仆人?"

"但愿所有的仆人在选择雇主时都能像您这么挑剔！"大学生说，似乎在微笑，"您看，白天我在蒙特利的百货商店做销售员，还是地位最低的销售员，甚至说是跑腿也不为过。蒙特利肯定是个恶棍，但这并不让我烦恼，我心情很平静，只是气愤我的工资如此微薄。因此，您可以参考我的例子。"

"什么？"卡尔说，"您白天当销售员，晚上还要学习？"

"是的，"学生说，"别无选择。我已经尝试了各种可能，但这种生活方式仍然是最好的。几年前，我只是个学生，白天和晚上都学习，要知道，那时候我差点饿死，睡在一个肮脏的旧洞穴里，我都不敢穿着那时的衣服去大学教室。但那已经是过去的事了。"

"那您什么时候睡觉呢？"卡尔好奇地看着那位学生问道。

"啊，睡觉！"学生说，"等我毕业以后我就去睡觉。现在我得喝黑咖啡。"接着他转过了身，从书桌下面拿出了一个大瓶子，从里面把黑咖啡倒入了一个小杯子里，然后迅速地把咖啡一口喝掉，就像在匆匆吞下药物，以尽可能少地感受它的味道。

"黑咖啡真是个好东西，"学生说，"可惜您离得太远了，我没法分给您一点。"

"我不喜欢喝黑咖啡。"卡尔说。

"我也不喜欢，"学生说着笑了起来，"但如果没有它，我该怎么办呢？要是没有黑咖啡，蒙特利是不会留我在那里待一刻钟的。虽然这个蒙特利并不知道世界上有我这么个人。如果我不在抽屉里事先准备好一瓶和这瓶一样大的黑咖啡，还不知道我在商店里会有什么样的举动，因此我从未尝试过停止喝咖啡，但您大可以相信，没有咖啡的话，我很快就会躺在柜台后面睡着了。可惜我的同事们肯定已经猜到了，他们叫我'黑咖啡'，这是个蠢笨的玩笑，肯定已经阻碍了我晋升的机会。"

"那您何时能完成学业呢？"卡尔问道。

"进展缓慢。"学生垂下头说。他离开了栏杆，又回到了桌子旁坐下，将胳膊肘撑在了打开的书上，用双手顺了顺头发，接着说道："可能还需要一年到两年的时间。"

"我也想上大学。"卡尔说，好像这一点能让他有资格得到这位现在已经沉默的大学生更多的信任。

"这样啊，"大学生说，并不完全清楚他是否又开始继续读自己的书了，还只是心不在焉地盯着书看，"您该庆幸已经放弃了学业。其实我这几年来一直还在学习，只是出于坚持而已。我从其中得到的满足感很少，未来的前景更是渺茫。我究竟能有什么前景呢？美国到处都是骗子博士。"

"我本来想成为一名工程师。"卡尔迅速对那个似乎已经完全无法集中注意力的大学生说道。

"但现在您却要成为那些人的仆人了，"学生说，抬头看了他一眼，"这当然让您很痛苦。"

学生的这个结论显然是个误会，但或许卡尔可以借这个误会在这个学生这儿得到一些好处。于是他问："也许我也能在百货公司找到一份工作？"

这个问题让学生完全从书中抬起了头，他压根儿没想过能在卡尔找工作的事情上提供帮助。"您试试看吧，"他说，"或者，最好别试。在蒙特利公司找到这个职位，是我迄今为止最大的成功。如果我必须在学业和职位之间做出选择，我当然会选择这个职位。我所做的努力只是为了避免自己必须做出这样的选择。"

"原来在那里找到工作这么困难啊？"卡尔说，听起来更像是自言自语。

"哎，您在想什么呢，"大学生说，"在这里当个法官都比在蒙特利当个门房容易。"

卡尔沉默了。这个学生比他的经验丰富得多，可能是由于某些卡尔还不知道的原因，他憎恶着德拉马歇，而且这个大学生肯定不会对卡尔怀有恶意，却没有说出鼓励卡尔离开德拉马歇的话。而且他甚至还不知道卡尔还面临着会被警察抓走的危险，只有在德拉马歇这儿才能勉强得到一些保护。

"昨天晚上你看到楼下的那场示威了，是吗？如果不了解情况的话，人们会认为这个候选人——他叫罗布特——有一些胜算，或者至少他在被考虑之列，对吗？"

"我对政治一窍不通。"卡尔说。

"这是个错误，"大学生说，"但不管怎样，您还是有眼睛和耳朵的。那个人无疑有朋友也有敌人，这一点您一定能看得出来吧。而且，请想想吧，我觉得那个人当选的可能性微乎其微。我碰巧几乎知道关于他的一切，我们这儿恰好住着一个认识他的人。他并不是草包，从他的政治见解和政治生涯来看，他正是这个区最合适的法官。但没人认为他有可能当选，他会以最惨烈的方式落选，并将会为了选举花掉一些钱，仅此而已。"

卡尔和大学生沉默地对视了一会儿。大学生微笑着点了点头，用手揉了揉疲惫的眼睛。

"您还不去睡觉吗？"卡尔接着问。

"我还得继续学习呢。您看看我还有多少东西要学。"他快速地翻了半本书，想让卡尔了解还有多少任务在等着他。

"那么，晚安吧。"卡尔说，鞠了个躬。

"有机会来我们这儿做客吧，"大学生说道，他已经又坐回了书桌前，"当然，您感兴趣的时候再来。我们这儿总是有很多人，晚上九点到十点我也有时间陪你。"

"您觉得我应该留在德拉马歇这儿吗？"卡尔问。

"务必要留下。"大学生说道，然后低下头继续看他的书了。好像他并没有说出这句话一样，似乎是另外一个声音说出了这句话，那个声音更低沉，还在卡尔的耳边回响着。他缓缓地走向了窗帘，又看了一眼大学生——那时学生已经完全不动地坐在黑暗中的光亮处——然后溜回了房间。三个人的呼噜声迎接了他。他沿着墙壁寻找那张长沙发，找到后便舒服地躺了上去，仿佛那就是他习惯的床铺一样。大学生建议他留在这里，这位大学生很了解德拉马歇和这里的情况，而且他还是个受过教育的人，所以卡尔暂时并没有质疑。他没有像大学生那么高的目标，就算在家乡，他是否能顺利完成学业也未可知，而如果在家乡都不太能确定他是否能完成学业，那么没有人能要求他在国外能完成学业。但是，他希望能找到一个工作，在这职位上有所建树，并因此得到认可，这个希望肯定更大，如果他暂时接受德拉马歇的仆人的职位，或许可以在这个职位上安全地等待一个好机会。在这条街上，似乎有很多中低端的公司办公室，它们在选择员工时可能不会太挑剔。如果必要的话，他愿意在这里当个职员，但最终他也可能被选为纯粹的办事员，这种可能性也是有的。要是有一天成为办公室职员的话，他就能坐在办公桌的写字台上，无忧无虑地从敞开的窗户看外面的景色，就像他今天早晨穿过院子时看到的那位职员一样。当他闭上眼睛，他想到了令人感到安慰的一点，那就是他还年轻，德拉马歇总有一天会放过他的。这个家看起来真的不像是为永久定居而建的。然而，如果卡尔在一间办公室找到了这样一个职位，那么他只想专注于自己办公室的工作，而不会像这个大学生一样分散精力。如果有必要的话，他还愿意为了办公室的工作通宵达旦，因为他不足的商业素养，在一开始他也许就会被要求这么做。他只想关注自己为之工作的公司的利益，并承担所有工作，即使是那些其他办公室职员可能会不屑去做的工作。他满脑子涌动的都是这些好的决心，仿佛他未来的老板正站在长沙发前，从他的脸上读取他的志向一样。

在这样的思考中，卡尔睡着了，只在最初的半梦半醒之间，他被布鲁内尔达沉重的叹息声惊扰了一下，她似乎被沉重的梦境折磨着，在床上翻来覆去。

起来！起来！[1]

一大早，卡尔刚睁开眼睛，罗宾逊就喊道："起来！起来！"阳台的门帘还没有拉开，但是从缝隙里射进来的一道道均匀的阳光可以看得出来，上午已经过去很久了。罗宾逊急急忙忙地跑来跑去，还带着焦虑担忧的目光。他时而拿着毛巾，时而拿着水桶，时而拿着几件内衣和外衣，每次经过卡尔旁边时，他都尽量通过点头来鼓励他赶快起床，再高高地举起手里的东西表示今天是他最后一次替卡尔操持工作了，因为卡尔当然不可能在开始工作的第一个早晨就能了解到这项工作的所有细节。

卡尔很快就看到了罗宾逊实际上是在侍候谁。房间里有一个由两个柜子隔开的小隔间，卡尔之前从未见过这个隔间，里面正在进行一场盛大的沐浴。布鲁内尔达的头、光秃秃的脖颈——头发正好披散在脸上——脖颈的下半部分在柜子上露了出来，德拉马歇时不时地会举起手，手上握着一个泡沫四溅的洗浴海

---

[1] 在一些版本里，这一章也被列入残篇。

绵，他正用它帮布鲁内尔达洗澡、擦拭身子，还能听到德拉马歇对罗宾逊发出的简短指令。原本进入小隔间的正式通道被挡住了，罗宾逊要递东西进去时，必须挤过一个柜子和一面西班牙隔板之间的小缝隙，他每次递东西时都必须把脸侧向一边，然后把手臂远远地伸进去。"毛巾！毛巾！"德拉马歇大喊道。罗宾逊正要从桌子底下找些别的东西，这喊叫声吓得他把头从桌子下面伸出来，紧接着又听见："水呢？该死的！"同时德拉马歇气急败坏的脸从柜子上方露出来。在卡尔看来，洗澡和穿衣服通常只需用到一次的那些东西，在这里几乎都得按照各种可能的顺序被多次要求送进隔间。在一个小电炉上总是放着一个水桶，不停地在加热着水，罗宾逊还得不停地把这桶很沉的水提在两腿间，再运到洗澡间去。考虑到工作量，也难怪他不能一直完全按照命令办事，例如有一次，当里面又要毛巾的时候，他干脆顺手从屋子中间的大床上拿起一件衬衣，团成了一个大团就从柜子上面扔了过去。

但是德拉马歇的工作也很辛苦，也许正因如此，他才对罗宾逊如此恼火——在烦躁的时候，他完全忽视了卡尔——因为他自己也无法让布鲁内尔达满意。"啊！"她尖叫起来，即使是一直毫无参与感的卡尔也禁不住感到了一阵战栗。"你为什么弄疼我！走开！我宁愿自己洗，也不愿受这个罪！现在我又抬不起胳膊了。你压得我很难受。我的背一定都青紫了。当然，你不会告诉我这些。等着，我会让罗宾逊或者那个小家伙来看看的。不，我不会这么做，但你得手下留情一点。德拉马歇，我每天早上都得重复一遍，请你注意一下，但你总是不注意。——罗宾逊！"

她突然叫道，在头顶上挥舞着一条蕾丝内裤，"快来帮帮我，你看我受的罪，他称之为洗澡，这个德拉马歇！罗宾逊，罗宾逊，你在哪儿，你的同情心呢？"卡尔默默地对罗宾逊打了个手势，示意他过去，但罗宾逊低着头，不以为然地摇了摇头，他知道该怎么做。"你在想什么？"罗宾逊倾身凑到卡尔耳边说，"她不是这个意思。我只去过一次，从此就再也不进去了。那次他们两个抓住了我，把我扔进了浴缸里，弄得我差点淹死。有好些天布鲁内尔达还一直责骂我无耻，她一再地说'你倒是好久没和我一起洗澡了'或者'你什么时候再来看我洗澡？'，直到我几次跪下请求她，她才罢手。这件事我可不会忘记。"

而在罗宾逊讲述这件事的时候，布鲁内尔达还不时喊着："罗宾逊！罗宾逊！这个罗宾逊怎么还不来？"

尽管没有人来帮她，甚至没有人回应她——罗宾逊已经坐到了卡尔身边，两人都默默地看着那些柜子，偶尔布鲁内尔达或德拉马歇的脑袋会从柜子上面冒出来——尽管如此，布鲁内尔达还是不停地大声抱怨着德拉马歇。"德拉马歇啊！"她喊道，"现在我根本感觉不到你在给我洗澡。你把海绵放哪儿了？快使点劲！要是我能弯下腰，我就能自己动！我会告诉你应该如何洗。还记得小时候，我每天早上都在父母家旁边的科罗拉多河里游泳，那时候我是所有朋友里最灵活的一个。现在呢？德拉马歇，你什么时候才能学会给我洗澡？你把海绵甩来甩去的，你得使点劲，因为我什么都感觉不到。当我说你不应该压疼我的时候，我也不是说我想这么站着受冻。你看着吧，我会从浴缸里跳出来，就这么跑掉！"

然而，她并未实施这个威胁——说实话，她一个人是做不到的——德拉马歇似乎是出于怕她着凉的考虑，抓住她并把她压回了浴缸里，因而传来了浴缸里的水猛地溅起的声响。

"你就会这一招，德拉马歇，"布鲁内尔达稍微低声地说，"如果你做错了什么事，就拼命地一次次讨好我。"然后安静了一会儿。"现在他在亲她了。"罗宾逊扬起了眉毛说。

"现在要做什么呢？"卡尔问道。既然他已经决定留下来，就想立刻开始承担自己的职务。罗宾逊没有回答，于是卡尔让他一个人待在沙发上，自己开始动手把那个"大床铺"拆散，它经过了漫长的夜晚已经被压得变了形，然后把这堆东西中的每一件都整整齐齐地叠起来，可能已经几周没人这么做过了。

"快去看看，德拉马歇，"布鲁内尔达说，"我觉得他们在拆我们的床。在这儿就得什么都考虑到，没有片刻安静。你得对他们更严格，否则他们会为所欲为。""肯定是那个小家伙积极过了头了！"德拉马歇喊道，他可能想要一下子从洗澡间里冲出来，卡尔已经把手里的东西全扔了，幸运的是，布鲁内尔达说："不要离开，德拉马歇，不要离开。天啊，水好烫啊，让人筋疲力尽。陪着我，德拉马歇。"卡尔这才注意到，柜子后面有水蒸气一直不断地升起来。

罗宾逊惊慌失措地把手放在脸颊上，好像卡尔做了一件非常糟糕的事情。"把一切都恢复原状！"德拉马歇的声音响起，"难道你们不知道，布鲁内尔达在洗澡后总要休息一个小时吗？事情简直被弄得一团糟，等我来收拾你们！罗宾逊，你可能又在做梦了！就是你，我会让你为发生的一切负责。你得管住这个小

245

子，不能让他按自己的想法来做家务。当我们需要什么的时候，跟你们要不来；当没什么事的时候，你们倒是特别勤快。你们快找个地方躲起来吧，等我们需要你们的时候再出来！"

但是，这一切随即都被忘掉了，因为布鲁内尔达突然用很疲惫的声音低声说道："香水呢？把香水拿来！""香水！"德拉马歇大吼道，"你们动作快点！"好的，但香水在哪里呢？卡尔看了看罗宾逊。罗宾逊看了看卡尔。卡尔意识到他必须独自处理这一切，因为罗宾逊完全不知道香水在哪里，他只是简单地趴在地上，用手臂在沙发下面到处摸索，但弄出来的只不过是一团团灰尘和女人的头发。卡尔首先赶紧走到了门旁的洗脸台旁，但是抽屉里只有一些旧的英语小说、杂志和曲谱，抽屉被东西塞得满满的，一旦打开，就无法关上了。与此同时，布鲁内尔达叹息道："找个香水，居然花了这么长时间！我今天还能找得到我的香水吗？"在布鲁内尔达如此不耐烦的情况下，卡尔当然不敢仔细去搜查任何地方，只能依赖初步的印象去找。洗手盆上没有香水瓶，洗手盆上放着的只是一些装着药物和药膏的旧瓶子，其他的东西肯定已经被拿到洗漱间里去了。也许香水瓶子在餐桌的抽屉里。但是，在前往餐桌的路上卡尔一心只顾着找香水，脑子里没有别的东西，他猛地撞上了罗宾逊，罗宾逊终于放弃了在沙发下的寻找，他似乎突然凭直觉知道了香水的位置，于是盲目地朝卡尔跑了过来。他们的头狠狠地撞在一起，卡尔没有出声，罗宾逊虽然没有停下脚步，但还是不停地大声尖叫，也许是为了缓解疼痛。

"找不到香水，他们反倒打了起来，"布鲁内尔达说，"我已经受够这样的生活了，德拉马歇，我肯定会死在你怀里。"她接着鼓起精神大声说："我一定要拿到那瓶香水！无论如何都非拿到它不可，不然我就不从浴缸里出去，哪怕我要待到晚上。"说罢她便用拳头猛击水面，使得水花四溅。

然而那瓶香水也并不在餐桌的抽屉里。虽然那儿摆的都是些布鲁内尔达洗漱打扮的用品，如旧粉扑、化妆盒、发刷、小鬈发及许多纠缠不清并粘连在一起的零碎物件，就是没有香水的踪迹。罗宾逊也同样没找到，他还在大约上百个堆砌在角落里的盒子和小匣子里一一寻找，把它们一个个地打开检查，里面总有半数的东西掉落在地板上，大都是些缝纫工具和书信什么的。他不时地摇摇头或是耸耸肩，告诉卡尔他什么都没找到。

这时德拉马歇穿着贴身衣物从洗澡间里走了出来，同时还能听到布鲁内尔达的抽泣声。卡尔和罗宾逊停止了寻找，看向了德拉马歇。他浑身都湿透了，脸和头发也在滴水，他大喊道："现在赶快开始找吧！""这里！"他先是要求卡尔去找，然后又说："那里！"要求罗宾逊去找。卡尔的确也开始寻找了，并且又检查了罗宾逊已经被指派寻找的地方，然而他们俩都没发现那瓶香水。而罗宾逊比起完成任务来，更致力于从侧面盯着德拉马歇的表情，德拉马歇只是在房间里来回地走着，肯定恨不得把卡尔和罗宾逊都痛打一遍。

"德拉马歇！"布鲁内尔达喊道，"快过来帮我擦干身体！最后这两个人没找到香水，反倒会把一切搞得一团糟。跟他们说不要再找了，立刻！而且要把所有东西都放下！什么都不要再碰了！他们这么搞，简直会把房间弄成猪圈。德拉马歇，如果他们不停手,你就揪住他们的衣领!他们竟然还在继续弄,刚刚又有个小盒子掉地上了。现在让他们放下那些盒子,一切都别再有变动了,然后赶紧离开这个房间!跟在他们后面把门反锁上,然后到我身边来。我已经在水里泡了太长时间,腿都冻得快没知觉了。"

"好的,布鲁内尔达!我马上就来!"德拉马歇答道,并急忙把卡尔和罗宾逊送出了房间。在他们离去之前,他还委托他们去取早餐,并帮布鲁内尔达借到一瓶好香水。

"你们这里真是又脏又乱,"卡尔在走廊里说道,"等我们把早餐拿回来后,一定要收拾收拾。"

"要是我不这么痛就好了!"罗宾逊说,"这算是什么待遇!"显然是布鲁内尔达对待卡尔和对待他并无区别这事让他早就心生不悦了。但这也是他自己活该,卡尔说:"你得振作一点。"为了不让他们陷入绝望,他接着说:"这事应该还算是在可承受范围内。我会在柜子后面为你铺个床铺,只要把东西整理好一点,你就可以整天躺在那里,什么事都别管,很快就会康复的。"

"现在你也明白我的处境了,"罗宾逊说,他把脸转向了卡尔,好让自己和内心的痛苦能够共处,"可是他们难道会让我安静地躺着吗?"

"如果你愿意,我会亲自去跟德拉马歇和布鲁内尔达谈谈这件事。"卡尔说。

"布鲁内尔达哪会考虑我们的感受?"罗宾逊喊道,并且他没提前告诉卡尔,就用拳头猛地推开他们刚走到的一扇门。

他们走进了一间厨房，厨房的灶台似乎需要维修，上面正冒着一团团黑烟。在灶门前跪着一个卡尔昨天在走廊里见过的女人，她正徒手往火里加着较大的煤块，还从各个方向查看火焰的情况，不时还叹着气，因为那个跪姿对老人来说很不舒服。

"可恶，这个磨人精又来啦。"她看了眼罗宾逊说道。她费劲地站了起来，用围裙包住了灶门把手，把手搭在灶门上，关上了门，说："现在下午四点了，"卡尔瞪大了眼睛望着厨房的钟，"你们还要吃早餐？你们这帮家伙！"

"那就快坐下吧，"然后她说，"等我有空了再给你们弄吃的。"

罗宾逊拉着卡尔坐在了靠门的一张小板凳上，低声对他说："我们必须听她的。我们的房子可是跟她租的，她自然能随时赶我们出去。但我们可没法搬家，要怎么处理所有那些东西呢，最重要的是我们根本搬不动布鲁内尔达。"

"那在这条走廊里难道没有别的房间可租吗？"卡尔问道。

"谁会接受我们啊？"罗宾逊回答道，"在整栋楼里都没人愿意收留我们。"

于是他们就这么静静地坐在小板凳上等待着。那个女人不停地在两张桌子、一个洗衣槽和灶台之间跑来跑去。从她的叫嚷声中，他们得知她的女儿身体不适，因此她必须一个人做所有的工作——要服务三十个租客，并提供他们所需的一切。现在火炉又出了故障，食物怎么也做不好，那两口大锅正熬着浓稠的汤，然而无论这个女人多么频繁地用舀汤的勺子搅拌、让它从高处流下去，那汤就是煮不熟。一定是火候不够，因此她坐在炉灶前面的地上，不停地用火钩搅动着烧红的煤炭。厨房里烟雾弥漫，呛得她不停地咳嗽，有时她咳嗽得非常严重，不得不抓住一把椅子，连续好几分钟除了咳嗽什么也做不了。她嘴上不停地说今天的早餐她已经没法再提供了，因为她既没有时间也没有兴致。卡尔和罗宾逊奉命来拿早餐，但又无法强迫她去做，所以他们只能不回应她的话，而是像之前那样安静地坐着。

在椅子和脚凳上，还有它们周围、桌子上面和下面，甚至连角落里的地板上，都堆放着房客们还没洗过的早餐餐具。有些小壶里可能还有一点咖啡或是牛奶，几个小碟子上还有些黄油残渣，从一个倒下的大铁罐里滚出了很多饼干。用这些东西也能拼凑出一顿早餐了，只要布鲁内尔达不知道它的来源，那就不会有什么好挑剔的。卡尔正这么想着，随即看了一眼钟表，这才发现他们已经在这儿等了半个小时了，而布鲁内尔达可能已经在发脾气了，并且让德拉马歇来收拾这两个仆人，这时那个女人一边咳嗽一边对他喊道："你们可以坐在这儿，但是你们可拿不到早餐。不过，再过两个小时你们就能拿到晚餐了。"

"来吧，罗宾逊，"卡尔说，"我们自己拼凑个早餐出来吧。""什么？"妇女低头问道。卡尔说："请您也讲讲道理，您为什么不肯给我们早餐呢？我们已经等了半个小时了，已经等得够久了。我们该付给您的钱都付清了，而且无疑我们付的价格比其他任何人都高。我们这么晚吃早餐确实给您带来了困扰，但我们是您的房客，有晚吃早餐的习惯，您也得稍微为我们做一些调整吧。由于您女儿生病，今天对您来说固然特别困难，但我们也愿意在这里用剩余的食物来凑齐一份早餐，毕竟也没有其他办法了，您也不肯给我们准备新鲜的食物。"

然而，那个女人并不想与任何人进行友好沟通，那些普通剩下的早餐似乎对这些房客来说都太好了；但另外，她也已经受够了这两个仆人的纠缠不休，于是抓起一个托盘，朝罗宾逊的身上猛地一推。过了一会儿，罗宾逊痛苦地扭过脸，他这才明白他应该拿住这个托盘，以接受这个妇人要挑选的食物。那妇人匆匆忙忙地在托盘上装了很多东西，但整个摆盘看起来更像是一堆脏了的餐具，而不像是一份准备端上桌的早餐。接着女人驱赶着他们出去，他们弯腰驼背地快速朝门口走去，生怕被辱骂或挨打，卡尔从罗宾逊手中拿过了托盘，因为他觉得在罗宾逊手里它似乎不够安全。

当他们离房东的门口足够远后，卡尔把托盘放在了地上，随即坐在了走廊的地板上，以便把托盘弄干净，随后他把相关的食物放在一起，也就是把牛奶都倒在了一起，把剩下的黄油都刮到一个盘子里，然后清除使用过的痕迹，即擦干净刀子和勺子，把被咬过的面包切平，让整盘食物看起来更好一些。罗宾逊认为他的举动毫无必要，并坚称他们之前早餐的摆盘看上去更糟糕，但卡尔没有因为他的话而停止，还十分庆幸罗宾逊不会用他那脏兮兮的手指掺和进来。为了让他安静下来，卡尔给了他一些饼干和一个之前装着巧克力酱的小罐子，罐子底还剩了厚厚一层，不过卡尔也告诉他，只会给他这么一次。

等他们来到了家门口，罗宾逊直接把手放在了门把手上，卡尔阻止了他，因为毕竟不能确定他们是否可以进去。"可以的，"罗宾逊说，"现在他只是在帮她梳头。"果然，布鲁内尔达在这间仍未通风的房间里,大叉着双腿坐在扶手椅上,德拉马歇站在她身后,低垂着头,为她梳理那头凌乱而短的头发。布鲁内尔达又穿着一条宽松的裙子,这次是淡桃红色的,也许比昨天的那条要短一点,至少一直到膝盖,都能看到她那双白色的粗线袜子。梳头时间太长让布鲁内尔达变得不耐烦了,她用厚厚的红舌头在嘴唇间舔来舔去,有时甚至会大喊一声:"哎呀!德拉马歇!"就从扶手椅中完全挣脱了出来,德拉马歇则举着梳子静静地等着她重新坐回原位。

"你们去了这么长时间啊,"布鲁内尔达面带严肃地说,接着又特别对着卡尔说道,"如果你想让别人对你满意的话,你就得动作快一点。你可不能以这个懒散贪吃的罗宾逊做榜样。你们一定已经在某个地方吃过早餐了吧!我告诉你们,下次我可不容许这样。"

这话太不公平了,罗宾逊也摇了摇头,他的嘴唇张张合合,但没有发出声音,然而卡尔明白,唯一能影响主人的方法就是让他们看到毋庸置疑的工作成果。于是,他从一个角落里拿出一个低矮的日式小桌子,铺上了一块布,并把带回来的东西摆放在了上面。谁要是见过这份早餐的来源,肯定会对现在的这个摆盘感到满意,否则的话,就像卡尔必须承认的那样,还是有可以挑剔之处的。

幸好布鲁内尔达饿极了。卡尔准备食物时,她就欣慰地点了点头,还没等他准备好,布鲁内尔达就不时地提前用她那软软的、胖胖的手去抓一口食物,那只手简直能把所有的东西都压碎。她的这一举动总是会妨碍到卡尔的动作。"他做得很好。"

她含糊地说着,然后拉着德拉马歇坐到旁边的椅子上,他把仍插在头发里的梳子留在那里,供稍后使用,看到食物后,德拉马歇也变得友善了许多,他们两个都很饿了,手忙脚乱地伸手在桌子上来回地乱抓。卡尔意识到想要让他们满意,只需要尽可能多地带些食物回来。他想起在厨房里地板上还留着各种能吃的食物,于是说:"第一次我还不知道要如何摆放这些食物,下次我会做得更好。"但在说话的同时,他想起了他正在和谁说话,他太过拘泥于这件事情本身了。布鲁内尔达满意地向德拉马歇点了点头,然后奖励给了卡尔一把饼干。

残篇

I　布鲁内尔达的出游

有一天早晨，卡尔推着布鲁内尔达乘坐的移动病床车走出了大门。此时已经比他预计的时间晚了许多。他们原本打算在夜间出行，以免在白天引起街头巷尾的闲言碎语，虽然布鲁内尔达本想用一条大灰毯子低调地遮住自己。然而，走楼梯搬运这个步骤耗费了太多时间，尽管那位大学生热心地提供了帮助，但从这件事上可以看出，他的体力比卡尔弱得多。布鲁内尔达表现得非常勇敢，几乎没怎么呻吟，还尽力给两位搬运人员减轻了负担。然而，他们还是不得不每走五个台阶就把她放下来，给自己和她都留有一些必要的休息时间。那是一个寒冷的早晨，走廊里穿梭着如同地下室般冷冽的空气。尽管如此，卡尔和大学生还是早已汗流浃背。在休息的时候，他们接过布鲁内尔达好心递来的毯子的一角，用它擦掉了自己脸上的汗水。这使得他们花了整整两个小时才抵达楼下，而头一天晚上，他们就把小车停在了那里。将布鲁内尔达移动到车上还得付出一些力气，但接下来总算可以说是大功告成了。由于移动病床车有较高的车轮，所以推车应该不会太困难。唯一的顾虑在于，布鲁内尔达乘坐的床车会不会因为承受不住重压而瓦解。不过，必须承担这个风险，因为他们也无法再带一台备用床车出行了，大学生半开玩笑地表示，他愿意准备和操控一台备用床车。但是现在他们要和大学生告别了，这场告别也颇为热情。布鲁内尔达和大学生之间所有的不愉快似乎都已经被遗忘了。大学生甚至为在布鲁内尔达生病时的冒犯道了歉，可布鲁内尔达却表示这一切她早就忘了，而且也已经得到补偿了。最后，布鲁内尔达请求大学生接受一枚一美元的硬币作为纪念，这枚硬币是她费了好大的劲儿才从她那层层叠叠的裙子里翻出来的。这对以吝啬出名的布鲁内尔达来说，是个非同小可的礼物。大学生实际上也为此感到非常高兴，从而将硬币高高地抛向了空中，然而，接下来他又不得不在地上寻找这枚硬币，卡尔也过来帮忙，最后还是卡尔在布鲁内尔达的床车下面找到了它。当然，卡尔和大学生之间的告别则要简单得多，他们只是握了握手以示告别，并相信以后他们还会见面的，到那时，至少他们当中的一个——大学生认为是卡尔，卡尔则认为是大学生——会有值得称道的成就，只可惜这情况迄今为止还未曾发生。然后，卡尔鼓起勇气，抓住了车把，把床车推出了大门。大学生一直目送着他们，还挥着一块手帕。卡尔一边推车一边频频回头朝他点头致意。布鲁内尔达也很想回头，但这样的举动对她来说太费劲儿了。为了让她也能有一个最后告别的机会，当他们走到街尾时，卡尔将床车转了过去，这才得以让布鲁内尔达看见大学生。大学生也利用这个机会，猛烈地挥舞着手帕告别。

随后卡尔说，现在他们不能再耽搁了，毕竟路途还很长，而且他们出发的时间比原计划晚了很多。事实上，路上已经可以看到零零散散的车辆和去上班的人了。卡尔并没有什么别的意思，只是说出了实际情况，然而布鲁内尔达却因为自己的敏感而将其过度解读成了另一层意义，并用灰色的布完全遮住了自己。卡尔并没有反对。被灰色布遮住的床车虽然非常显眼，但毕竟比露出来的布鲁内尔达强得多。他推车时非常小心，在拐弯之前，他会先观察下一条街道，如果需要，甚至会让车停下来，然后独自走几步。如果他预见到可能会有什么不愉快的遭遇，他就会等到可以避免再走，或者甚至选择走一条完全不同的街道。尽管如此，由于他事先仔细研究了所有可能的路线，他从未陷入走冤枉路的境地。当然，也出现了一些事先担心过但又无法预料到的障碍。比如在一条视野开阔、略有上坡的街道上，卡尔正打算特意加快速度以利用这个优势，然而一个警察会突然从一户人家的阴暗角落里跑出来，询问卡尔那辆被如此仔细遮盖的床车上究竟装了什么。然而当警察揭开遮布，看到布鲁内尔达激动又害怕的脸时，他不由得笑了出来。"瞧，"警察说，"我以为车上装了十袋土豆，结果却只是一个女人。你们要去哪里？你们是谁呀？"布鲁内尔达甚至不敢看那个警察，只是一直看着卡尔，明显怀疑连他也救不了她。卡尔对付警察已经有了足够的经验，他认为整件事并没有什么大问题。"小姐，"他说，"请您出示一下您收到的那个证件。""哦，好的。"布鲁内尔达说着，就开始找那份文件，但是她的翻找真让人绝望，这样一来，她看起来的确很可疑。警察毫不怀疑地讽刺道："这位小姐肯定找不到那个文件了。""哦，不，"卡尔平静地说，"她肯定有，只是不知道放在了哪里。"他自己也帮着找了起来，果然从布鲁内尔达的背后抽出了那份文件。警察只是匆匆看了一眼。"原来是这样，"警察笑着说，"原来这位小姐是这样的一位小姐？那么您，您这个小家伙负责交流和运输？难道您真的找不到更好的工作了？"卡尔只是耸了耸肩，这里的警察以喜欢多管闲事而著称，这又是他们开始插手的信号。既然没有得到回答，警察于是说："好吧，祝你们一路顺风。"警察的话里可能有些蔑视，于是卡尔也没有道别，就继续往前走了，警察的蔑视远比对他们的关注好得多。

不久之后，他又遇到了一件更不愉快的事情。有个人推着一辆装满了大牛奶罐子的车子靠了过来，他非常想知道卡尔车子上的灰布下面藏着什么。尽管这名男子不太可能与卡尔同路，但无论卡尔如何出其不意地突然转弯，他都始终紧随其侧。起初，他只是发出些感叹，比如"你一定推着很沉的东西！"或者"你装车装得不太好，上面有东西要掉出来了！"后来，他直接问道："你那块布下面藏着什么？"卡尔回答："关你什么事？"但这个回答让这个男人更加好奇了，最后卡尔说："是苹果。""这么多苹果！"男人惊讶地说，一再地重复这句话。然后他说："这简直就是一整批的收成。""是啊。"卡尔说。不过，或许是他不相信卡尔的话，又或许是他想激怒卡尔，他还是继续跟着，边走还边伸手去碰那块布，最后甚至敢直接去轻轻拉扯那块布。布鲁内尔达为什么要受这种罪啊！为了顾及她，卡尔不想与这个男人发生争执，于是把车推进了最近的一个大门，好像那儿就是他要去的地方。"我到家了，"他说，"谢谢你的一路陪伴。"那个男人愣住了，站在大门前看着卡尔，卡尔表现得很镇定，仿佛有必要的话，他就会穿过这第一个院子。那个男人再也无法怀疑什么了，但为了最后一次满足他的坏心思，他放下了自己的车子，踮着脚尖追着卡尔，猛拉那块布，这差点让布鲁内尔达的脸露了出来。"给你的苹果透透气吧。"他说着又跑了回去。卡尔也只好忍下了这口气，因为这使他最终摆脱了这个男人。随后他把车推进了院子的一角，那里有几个又大又空的箱子，他想趁机在那些箱子的掩护下，对还蒙在布里的布鲁内尔达说几句安慰的话，让她放心。但他不得不花了很长时间去劝说她，因为她泪水涟涟，严肃地请求他一整天都待在这些箱子后面，等到夜里再继续前行。单靠他一个人也许是没法让她知道这么做是多么不靠谱的，直到有人从这一堆箱子的另一头把一个空箱子砸在了地上，还发出了巨大的声响，这可把她吓坏了，再也说不出一句话，于是她又用布盖上了自己，当卡尔立刻推车离开时，她也许还满心欢喜。

现在街道上越来越热闹了，但车子引起的注意并不像卡尔曾担心的那么大。也许选择其他时间来运输会更加明智。如果以后再需要这样推车送人，卡尔打算鼓起勇气在中午时分进行。在没有遇到太大困扰的情况下，他终于拐进了25号公司所在的那条狭窄、昏暗的巷子。管理员手持钟表站在门前，斜着眼睛看着手表。"你总是这么不准时吗？"他问。卡尔说："遇到了一些阻碍。"管理员说："众所周知，总是有这样或那样的阻碍。但在这个公司里，它们可不能用做借口。请记住这点！"对于这种谈话，卡尔几乎没听进去，每个人都充分利用自己的权力去辱骂那些卑微的人。习惯了这种环境后，它听起来跟规律的钟声也没什么不同。然而，当他把车子推进走廊时，尽管他原本就料到会有这种情况，但这里的肮脏还是让他吃了一惊。但仔细看的话，这里的肮脏确实是让人摸不到的。走廊的石地板几乎打扫得很干净，墙壁的油漆并不陈旧，人造棕榈树上的灰尘也不多，然而一切都油腻得令人讨厌，仿佛一切都被恶劣地使用过，再多的清洁也无法弥补。卡尔无论到了什么地方，都喜欢单纯地思考能做些什么改进，以及要是能介入这种改进是多么让人高兴，尽管这可能会招来无穷无尽的工作。然而这次，他不知道该怎么改善了。他慢慢地取下了盖着布鲁内尔达的布。"欢迎，小姐。"管理员矫揉造作地说，毫无疑问，布鲁内尔达给他留下了好印象。当布鲁内尔达注意到这一点时，卡尔满意地看到，她马上就明白了应该如何利用这一点。她在过去的几个小时里的所有恐惧都消失了。

II 俄克拉荷马的自然剧场

卡尔在一个街角看见了一张海报，上面写着："今天早上六点到午夜，将在克莱顿赛马场举行俄克拉荷马州剧院的招聘活动！俄克拉荷马州的大剧院呼唤着你们！只有今天，仅此一次！错过现在的机会，机会永不再来！谁憧憬未来，谁就属于我们！我们欢迎每个人！想成为艺术家的请来报名！我们是能够让每个人物尽其用的剧院！选择我们的人，我们在此祝贺你们！但动作要快，才能在午夜之前被准许入场！午夜十二点一切都将关闭，再也不会开放！谁要是不相信我们，那就后果自负！快来克莱顿吧！"

虽然有很多人站在海报前，但似乎没有太多反响。这里有很多海报，但没什么人相信。而这张海报比其他海报更令人难以置信。然而，尤其令人无法接受的是，海报上对工资只字未提。假如他们的薪资稍有一点吸引力的话，那么海报上肯定会提到的，这种吸引人的点一定不会被遗漏。没人想成为艺术家，但每个人都希望拿到工作报酬。

但对于卡尔而言，这张海报仍然具有很大的吸引力。因为上面写着"我们欢迎每个人"。也就是说，是包括卡尔在内的每个人。他过去所做的一切都已成为过去，没有人会再因此而责怪他。他可以去应聘一份体面的工作，一份可以公开招募的工作！同样，海报上也公开承诺会接受他。他没有更高的要求了，只是想为自己找到一份体面的工作，作为职业生涯的起点，这显然是一个机会。尽管在海报上大肆宣扬的话语可能是虚假的，就算俄克拉荷马州的大剧院只是个小小的巡回马戏团，但它愿意招募人员，这就足够了。卡尔没有再读那张海报，却再次找到了那句话："我们欢迎每个人！"

起初，他想步行前往克莱顿，但那需要三个小时的紧张步行，或许他刚刚走到，就会发现所有职位都已经招满人了。根据海报上的信息，招聘人数并无限制，但所有类似的招聘广告都是这样写的。卡尔意识到，要么放弃这份工作，要么就必须乘车赶过去。他重新数了数手头的钱，如果没有这次行程，他的钱还够用八天，他将硬币在手中抛来抛去。一个看了他一会儿的先生拍了拍他的肩膀说："祝你去克莱顿的行程一切顺利。"卡尔默默地点了点头，继续数着钱。但他很快做出了决定，数出了车费所需的钱，然后飞速地跑去乘地铁了。

当他在克莱顿下车时，他立即听到了许多号角的噪声。那些号角声混乱不堪，不同的号角之间也没有协调音准，似乎就是在乱吹。但卡尔并不在意，事实上，这进一步证实了俄克拉荷马州剧院是一个大企业。然而，当他走出车站大楼，眺望着眼前的整个场地时，他发现一切比他想象的还要大得多，他无法理解一个企业为了招聘员工竟然会舍得如此巨大的花费。在赛马场的入口前面，有一个长而低矮的舞台，数百名身着天使服装的女人站在上面，她们身披白色长袍，背上插着大翅膀，吹奏着长长的金色号角。她们并未直接站在舞台上，而是每人都站在一个基座上，但基座无法被看到，因为天使服装的长长飘带完全将其遮盖住了。由于基座非常高，大概有两米，女人们的身材显得十分大，只有她们小小的头略微削弱了这些高大的形象，她们那肆意披散的头发垂落在两只大翅膀之间和两侧，也显得很短，近乎可笑。为了避免单调，她们还使用了各种不同高度的基座。有些即使在基座上的女人也非常矮，只比真实的女人高了一点，而她旁边的其他女人则高得让人觉得一阵轻风就能把她们吹倒。而现在，这些女人都在吹奏着号角。

听的人并不多。大约有十个小伙子正在舞台前来回走动，他们抬头仰望着那些女人，与她们巨大的身材相比，他们显得很矮小，且他们似乎并没有被招募进去的打算。只有一个年纪稍长的男人站在场地边。他还带着他的妻子和一个坐在婴儿车里的小孩。他妻子一手拉着婴儿车，一手搭在丈夫的肩膀上。他们虽然在欣赏这场表演，但可以看得出来他们感到失望。他们原本也许希望找到一份工作，但这番吹号角的场景让他们迷惑不已。

卡尔也处在同样的境地。他走到那男人跟前，听了一会儿号角声后说道："这里是俄克拉荷马州剧院的招聘处吗？"

"我也是这么以为的，"那男人说，"不过我们已经在这里等了一个小时了，只听到这些号角声，到处都看不到海报，也没有负责招聘的人，更没有人能提供消息。"

卡尔说："也许他们在等人聚集得更多一点。现在这里的人确实很少。"

"有可能。"那男人说，然后他们又再度沉默了。在号角声的嘈杂中，很难听清楚别人在说些什么。但后来，那女人悄悄对她的丈夫说了一句话，丈夫点了点头，她就随即向卡尔喊道："您能不能去赛马场那边问问招募在哪里进行？"

"好的，"卡尔说，"但我得穿过舞台，穿过这些天使。"

"这有那么难吗？"女人问道。

她认为对卡尔来说，这条路似乎并不困难，但她不想让她的丈夫去。

"那好吧，"卡尔说，"我去吧。"

"您真是太好了。"那女人说，她和丈夫都握了握卡尔的手。

那些小伙子跑了过来，想近距离看看卡尔是如何爬上舞台的。那些女人仿佛吹奏得更大声了，似乎在欢迎这些第一批来应聘工作的人。而当卡尔正好从那些基座旁边走过时，那些女人甚至把号角从嘴边移开了，朝侧面弯下了身子，来给他让路。在舞台的另一端，卡尔看到一个男人正焦躁地走来走去，显然他只是在等人们过去，好为他们提供一切可能想要的信息。卡尔正打算朝他走过去，这时他听到有人在上面喊他的名字。

"卡尔！"一个天使喊道。卡尔抬头看去，惊喜地笑了。那是梵妮。

"梵妮！"他喊道，并举起手来向她挥手致意。

"快过来！"梵妮喊道，"你不会打算就这么从我身边走过去吧？"她一边说着，一边把遮住基座的布掀开，露出了基座和一条通往上面的窄梯子。

"我可以走上去吗？"卡尔问。

"谁会禁止我们握一握手呢？"梵妮大叫，气呼呼地四下张望，看有没有人要来下什么禁令。而卡尔此刻已经开始爬梯子了。

"慢点！"梵妮喊道，"否则基座和我们两个都会倾倒的！"但是并没有发生什么事故，卡尔成功地走上了最后一级台阶。"你看，"梵妮在互相问候之后说，"你看看我得到了什么样的工作。"

"这工作真棒。"卡尔说着向四周环顾。附近所有的女人都已经注意到了卡尔,正窃笑不已。"你几乎是最高的。"卡尔说着,并伸出手试图测量一下其他人的高度。

"你一出站,我就认出你来了,"梵妮说,"但遗憾的是我在最后一排,人们看不见我,我也不能大喊。虽然我特意把号角吹奏得很响,可你还是没有认出我来。"

"你们都吹得太糟糕了,"卡尔说,"让我试着吹吹看。"

"当然可以,"梵妮说着,把号角递给了他,"但别破坏了合奏,否则我会被解雇的。"

于是卡尔吹奏了起来,他原以为这是一支粗糙的号角,只能用来发出嘈杂之声,但现在看来,这是一把可以演奏出几乎所有细微之处的乐器。如果这里所有的乐器都有如此高的品质,那它们就被极度浪费了。卡尔尽情地吹着一首他在某个小酒馆里曾经听过的歌曲,并没受到周围噪声的干扰。他很高兴能跟一位老朋友重逢,在这里还能得到吹号角的特殊待遇,并且说不定很快就能得到一个好职位。这时有多位女人停止了吹奏,开始竖耳倾听。当卡尔突然停下时,仅有一半的号角还在吹奏着,但渐渐地,又恢复了原来的整片噪声。

"你简直是个艺术家,"当卡尔把号角递还给梵妮时她说道,"你去应聘做吹号角的人吧。"

"他们会接受男人吗?"卡尔问。

"当然,"梵妮说,"我们吹两个小时,然后由穿着鬼怪服装的男人们接替。他们中一半的人吹号角,另一半的人敲鼓。那场面非常美妙，而且所有的装备都很贵。我们的裙子不是也很漂亮吗？还有翅膀呢。"她说着低头看着自己。

"你觉得我有机会得到一个职位吗？"卡尔问。

"当然了，"梵妮说，"这可是世界上最大的剧场。我们又能相聚了，这是多么巧合的事啊！虽然这取决于你会得到一个什么样的职位。因为即使我们都在这里工作，可能我们还是见不着面。"

"整个剧场真的有这么大吗？"卡尔问。

"这是世界上最大的剧场，"梵妮再次说道，"虽然我自己还没有亲眼见过，但是我的一些同事曾在俄克拉荷马州工作过，他们说它几乎是无边无际的。"

"但是来应聘的人好像不多。"卡尔说着，并指着楼下的那些小伙子和一个小家庭。

"没错，"梵妮说，"不过请注意，在所有的城市里，我们都在招聘，我们的招聘团队在不停地旅行，而且我们还有很多这样的招聘团队呢。"

"难道剧院还没开演过吗？"卡尔问。

"哦，不，"梵妮说，"这是一座古老的剧院，但一直在不断地扩建。"

"我太惊讶了，"卡尔说，"居然没有更多的人来争着应聘。"

"是啊，"梵妮说，"很奇怪。"

"也许，"卡尔说，"这种天使和魔鬼的阵仗，被吓跑的人比被吸引的人要多。"

"你是怎么想到的?"梵妮说,"但这也是有可能的。你去告诉我们的领导吧,也许你还能帮上他的忙呢。"

"他在哪里?"卡尔问。

"在赛马场上,"梵妮说,"就坐在裁判席上。"

"这也让我惊讶,"卡尔说,"为什么要在赛马场进行招聘呢?"

"是啊,"梵妮说,"我们所到之处,都在为最大的人潮做着准备。赛马场的空间就很大,而且那里所有的柜台,那些平时进行赌注的地方,现在都改设成了招募办公室。据说有两百个不同的办公室。"

"可是,"卡尔叫道,"俄克拉荷马州剧院的收入真的这么多,足以支持这样庞大的宣传队伍吗?"

"这关我们什么事?"梵妮说,"现在就去吧,卡尔,免得错过任何机会,我也得继续吹号角去了。请确保能在这个团队里找到一个职位吧,然后请马上回来告诉我。记住,我会非常焦虑地等着这个消息的。"

她握了握他的手,提醒他下台阶时要小心,接着把号角放到嘴边,但没吹响,直到她看到卡尔安全地站在基座下面才又吹了起来。卡尔用那些布遮住了台阶,使它看上去和以前一样。梵妮点了点头表示感谢,卡尔思考着刚才所听到的事情,朝那个男人走了过去,那个人已经看到了卡尔之前在梵妮那里,于是走近了这个基座等他。

"您想要加入我们吗?"那个人问道,"我是这个团队的人事主管,欢迎您的加入。"像是出于礼貌,他一直微微地弯着腰，一边像是舞蹈般跳动着步伐，还一边把玩着他的表链。

"谢谢，"卡尔说，"我读了贵公司的海报，并且按照上面的要求来应聘。"

"您做得非常正确，"那人肯定地说，"可惜这里并不是每个人都做得这么正确。"

卡尔想起来，他现在可以提醒这个人，也许正是因为招募团队太过声势浩大，这才导致招聘失败的。但他没有说，因为这个人根本不是团队的领导，而且如果他在还没被录用时就先给出改进建议，反倒是不太讨好。所以他只说："外面还有一个人想要报名，他让我先过来。我现在可以去叫他吗？"

"当然，"那人说，"来的人越多越好。"

"他还带着他的妻子和一个在婴儿车里的小孩。要让他们也一起进来吗？"

"当然，"那人说，似乎对卡尔的怀疑感到好笑，"我们能用得上所有人。"

"我马上就回来。"卡尔说，然后他又跑回了舞台边缘。他向那对夫妇招手，并喊道，大家都可以过来。他帮忙把婴儿车搬上了舞台，然后一起向前走着。看到这一幕的小伙子们彼此商议了一下，直到最后一刻都还犹豫不决，然后他们把双手插在口袋里，慢慢地也爬上了舞台，最终跟随在卡尔和那家人后面走着。此时从地铁站走出了一些新的乘客，他们看到舞台上的天使们，惊讶地举起了双臂。这样看来，招聘的情况似乎变得积极热烈了起来。卡尔非常高兴那么早就来了，也许他是第一个来的人，那对夫妇显得很紧张，问了很多应聘需不需要很多资质的问题。卡尔说，他还不清楚具体的情况，但他确实有一种印象，似乎人人都会被接受。他认为在这点上大家可以放心。

人事主管迎着他们走了过来，对来了这么多人感到非常满意，他搓着双手，对每个人鞠躬问候，接着把他们都排成了一排。卡尔在最前面，那对夫妇紧随其后，然后才是其他人。当他们都站定后——那些年轻人开始时挤成了一团，过了一会儿才恢复了平静——并且号角声停止时，人事主管说："我代表俄克拉荷马州剧院欢迎你们。你们来得很早（可是已经快到中午了），现在还没有什么拥堵的人潮，办理入职手续的时间会很短。当然，你们想必都带着合法文件吧。"那几个年轻人立刻从口袋里拿出一些文件，挥舞着向人事主管示意，那位丈夫推了推他的妻子，她从婴儿车的羽绒被下面也取出了一整捆文件。然而，卡尔却没有文件。这会成为他被录用的障碍吗？尽管如此，卡尔从经验中得知，只要有一点决心，就可以轻松地绕过这类规定。这并不是不可能的。人事主管审视了他们排成的队伍，确认所有人都有文件，而卡尔也举起了他的手——尽管是空的——他以为卡尔的情况也都没问题。"很好，"人事主管说，并对那些想被马上检查文件的年轻人挥手示意表示拒绝，"现在招募办公室会审核这些文件。正如您已经在我们海报上看到的，我们用得上每个人。不过，我们当然也想知道他之前从事过的职业，这样我们就可以把他安排在正确的位置上，能让他好好发挥他的所长。"

卡尔怀疑地想："这不是个剧院吗？"但随即他又聚精会神地听着。

"因此，"人事主管接着说，"我们在赛马场的下注间里设置了招聘办事处，每个办事处负责一种职业。现在每个人都告诉我自己的职业，家庭成员通常跟丈夫同属一个招聘办事处。我会把你们带到那些办事处去，在那里先审查你们的文件，然后请专家们审查你们的技能，这只是一个非常简短的测试，谁也不必害怕。在那里你们也将会被录用，并得到进一步指示。让我们开始吧。这里，第一个办事处，如上面的标语所示，是为工程师设立的。你们中有工程师吗？"卡尔报了名。他认为，恰恰因为他没有证明，所以他必须争取尽快完成所有的手续，他唯一的优势是他原本就想成为一名工程师。但当那些男孩子看到卡尔报名时，他们出于嫉妒也都报了名，每个人都举了手。人事主管伸长了身子，对其他的那些男孩说："你们都是工程师吗？"他们所有人又都慢慢地放下了手，而卡尔则坚持报名。人事主管将信将疑地看着他，因为卡尔的衣着和年龄似乎不像一个工程师，但他还是什么都没说，也许是出于感激，因为卡尔把那些求职者都带进来了。他只是做了个邀请的手势，示意卡尔进入办事处，然后卡尔就走了进去，人事主管则转向了其他人。

在工程师的招聘办事处，有两位先生坐在一个方桌的两侧，正在比对着他们面前两个大册子里的记录。其中一位念出名字，另一位则在他的册子中勾画出念出的名字。当卡尔向他们打招呼时，他们立刻把册子放了下来，又取出了另一个大册子，翻了起来。

其中一个明显只是抄写员的人说道："请出示您的合法文件。"

"很遗憾，我没有带在身上。"卡尔说。

"他没有带在身上。"抄写员对另一位先生说,并立刻在他的册子里记录了这个回答。

"您是工程师吗?"然后负责办事处的那位问。

"我还不是,"卡尔迅速回答,"但是——"

"够了,"那位先生说得更快,"那么你不属于我们这儿。请注意标牌。"卡尔咬紧了牙关,那位先生一定是看出来了,于是他说:"不用担心。我们需要所有人。"有几个仆人正在栏杆之间闲逛,他向其中的一个招了招手:"把这位先生带到技术人员的招聘办公室去。"

那个仆人照字面意思执行了命令,他抓住了卡尔的手。他们穿了过许多摊位,卡尔在其中一个摊位里看到了之前那些小伙子中的一个,他已经被录用了,在那里感激地握着那些先生的手。现在卡尔被带到的这个办公室,正如他预料的那样,程序与第一个办公室类似。只不过在听说他曾上过高中后,他又被送到了一个专门为曾上过高中的人设立的办公室。但是当卡尔说他曾经上过的是欧洲的一所高中时,那里的人也表示自己没有处理权限,于是又把他带到了专门处理欧洲中学生的办公室。这是一个位于外围的小房间,不仅比其他房间小,而且矮了很多。把他带到这里的仆人对这个漫长的过程感到非常气愤,他认为被多次拒绝都是卡尔一个人的错,卡尔没有等对方问问题就直接跑掉了。这个办公室似乎是最后的避难所。当卡尔看到办公室负责人时,他几乎吓了一跳,这个人和在他家乡的实科中学[1]教书的一位老

---

[1] 实科中学也是高中的一种,学生成绩略逊于文理高中,但也有机会通过考试进入大学继续学习。

师十分相似。不过他很快发现，这种相似只是在某些细节上，但是那架在宽大鼻梁上的眼镜、那被精心打理得像展品的金黄色的络腮胡子、那微微弯曲的背和总是突然爆发出的响亮的嗓音还是让卡尔瞠目结舌了好一阵子。幸运的是，他在这里也无须太过集中注意力，因为这里的程序要比其他办公室简单得多。尽管他们也记下了他缺乏证明文件的事实，办公室负责人称这是不可理喻的疏忽，但是这里的抄写员却对此疏忽置之不理。在负责人提出几个简短的问题后，抄写员就宣布卡尔被录用了。负责人张大了嘴巴看着抄写员，但是抄写员做了一个结束的手势，说："录用了。"并且立即在记录册上记录了这个决定。显然，抄写员认为，作为一个欧洲的中学生，这本身就十分可耻了，以至于他们愿意相信任何一个声称自己是这种身份的人。就卡尔而言，他表示无任何异议，走过去向那位抄写员表达了谢意。然而，当他们问到他的名字时，又发生了一点小延误。卡尔没有立刻回答，他羞于说出自己真正的名字，还要被记录下来。要是他在这里得到一个哪怕是最低的职位，并能够称职地完成工作，那么他的真名字就能够让别人知道了。但现在他还不能泄露自己的姓名。他已经隐姓埋名了太久，以至于现在也不应该说出口。由于当时也想不出其他名字，他便随口说出了在之前几份工作中别人喊他的绰号："黑鬼"。

"黑鬼？"负责人问道，扭过头去，做了个鬼脸，好像卡尔的不可信任性已经达到了顶点。抄写员也审视了卡尔一段时间，但后来他重复道："黑鬼。"并把名字登记了下来。

"你真的把'黑鬼'写上去了吗？"负责人问道。

"对，是'黑鬼'没错。"抄写员平静地回答，然后做了个手势，示意负责人应该安排接下来的事情了。负责人也果断地克制住了自己，他站起来说："所以你是被俄克拉荷马州剧院——"但他没能继续说下去，他不可能违背自己的良心，于是又坐下来说，"他的名字并不是'黑鬼'。"

抄写员扬了扬眉毛，站了起来，说道："那么，我来告诉您，您已经被俄克拉荷马州剧院录取了，接下来将被介绍给我们的领导。"他又叫来一个侍者，带卡尔去裁判席。

卡尔在楼梯下面看到了那辆婴儿车，那对夫妇也正好走了下来，妻子正抱着孩子。"您被录取了吗？"丈夫问，他比之前精神多了，妻子也笑着从他的肩膀望向远处。当卡尔回答说他刚刚被录取，正要去面见招聘团队的队长时，丈夫说："那我恭喜您。我们也被录取了。这似乎是一个好公司，当然，我们还不能马上就适应所有的一切，但是在任何地方都是这样。"他们互相说了声"再见"，卡尔开始攀爬前往裁判席。他走得很慢，因为上面的小空间里似乎挤满了人，他也不想强行融入。他甚至停了下来，俯瞰着这一大片赛马场，它一直延伸到远方的树林里。他突然想亲眼看一场赛马比赛，尽管在美国他还没有机会这么做。但在欧洲，他小时候曾经去看过一次赛马，但他却只记得自己曾被妈妈拖着，穿过了那些不愿让路的人群。所以说，他实际上还没看过赛马。在他身后，一个机器开始嗡嗡作响，他转过身去，看到这台通常用于公布赛马比赛获胜者名字的设备上现在升起如下标语："商人卡拉和他的妻儿。"似乎这里是向招募办公室通报录取名单的地方。

这时有几位先生正一边激烈地交谈着,一边走下了楼梯,他们手上拿着铅笔和笔记本,卡尔把身体贴近了扶手栏杆,好让他们通过,然后又往上爬去,因为现在上面有位置空出来了。在一个有木头围栏的平台的角落里——一个先生坐在那里,整个平台看起来就像一个细长塔楼的平顶,那位先生正沿着木栅栏伸展着双臂。一条宽阔的白色丝绸带子斜挂在他的胸口,上面写着:"俄克拉荷马州剧院第十招聘团队队长。"在他旁边放着一个电话,可能在赛马比赛期间也会用得到,这名队长显然在和各个应聘者见面之前就能从这个电话里得到关于他们的一切必要信息。因为他对卡尔一开始就没有提任何问题,而是对着旁边的一个交叉着双腿、用双手托着下巴的先生说:"黑鬼,一个欧洲来的中学生。"仿佛这里已经没有正深深鞠躬的卡尔什么事了,那位队长又开始盯着楼梯下面,看有没有其他人来。但是既然没人来,他有时候就也听听那位先生跟卡尔的谈话,但他大部分时间还是眺望着赛马场,并且用手指在栅栏上敲打。那些手指纤细柔韧又有力,而且移动得非常迅速,这立刻吸引了卡尔一小段时间的注意,尽管与他交谈的那位先生问的问题也没让他闲着。

"您失业啦?"那位先生首先问道。这个问题很简单,跟他提出的其他问题一样,都非常简单,一点也不让人为难,而且他也不会在得到回答后又提出新的问题来验证。尽管如此,这位先生还是懂得通过瞪大眼睛、前倾上半身来观察提问效果的,并在倾听回答时,把头垂在胸前,有时还会大声地重复答案,使这些答复具有特殊的意义,虽然别人也许不明白这意义,但是会感觉到它的特殊性,因而还是会让人小心翼翼、局促不安。有时卡尔真想撤回自己给出的回答,换上另一个也许更讨喜的答案,但他还是忍住了,因为一方面他知道这种犹豫不决会给人留下很坏的印象,而且这些答案的效果通常也大多不可预计,另一方面,他的录取似乎已成定局,这种意识也给了他一些支撑。

关于他是否失业的问题,他简简单单地回答道:"是的。"

"那么您的最后一份工作是在哪里?"先生接着问道。卡尔正准备回答,但这位先生竖起了食指,又重复了一遍:"最后一份!"

卡尔在他第一次提问时已经明白了,他不由自主地摇了摇头,认为最后的这句提醒是一个干扰,并回答道:"在一个办事处。"

这也是事实,但如果这位先生要求详细了解办公室情况的话,他就得撒谎了。但那位先生没有这么做,而是提出了一个非常容易真实回答的问题:"您在那里满意吗?"

"不!"卡尔几乎打断了他的话,大声喊了出来。卡尔从侧面瞥见那个队长微微一笑。卡尔后悔了,觉得他刚才的回答有些草率,但不假思索地喊出这个"不"字实在太诱人了,因为在最后这份工作的整个任职期间,他只有一个最大的愿望,就是希望某个陌生的用人单位会对他问出这个问题。但他的回答还可能带来另一个不利影响,因为这位先生现在可能会追问他为什么不满意。不过好在他并没有追问,而是问了一个容易回答的问题:"您觉得自己适合什么职位?"这个问题实际上可能包含了一个陷阱,既然卡尔已经被录用成了一名演员,为什么还要这么问呢?虽然他意识到了这一点,但他仍无法鼓起勇气声明他特别适合当演员。因此,他回避了这个问题,冒着显得顽固的风险说:"我在市区看到了海报,上面写着需要每个人,所以我就来报名了。"

"这个我们已经知道了。"那位先生说道,他沉默了一下,表示他还是坚持之前提出的问题。

"我被录用为演员。"卡尔犹豫地说,试图让这位先生理解他刚刚的问题所带来的困扰。

"没错。"那位先生说,又沉默了。

"不,"卡尔说,他找到一个工作的希望动摇了,"我不知道我是否适合做戏剧演员。但我会努力,并尽力完成所有的任务。"

那位先生转向了招聘队长,两人都点了点头,卡尔似乎回答得很正确,他重新振作起来,昂首等待着下一个问题。而下一个问题是:"您原本打算去大学里学什么?"

为了更准确地表述这个问题——那位先生总是非常看重准确性——他补充说:"我指的是在欧洲。"说完这句话后,他把手从下巴上拿下来,比画了一下,仿佛想随手示意一下欧洲是多么遥远,在那里时的计划又是多么无足轻重。

卡尔说:"我想成为一名工程师。"虽然他并不想给出这个答案,因为他充分意识到按照自己在美国的工作经历,提到过去的这个想成为工程师的愿望显得十分可笑——难道他在欧洲就能成为一个工程师了吗?——但他确实找不到别的答案,所以只好这么说了。

然而,那位先生严肃地对待了卡尔的回答,就像他严肃地对待所有事情一样。"现在的话,你可能不能马上担任工程师这个职位,"他说,"不过,在这个过渡阶段,或许你可以从事一些较低级的技术性工作。"

"当然可以。"卡尔说,他非常满意。虽然说要是接受了这个提议,他就必须从表演者转为技术工作者,但他确信自己在这个工作中会有更好的表现。另外,他一次又一次地告诉自己,工作的类型并不是那么重要,真正重要的是在某个地方找到一个长期的立足点。

"你有足够的力气从事较繁重的体力工作吗?"那位先生问道。

"哦,有的。"卡尔回答道。

接着,那位先生让卡尔靠近一些,然后摸了摸他的胳膊。

"这是个强壮的小伙子。"他说着,拉着卡尔的胳膊把卡尔带到了队长跟前。队长微笑着点了点头,没有站起来,但还是伸出手与卡尔握了握,并说:"那么就这样吧。等到了俄克拉荷马州,一切都会再被审查一下。祝你为我们的招聘团队赢得荣誉!"

卡尔向队长鞠躬道别。本来他还想向另一位先生道别,但他已经高高地抬起了头,在平台上来回散步,似乎他的任务已经完成了。当卡尔走下楼梯时,楼梯旁的显示板上升起了这样一行字:"黑鬼,技术工人。"既然这里的一切都步入了正轨,卡尔就算在那个显示板上读到了自己的真实姓名,也不会感到太遗憾。事实上,这里的一切都安排得非常周到,因为当卡尔走到楼梯底部时,就有一个仆人在那里等着他,给他的胳膊绑上了一条袖标。当卡尔抬起胳膊去看袖标上写着什么时，他看到了上面非常正确地印着："技术工人。"

现在卡尔将被带到哪里去呢，他想先去告诉梵妮一切都进展顺利。可是，让他遗憾的是，他从那个仆人那里得知，天使们和恶魔们都已经提前去了招聘团队的下一个目的地，为招聘团队第二天的到达去做宣传了。"太遗憾了。"卡尔说。这是他在这家公司经历的第一次失望。"那些天使里面有一个我认识的人。""在俄克拉荷马州您会再见到她的。"仆人说道。接着他又说："现在，请跟我来，您是最后一个了。"他带着卡尔沿着舞台后侧走去，那里曾经站着天使们，但现在只剩下了些空荡荡的基座。然而，卡尔的假设——要是没有那些天使的音乐，就会有更多求职者前来——也并未被证实是正确的，因为现在舞台前根本没有成年人站着了，只有几个孩子在争夺一片可能是从天使翅膀上掉下来的长长的白羽毛。一个男孩高高地举起了它，而其他孩子则用一只手按住了他的头，用另一只手伸向了那片羽毛。

卡尔指了指那些孩子，但那个仆人却没有看，只是说："走快点吧，录取你我们花了很长时间。难道有人有什么怀疑吗？"

"我不知道。"卡尔惊讶地说，但他并不相信仆人的说法。因为即使是在最明了的关系中，也总是有人想引发他人的忧虑。这时他们走到了美好的观众大看台，卡尔很快就忘掉了仆人的话。在看台上，有一条很长的、用白布覆盖的长桌，所有被录取的人都坐在低了一级的长凳上，背对着赛马场，享受着招待。大家都非常高兴、激动不已，正当卡尔想悄无声息地坐到长凳上的最后的位置时，许多人举起了酒杯，其中一位还向第十招募队的队长敬酒，称他为"求职者之父"。有人指出他们从这里也能看到他，果然，在不算很远的地方，可以看到有两位先生正坐在裁判席上。于是大家都朝着那个方向挥舞着酒杯，卡尔也拿起了摆在他面前的酒杯，然而尽管大家大声地叫喊着，努力想使自己引人注意，但裁判席上却没有任何迹象表明他们注意到了这番致敬，或者至少有注意到他们的打算。队长依然像之前一样靠在角落，另一位先生则站在他旁边，用手托着下巴。

在这次小小的失望之后，大家又坐了下来，偶尔还有人转头望向了裁判席，但很快大家就只顾得上关注丰盛的食物了。桌上有卡尔从未见过的巨大的家禽，烧烤得酥脆的肉上插满了叉子，被端来递去，仆人们则不停地为大家倒着红酒——但大家几乎都没有注意到，只是低头吃着东西，而红酒不停地被倒入杯中——要是不想参与大家的闲聊，可以观看俄克拉荷马州剧院的风景照片，它们被堆在餐桌的一端，等待着被人们传阅。然而，人们并没有太关心那些照片，卡尔坐在最后，因此只收到了一张照片。不过，从这张照片上来看，其他照片也肯定非常值得一看。这张照片展示了剧院里美国总统的包厢。第一眼看上去，你可能会认为这不是一个包厢，而是舞台，因为那美轮美奂的包厢护栏远远地伸展出去，非常宽阔。这些护栏完全是由金子制成的，精巧无比。那些柱子仿佛是被最精致的剪刀剪出来的，在柱子之间，排列着以前总统的浮雕肖像画，其中一位的鼻子非常挺，嘴唇翘起，眼睑微微下垂而且眼神深邃。在包厢周围，有光芒散发出来，那柔和的白光将包厢的前半部分照得清晰可见，而深处则隐藏在了周围垂挂着的、打着许多褶的深红色天鹅绒布后，那些褶皱深浅不一，泛着不同的红色光泽，像个闪着深红色光芒的空灵之境。这让人几乎无法想象这个包厢里会有人，因为这一切看起来是如此自洽。卡尔虽然专注于食物，但仍然不时地看着这张照片，并把它摆在了自己的盘子旁边。

最后，他还很想至少再看一张其他的照片，但他不想自己去拿它们，因为一个仆人把手放在了那些照片上，看起来似乎是想维持那些照片的顺序，于是他只能试着看向整张长桌，想确定是否还有其他照片在附近。这时，他惊讶地注意到——起初他甚至难以相信，在低头吃饭的那些人中，有一个他非常熟悉的面孔：贾柯摩。他立刻跑了过去。"贾柯摩！"他叫道。贾柯摩还是一如既往，只要遇到意外的事情就会十分胆怯，于是他放下了食物站了起来，在长椅之间狭小的空间里转了个身，用手擦了擦嘴，然后表示很高兴能见到卡尔，让他坐到自己身边，或者自己主动去卡尔的座位那边，他们要互诉衷肠，永远待在一起。卡尔不想打扰其他人，表示他们应该暂时待在自己的位置上，这顿饭很快就会结束了，然后他们当然就要一直在一起。但是卡尔仍然留在了贾柯摩身边，只想看着他。厨师长女士在哪里呢？特蕾莎又在干什么呢？贾柯摩本人的外表几乎没有什么改变，厨师长女士曾预测他会在半年内变成一个骨骼健壮的美国人，这情况看来并没有发生，他还是像以前一样纤细、脸颊凹陷，当然，此刻他嘴里正含着一大块肉，所以他的脸颊看起来圆鼓鼓的，他正慢慢地把多余的骨头从肉里剔出来，然后扔进盘子里。从他的袖标上可以看出，贾柯摩并没有被聘为演员，而是被录用为了电梯服务员，看来俄克拉荷马州剧院似乎真的用得上每个人!

卡尔看着贾柯摩出神,他已经从自己的位置上离开得太久了。正当他要回去的时候,人事主管过来,站在一个较高的长椅上,拍了拍手,做了一个简短的演讲,大多数人都站了起来,而那些忙着吃喝不想站起来的人,也终于在同伴的推搡下被迫站了起来。

"我希望,"人事主管说,这时卡尔已经悄悄回到了自己的位置,"各位对我们的接待晚宴感到满意。总的来说,大家对我们的招聘小组的餐饮水平还是满意的。可惜我必须得提前结束这场晚宴了,因为去往俄克拉荷马州的火车在五分钟后就要离开。这虽然是一段很长的旅程,但各位会得到很好的照顾。在这里,我向你们介绍一位负责运送你们的先生,各位要听从他的指挥。"

一个瘦弱的小个子男士爬上了人事主管所站的那排长凳,勉强挤出时间匆忙地鞠了个躬,就立刻开始伸出紧张的手指,示意他们应该如何聚集、整理和出发。然而,一开始大家并没有跟随他,因为早先发言的那位先生仍站在桌子旁,开始发表一篇较长的感谢演讲,尽管——卡尔变得越来越不安——刚刚他才说火车就要发车。但是演讲者并不在乎人事主管是否在听,而是向负责运输的先生发布了一些指示,他正侃侃而谈,列举了所有的菜肴,并对每一道发表了自己的意见,最后概括起来说道:"先生们,这就是你们征服我们的方式!"在场的人除了那两位先生,都笑了起来,但这其实更像是实话,而不是玩笑。

而大家为这番演讲付出的代价就是,现在所有人必须跑步去火车站了。但这也不算太困难，因为——卡尔现在才注意到——没有人带着行李，唯一的行李实际上是那辆婴儿车，现在正在队伍领头处被那位父亲操控着，无休止地上下跳动着。这里集合了一群什么人啊！一无所有又多疑，但他们却得到了如此热情的款待和照顾！而负责运输的那位先生想必也很关心他们。他有时会用一只手握住婴儿车的车把，另一只手扬起来鼓舞队伍，有时又跑到队伍的最后一排催促他们，有时沿着队伍两边跑来跑去，盯着中间的一些动作慢的人，试图用挥舞双臂来给他们示范到底该如何奔跑。

当他们到达火车站时，火车已经准备好要出发了。车站的人们对着这支队伍指指点点："所有这些人都是俄克拉荷马州剧院的！"这剧院似乎比卡尔所设想的要出名得多，尽管他从未关心过戏剧。有一整节火车车厢是专门为这个团队预留的，负责运输的那位先生比列车长还着急，不断地催着大家上车。他先查看每个隔间，有时在某处做一些安排，然后自己才上车。卡尔碰巧坐在靠窗的位置，拉着贾柯摩坐在他旁边。他们两人紧紧挨在一起，内心都对这次旅程感到开心。他们还从来没有在美国经历过如此无忧无虑的旅行。当火车开始行驶时，他们向窗外挥着手，而对面的小伙子们则互相推来推去，觉得这一幕很可笑。

III 他们行了两天两夜

火车开了两天两夜。卡尔现在才见识到了美国的广阔。他不知疲倦地看着窗外，贾柯摩也一直挤过来看，直到对面玩纸牌的小伙子们厌倦了，主动给他让出了靠窗的位置。卡尔用英语感谢了他们——贾柯摩的英语显然不是每个人都能听懂的。随着时间的推移，他们也变得友善多了，这在隔间里的乘客之间也很常见，尽管他们的友善有时候确实让人烦恼。比如说，每当他们打牌，牌掉到地板上时，他们弯腰捡起的时候总会用力地掐卡尔或贾柯摩的腿。贾柯摩总是又害怕又大声尖叫，并把腿抬起来，卡尔有一次用脚踢了回去，以做回应，但除此之外，他都默默地忍受着一切。在车窗外看到的一切目不暇接的景色面前，这个即使打开了窗子都还烟雾弥散的小隔间里的一切都不重要了。

第一天，他们穿越了高山。那些蓝黑色的巨大岩石呈现着尖锐的楔形，直贴着火车边缘而过。他们把身子探出窗外，徒劳地寻找山顶；那崎岖狭窄的、犹如被撕裂一般的黑色山谷展现在眼前，他们用手指描绘着山谷消失的方向；宽广的山间溪流像巨浪一般跳动在波澜起伏的山脉之下，带着成千上万的浪花泡沫，在火车驶过的桥下翻滚。那些浪花如此近在咫尺，散发着清凉的气息，让人的脸颊都发颤。